U0901560

魅丽文化
花火工作室

今生晚晚情

青颜如风／著

江苏凤凰文艺出版社
JIANGSU PHOENIX LITERATURE AND ART PUBLISHING, LTD

图书在版编目（CIP）数据

今生晚晚情 / 青颜如风著. -- 南京 : 江苏凤凰文艺出版社, 2018.9

ISBN 978-7-5594-2396-2

Ⅰ. ①今… Ⅱ. ①青… Ⅲ. ①长篇小说－中国－当代 Ⅳ. ① I247.5

中国版本图书馆 CIP 数据核字 (2018) 第 132414 号

书　　名	今生晚晚情
作　　者	青颜如风
出版统筹	汪修荣　邹立勋
选题策划	石　婷　夏　沅
责任编辑	胡小河　姚　丽
文字编辑	木　于
责任监制	刘　巍　江伟明
出版发行	江苏凤凰文艺出版社
出版社网址	http://www.jswenyi.com
印　　刷	湖南关山美印有限公司
开　　本	880 × 1230 毫米　1/32
字　　数	254 千字
印　　张	10
版　　次	2018 年 9 月第 1 版，2018 年 9 月第 1 次印刷
标准书号	ISBN 978-7-5594-2396-2
定　　价	36.80 元

（江苏凤凰文艺版图书凡印刷、装订错误可随时向承印厂调换）

目录

目录

第一章
一见斯人误

在迟梨的字典里，“风尘”二字向来是用来形容女人的。

可此时此刻，她看到这个叫温屿舟的男人，脑海中莫名就冒出了这个形容词，就像金庸小说中所谓的“一见杨过误终身”。

“皇城”夜总会里霓虹迷离，迟梨第一次来这种地方，一进门便不知所措，不过，邀她来的祁少恭显然是这里的常客，他一边同工作人员打着招呼，一边侧身来牵她的手。

迟梨佯装拿包避开那只手，喧阗沸腾的音乐里，她听到祁少恭热情恭维地笑着说：“是温总！好久不见，喝多了？”

光影流转，迟梨抬眼看到一个风流绝世的男人。男人洁白的衬衫半敞，皮肤如玉，锁骨形状好看，她再往上看，是一双微醺迷离的桃花眼。

男人没说话，只扬唇轻笑，有一丝傲慢，目光却是温热的。迟梨一脸发蒙地盯着对方，恍然发觉那抹星火扑向自己，她似被烫了一下，慌忙垂眼。

“小白，照顾好温总。”祁少恭向偎在男人怀中的美女道，姑娘娇声应了句“是”，半扶半抱地架着男人往外走去。

偌大的豪华包间里，男男女女坐了一片，碰杯声、笑骂声、歌声混杂其中，迟梨跟在祁少恭的身后找了个地方坐下，那些看起来衣衫华贵的男女并没人理她，带她来的男人忙于和熟人打招呼。黄总、江总、冯少、周小姐……一圈寒暄下来，他好似才想起身边的她，有点愧疚地拉过她的手臂，向众人介绍：“这是……”

“我叫迟梨，是祁总的老乡。”她快速地截断了祁少恭的话，生怕他当众宣布她是他的女朋友。

不过，这是事实，她和祁少恭只是棠安老乡，这段时间，他正在追求她。

众人心领神会地给了祁少恭一个嘲讽的眼神，年轻男人脸上有些挂不住，拿了杯酒跟人碰起来，赌气似的没再搭理迟梨。

本来，像祁少恭这种要长相有长相、要事业有事业的豪门少爷，从来都是漂亮女孩趋之若鹜，他这样上赶着追还被嫌弃的，也就她迟梨了。

有人跟祁少恭碰着酒杯笑问：“能让祁少碰一鼻子灰，这姑娘什么来头？”

没什么来头，不过是一对大学教授的女儿，其父母都是谦和温润的知识分子，家境算不上坏，但绝对称不上豪门。不过，迟梨的外公是国内知名的书法家，迟家家风严谨，书香浓郁，外人都赞他们家培养出的孩子个个知书达理、清雅似兰。

迟梨毕业后在一家晚报做编辑，每天与文字打交道，沉静文雅，像一朵静静开放的梨花。一次老乡会上，祁少恭认识了她，见惯了莺莺燕燕、万紫千红，忽然发现这么一株清淡高雅的盛世梨花，有钱有颜的祁少恭便不知疲倦地追起来。

迟梨面皮薄，推了几次推不掉，这才接受祁少恭的邀约，没想到，他带她来这种地方。

有个相貌妩媚的女子在唱黄龄的《风月》，边唱边向祁少恭抛几个媚眼。迟梨干坐着只觉得自己碍眼，于是说了句“我去上洗手间”，起身走了出去。

她刚出了门，一道男声响起：“这就要走？”

走廊的灯光不知是出了故障，还是被人关了，她的视野里一片暗淡，只看到一个挡在眼前的模糊轮廓。

混杂着淡淡酒气的男性气息侵入她的鼻腔，她戒备地往墙边退了退：“谁？”

黑暗里响起一道低低的笑声，轻浮，却好听。

“我不管你是谁，这是公共场所，麻烦让开。”迟梨声音不大，内心那股慌乱感被强行压下。

除了慌乱，她似乎猜到这人是谁，是那个一身风尘气的男子。

声音再度响起，温热的气息袭上她的脸：“你是祁少恭的女人？”

迟梨锁眉，冷冷地怒道：“我不是！我谁的女人也不是。”

他把她当什么人了？

“很好。”渐渐适应光线，迟梨看到正对着自己的一双眼，放肆又深沉，像星河荡波，一小团光晕缓缓地往她的心里荡去，“那，要不要来跟我？”

她忘记了自己是怎样狼狈逃窜的，只记得灯光忽然大亮，明晃晃的光线里，男人风流挺拔的身影被几个美女众星捧月般推回包间，留给她的，唯有那个擦唇而过的“吻”……

算是吻吗？她应该是被轻薄了吧？以她所受到的教育，她此时应该生气、羞愧、愤怒，但奇怪的是，这些感觉统统没有降临，她的心里泛起的反而是一圈圈温柔的波浪，像十六岁时校园樱树枝头的樱花，飘下来落在心上，让她想起少女时代那些不敢言说的梦、那个如树如玉的少年。

一个登徒子，怎么竟然让她起了遐思？

迟梨又惊讶又不解，冷静之后，她想，也许的确单身太久了，是时候找个人谈恋爱了。

迟梨不辞而别，手机自然快被打爆，七个未接来电，五个是祁少恭的，另外两个都是同一个陌生号码的。

谈恋爱的话，她是不会考虑和祁少恭谈的，而那个人，更是想都不该想。

祁少恭再联系迟梨是在一周后，据他在电话里解释，之所以隔了几天才找她，是因为他出差了。这不，一回到玉市，他就立刻给她打电话。

“上次的事真是抱歉，看来，你不喜欢那种场合，以后我尽量注意。”他态度诚恳，“周末了，我请你吃饭吧，就当赔罪。”

迟梨自然婉拒，理由是现成的：“不好意思，我约了人相亲，祁先生，如果没有事，我们今后别联系了。”

她倒不是骗他，她做事向来干净单纯，很少骗人说假话。上周从“皇城”回来后，她拜托了单位的办公室主任尤姐给她介绍对象。这位尤姐四十多岁，是报社有名的红娘，之前曾给她介绍过好几个男孩，遗憾的是，无一成功。这次她主动请尤姐帮忙，尤姐自然喜不自胜，拍着胸脯向她保证：“姐手里的好男孩多的是，这回保准有你满意的！”言语之间，仿佛待婚男女都成了即将上市的货品。

祁少恭窝着一肚子气，又不敢发大少爷脾气：“迟梨，我究竟哪一点不好？你宁愿相亲都不愿意跟我吃顿饭？”

迟梨语气淡淡：“不是好坏的事，只是不合适，吃多少顿饭也没有意义，我不想浪费你的时间。”

“可我想！你们约了几点？在哪儿相亲？我一定要去看看……”祁少恭忍不住嚷起来，电话这头的迟梨却毫不犹豫地结束了通话。

她真是后悔认识这个人。

晚上七点，花语咖啡店。

迟梨准时，时间一到便深吸一口气，推门进了咖啡馆。

入门花色缤纷，鸟语啾唧，迟梨环视一圈，在约好的位置坐下，等了十分钟，对方还没来。

好在店里随处是书，她抽了本《山海经》，虽然从小就看过，但新版本的插图丰富了许多，她觉得有趣，渐渐忘了等人的事，沉浸在书中不亦乐乎。

只是，她没想到，抬头的瞬间，会看到那人的身影。

迟梨一阵恍惚，那样极具风尘气的人，怎么会在这种文艺小众的地方出现？转角处是木制楼梯，那抹颀长身影一闪而逝。

她的心中掠过淡淡的惆怅，像石投湖心，原本的忘我状态消失，她重新回到俗世中。

相亲对象姗姗来迟，是个三十岁出头的斯文男子，戴着眼镜，据说是个博士，在园林设计院上班。

都是念过一些书的人，两人从《山海经》聊起，倒也投机，只是，男人一直不主动招呼点餐。迟梨没吃晚饭，找了个说话的间隙招呼服务生过来，点了份蔬菜汤和咖喱面，将菜单递给对方，问他吃什么。

博士点了份牛排，服务生报了菜价，总共二百一十八元。迟梨伸手去拿钱包，男人也拿出了钱夹，取出一张一百元的人民币：“不好意思，我习惯AA。”

迟梨顿了一下，立刻微笑：“没关系，不过，地方是我预订的，这次我请。”

如果男人坚持AA也就罢了，人家在国外待过，可能习惯了这种方式，没想到迟梨话音一落，男人那只握着钞票的手立刻缩了回去：“哦，也好。”

迟梨付了账，饭菜很快被端上来，可她已经没什么胃口。对面的博士一边吃，一边绘声绘色地介绍着外国菜的昂贵可口：吃法式蜗牛要配钳子和双齿叉，俄国菜里全是油……

迟梨草草地吃了几口，百无聊赖地抬头张望，随着咯吱咯吱的木梯响，一抹冷清修长的身影出现在楼梯口。地中海风格的吊灯将他的脸映得斑斓可笑，纵然如此，迟梨还是无声地倒吸了一口气。

心跳如擂鼓，她欲拒还迎地看过去，男人星子般璀璨的双眼已将她攫住，笑意坦然邪肆。

博士好像说起了房子。

那男人却走过来了。

博士说，他每个月的工资要给父母三分之二。

那男人越来越近了。

博士说，剩下的三分之一够两个人的生活费，这样的话，房贷就需要女方来还。

那男人停了下来。

博士说：“我觉得这样很公平。迟小姐，你有什么意见吗？”

“我有点意见。”餐桌旁站住的男人漠然开口，他有着一张无可挑剔的脸，桃花眼勾魂摄魄，露出冷冷的光时却令人心悸。

迟梨讶然地看着男人，他低头，冲她嫣然一笑，方才如冰的眉眼间顷刻如春风沉醉：“宝贝儿，背着自己的男人来相亲，可真有些不像话啊。”

没有过多停留，他弯腰，伸手，在她的腰上轻轻一托，她轻盈的身体便跌进了一个宽阔的怀抱。

“抱歉，我家宝贝儿逗你玩，别当真了。”男人说道，语声冷淡、戏谑，“不过，白蹭一顿晚餐，你也不算亏。”

“你……”眼镜博士羞怒地涨红脸，刚站起身，眼前的一对男女已相拥着离开了咖啡馆。

一直走到店外的停车场，迟梨才甩开那只手臂的桎梏，将他推开了一段距离。

“别以为我会感谢你。”她悻悻道，月光从树叶的缝隙里洒下来，不知他能不能看出她通红的脸。

“知道。”男人轻笑，斜靠在墙壁上，目光在月下如玉、如水晶，温润极了。

“你生气不是因为我弄砸了你的相亲，而是刚才拖你出来时……我摸了你的腰。”他嗤笑出声，低头，垂眸，明明那么轻佻，举手投足间却蕴含风情万种。

迟梨心口发烫，她不能跟这个人纠缠下去，太危险，他分明是个流氓，而她竟会对流氓蠢蠢欲动。

她低头往马路上走，那人在身后笑着喊：“我叫温屿舟，温暖的温，岛屿的屿，归舟的舟。美女，后会有期。”

温、屿、舟。

迟梨没有转身，脚步却猛地顿住，但仅仅几秒后，她重新迈开步子，离他的身影越来越远。

一路上，两道声音在脑海里不断纠缠。

“你好，我叫温屿舟，温暖的温，岛屿的屿，归舟的舟。”

“我叫温屿舟，温暖的温，岛屿的屿，归舟的舟。美女，后会有期。”

一道模糊、遥远，是印在青春里的朦胧底色；一道清晰、真实，是入心入肺的蛊咒。

就是他吧？纯白时光中那个清朗干净、笑起来有一点忧郁的少年？

不、不，好端端一个男孩子，怎么会变成这副德行？

一定不是他。

迟梨压下了心头的纠结，新的一周开始了，她必须让自己全身心投入工作。

可是，鬼使神差地，在和高中同学小文微信聊天时，她忍不住旁敲侧击地问起了那个男孩的事。

迟梨的老家虽在棠安，可她父母退休前长期在省会城市玉市工作，所以，她从小学起就在玉市读的，直到高三上学期，因为户口问题，她不得不回棠安参加高考。也就是在棠安一中这短短的一个学期，她认识了那个叫温屿舟的男孩。

他是棠安一中神话般的存在，高颜值、高智商，背景还神秘。没有人见过他的父母和其他家人，却有人看到有专人豪车送他上学、接他放学。每次期末考试，第二名是谁大家没印象，但第一名肯定是他。

直到高三文理分科后的第一次模拟考试，成绩榜上有了两个第一名：理科班的温屿舟，文科班的迟梨。

可惜，没多久，迟梨就又离开了棠安，父母终于为她解决了户口问题。最后一个学期，她回到玉市参加高考，从此，再也没见过那个男孩。

他们如流星交会，迟梨不得不相信，温屿舟的青春记忆里根本不会有她一丁点儿的蛛丝马迹。

然而，无人知道，那个少年于她而言，则是一眼万年，一见斯人误终身。

说起棠安一中的温屿舟，同学告诉迟梨一个惊人的消息：“他呀，你不知道吗？据说，你刚走没多久，他就被抓了，好像被判了三年。”

“什么？”答案太匪夷所思，连一向淡定的迟梨也瞠目结舌，忙追问，“我是说那个总考第一名的温屿舟……”

“没错，天才少年嘛，就是他。”隔着屏幕，迟梨也能感觉到同学的惋惜，“高考一个月前的事，我也没亲眼看见，但大家都是这么传的，说他被警察带走了。”

迟梨嘴唇颤抖，手指发凉，好半天才敲出一行字：“犯的什么事？”

“说不清，他的事没几个人知道。不过，后来我听别人说是跟什么经济犯罪有关，我倒是觉得扯淡，一个高中生怎么能扯上经济犯罪？欸，你怎么突然想起来问他了？”

迟梨还沉浸在震惊中，半天才手腕发软地敲了一行字过去：“没事，就是随便问问。”发送完，她也顾不得道别，关了电脑便一头栽进枕头里。

第二章 离舟何日归

这晚，迟梨做了个梦。

梦里，她还是十七八岁的模样，羞涩、内敛、敏感，刚刚转到陌生的学校，周围是一张张陌生的脸。类似于男同学的热情、女同学的孤立这样的事情，常常让她不知所措，于是，她只好小心翼翼地避开所有人。

于是，在棠安一中的那段时光成了迟梨生命中最孤独的日子，她一个人打水、吃饭、上自习，一个人听歌、看书、到处走。

直到那节电脑课。也不知是那台电脑中了毒，还是她不小心碰到了哪里，当班上的同学都随着老师的指令操作时，只有她手忙脚乱地关掉一个又一个弹窗，弹出的网页内容自然是乱七八糟的，还有些不堪入目的。她按着鼠标不但没有关掉，反而打开了页面，大尺度的画面火焰般灼烧着她的双颊。就当她感到有人窃窃而笑向她投来目光，老师的脚步也越来越近时，从旁边的座位探过一条手臂，修长的手指在主机上一按，眼前的屏幕顿时黑了，一切归于平静。

老师的声音传来时，她已听不清他说的是什么，只感觉自己稀里糊涂地站起来换到了邻座的电脑前，而那个刚刚关掉她的电脑的男孩则坐在她原先的座位上，神情专注、指尖飞快地敲打了一阵后，电脑飞快地恢复了正常运行。

她充满感激地盯着他，记住了他的侧脸。他转过头来时，她的心如风帆鼓起，胸口有闷闷的擂鼓声，他浅浅地一笑："你好，我叫温屿舟，温暖的温，岛屿的屿，归舟的舟。"

天一热起来，新闻行业似乎也进入淡季，天天大日头晒着，记者们早出晚归，被晒成非洲人，编辑们则昼伏夜出，在空调嗡嗡作响的大厅里与蚊子和稿子为伴。

日子是平淡如水的，只是，迟梨的心绪这些天不太稳定，梦中的少年与现实中的男人重叠又分离，她试图甩开，却发现根本徒劳，不是无力，而是执念太深。

因此，对原本就该断绝来往的人，迟梨留了情面，比如，祁少恭。

除了通过他，迟梨似乎找不到别的可以接触到温屿舟的渠道。

这一次，祁少恭跑到迟梨工作的报社来堵她，开了一辆招摇的跑车，音乐放得震天响，车前盖上放着一大捧香槟玫瑰。只可惜，她下班出来得晚，祁少恭等了一个多小时，玫瑰花蔫了不说，志得意满的男人也被傍晚的闷热弄得一脸不耐烦。

迟梨款款地走出了大楼，白底晕染着青花的雪纺裙摇曳着，她的步伐轻盈灵动，几乎可与冰雪媲美的肌肤在夕阳下微微泛着金光。

刹那间，祁少恭胸中的郁闷一扫而光，迟梨像一阵清风柔柔地吹进他的心里。

他咧开嘴笑，抱起那束玫瑰，冲她招了招手。

其实，她更适合小雏菊。祁少恭把花塞进她的怀里时想。

“知道你不喜欢吵闹，今晚我订了个清净的地方，就咱俩安安静静地吃顿饭。”祁少恭笑里带着讨好。

迟梨抿唇，双目中波光流动：“也好，我正好有话想跟你说。”

祁少恭带迟梨去了山上的一家私人会所，位置隐蔽，品位高雅，出入的自然皆非一般人物。

迟梨觉得有点过了，但好在这是最后一次和祁少恭吃饭，她得拿出点耐心和风度。

“今天我请客。”祁少恭刚点好菜，迟梨就把准备好的一沓人民币递给侍应生，祁少恭面色转冷：“对我这样见外？”

“知道祁总有钱，不过，我这个人有些臭脾气，怕欠别人的。”迟梨轻笑。

祁少恭沉默了一下，道：“这应该算优点还是缺点？”

迟梨只低头喝茶，半晌，菜品上桌，原本十分幽静的包间外却传来不合时宜的聒噪声，一个女人声音尖锐地喊了一声什么，之后一声轻响，几串脚步声渐远，四周又平静下来。

真是要完，耳朵里怎么会又出现他的名字，迟梨拿筷子的手僵在半空，她竟然听到那女人喊的是“温屿舟”……

温屿舟，温屿舟，她要疯了，她努力回过神，祁少恭正探究地看着她：“在想什么？”

迟梨夹了片生菜，思忖片刻，声音温软：“祁总，今天有两件事想和你谈。”

她用坦然清澈的目光看向对面的男子：“第一，我不打算接受你的追求，今后也没有可能；第二……”

少爷脾气的祁少恭听到第一句话就炸了，哪里还容她讲第二件事，只见他啪的一下扔掉筷子，杯盘碗碟噼里啪啦一串脆响。他气呼呼地盯着她：“你到底看不上我哪一点？我改，全都改，成不！”

迟梨抿了抿唇，内心在说：不如回炉重造再投一次胎。

不过，她面上倒还是平静：“祁总，少安勿躁，不是你不好，是我的问题。我这人性格别扭，遇不到那个对的人，绝不委曲求全，也不想耽误了你。”

祁少恭叹了一口气，重重地坐下，眉间带着郁闷的神色：“不试一试，你怎么知道谁是那个对的人？那万一我就是呢。”

迟梨摇摇头，浅笑：“不用试，是不是那个人，只一眼，我就知道了。”

饭菜精致，不过，祁少恭一口也咽不下去，他默默地坐了一会儿，叹气道：“你说第二件吧，不管你接不接受我，我都拿你当朋友，能帮得上的，我一定为你效劳。”

见他神色认真，迟梨倒有些感动了，往他的杯子里添了点水：“祁总，言重了，我只是想从你这儿打听一个人……上次在‘皇城’，咱们进门碰见的那位温总，是不是棠安人？”

祁少恭有些意外，眉头微微皱起：“你是说温屿舟？你打听他做什么？”

见他没有坦言，迟梨略显失望地往后靠了靠，眼睛看向窗外：“也没什么，记得有个同学也叫这名字，不知是不是同一个人。”

祁少恭端起玻璃杯在手中摩挲：“他是棠安人倒不假，不过，未必是你同学，你也最好别再继续求证……”他抬头看了看迟梨，目光复杂，“据我所知，在这个圈子里，没人敢打听他的底细，包括出身、家庭……迟梨，你怎么会对他感兴趣？”

迟梨捕捉到他话语里的关键词时就已经神游天外，温屿舟是棠安人的话，那么，他和她记忆中的那个少年是同一个人的可能性就更大了，而连祁少恭这样家产丰厚的二世祖提起他来都不免小心翼翼，她有些不解：“他在这个圈子里很厉害？”

祁少恭摇摇头，往门口扫了一眼，压低声音："你是没见过他的手段……得了，最好别在人家地盘上聊这个，你记住我说的，别乱打听。"

迟梨笑笑，给祁少恭的小碗里盛了一勺汤："谢谢，喝汤。"

他们离席前，侍应生面带歉意地将迟梨的餐费退了回来："女士，你好，经理说我们店不收现金，实在不好意思，我刚来两天……"

迟梨赶忙去包里拿银行卡，被祁少恭一把拦住："好了，一顿饭而已。大不了下次你换个地方请回来。"

迟梨无奈地看着唰唰在账单上签字的祁少恭，只好笑笑收回钱包，且不知这一笑又在男人的心里激起多少涟漪。

天已黑透，山上景致不错，葱茏林木间点缀着各色灯光。祁少恭坚持要送迟梨，却被拒绝得更加坚决，理由很牵强：吃得太饱，走路减肥。

得，就她那小身板还用减肥，祁少恭索性把车一锁："你一个人走夜路不安全，我跟你一起走。"

她不肯坐他的车，他陪她一起走，她总没理由再拒绝了吧？他正兴冲冲地转身往她的身后走，兜里的手机却响起来。

哪个不长眼的人在这节骨眼上打电话过来，果断拒接！

等等，老祁大人……他爹？

祁少恭示意迟梨等等，恭恭敬敬地接完电话，眉眼耷拉着，迟梨静静地看着他，他倒也是玉树临风的人："祁总有事就先走吧，你不是说温屿舟很厉害吗，这里是他的地盘，应该没人敢乱来。"

"公司出了点急事，迟梨，你还是跟我一起坐车回市里吧。"祁少恭语气诚恳。

迟梨浅色的裙角在夜风里飘扬，话语依然温润柔软："你快回吧，祁总，我如果走不动就会叫车，放心吧。”

祁少恭还想说什么，手机又响起来，是秘书打来的。他火大地挂掉，匆匆钻进车里，朝立在路边亭亭玉立的迟梨带着歉意地按了声喇叭，迅速驶离。

刚走了有五分钟，祁少恭的车载电话响了，他以为又是家里人打来的，正想挂断，一看那个电话号码有点熟悉，便接起来。

“祁少在哪儿逍遥呢？我是温屿舟。”

一把凉凉的嗓音，却让祁少恭心头一跳。他苦笑了一下，道：“是温总！一桩交易搞砸了，老爷子发飙，我正往回赶呢。”

那头的男人轻笑：“怪不得，今晚我恰巧在山上，出门看到祁少把一姑娘丢在了半路，怎么着，我这山上黑黢黢的，也不怕美人儿被狼叼走？”

祁少恭忙道：“温总见笑了，这姑娘非要走路减肥，我这边又被催得急，只好先回去露个面再去接她……哥哥要是得空，能否找人送她到市里，我担心她的安全。”

除了公事，祁少恭和温屿舟打交道不多，上周的聚会上两人也纯粹是偶遇，不过都是玉市有头有脸的人物，这点面子他不会不给。

果然，温屿舟道：“祁少，放心，人一定给你安全送到。”

山名凤泉，内有温泉，两年前被温氏集团承包，建起了凤泉山庄。

灯影绰绰下，男人长身玉立，喝了点酒，夜风一吹竟有点上头。他握着手机望着她，瘦削的身影，长腿细腰，微微低着头，不知在想什么。

“喂。”他隔着一条石板路唤她，朦胧中，他看到她驻足转过身来，夜色朦胧，她看不清她的表情，只见两道目光闪亮如星。

他晃晃悠悠地走过去，脸上挂着招牌式的笑：“我这地方如何？”

有花香隐隐袭来，迟梨未抬眸，只道：“空气很好。”

温屿舟双手插兜，身后是幽深夜色中挂着两盏红灯的凤泉山庄，四周群灯如星，映得他的目光闪烁不定："你好像一点也不惊讶？听祁少说，你不肯坐他的车，怎么，吵架了？"

"没有，我跟祁少恭，其实不是……"

迟梨想说她和祁少恭根本不是男女朋友，但温屿舟一开口就让她将剩下的话咽了回去："你不会是在等我吧？"

迟梨心脏一缩，忙辩驳："我并不知道你在这里。"

温屿舟大笑，领口微敞，看起来放松又坦荡。迟梨在夜色的掩护下悄悄地看他，仍是那般清逸英俊的模样，卷了袖管的白衬衫穿得落拓而性感。月亮升起，山上的灯光便被衬得暗淡，迟梨心中又柔软又紧张，她看着他，他仰头看着月亮，两人都没有说话，明明才见过几面，却仿佛相识已久。

"我知道自己很帅，可你也不必看这么久。"声音含笑，迟梨的遐思被打断。

她忙收回目光："抱歉，我只是忽然想起一位朋友。你跟他，有点像。"

温屿舟目光明亮："前男友？"

迟梨浅笑："老同学。一聊起来，发现其实并不像。好了，我要走了，再见……"她忽然不知叫他什么好。

"你记性不太好。"他看她一眼，笑容凉薄，却温柔，"我叫温屿舟，别再忘了。"

那一眼，迟梨看到星光大海，看到月亮升起在山头，她想，不会忘，大概这辈子都忘不掉了。

她脚步仓皇地沿着石板路往山下走，山静林幽，虽然有灯和月，但无人的夜晚总是可怖，她加快脚步，匆匆行走。

没多久，身后亮起一道灯光，汽车的喇叭声在身边响起，一辆黑色的奔驰越野车在她的身侧停住，后车窗敞着，温屿舟衣衫整齐地坐在后座上冲她笑："上车吧，已向祁少恭备过案。"

迟梨还在犹豫，他已倾身将门打开："这里离市区有近十公里，步行回去至少需要好几个小时，而且……"他故意顿了一下，"我听看门的大爷说，半夜能听到狼叫……"

坐进车里，迟梨的脸还是煞白，说实话，她胆子不大，决定不坐祁少恭的车，除了要断对方的念想之外，也有温屿舟说的因素。

吃饭时她的确听到有人在喊温屿舟的名字，所以，她想赌一把，看能不能在这里遇见他。

离他这么近，迟梨心如擂鼓，还好这个男人虽然看起来风流轻浮，真的肩挨肩坐着，他却没丝毫唐突之举。

只是，过了一会儿迟梨才发现前面开车的是个女人，而且是个不折不扣的美人儿。

"屿舟，送完这位姑娘，你是回家，还是去公司？"美人儿说话了，语气亲切地直呼其名，显示着与温屿舟的关系与众不同。

"约了人打牌，估计要通宵。"他淡淡地说，将脸扭向窗外。顺着他的视线看去，迟梨看到刚刚离开的山地上，有人在放烟花。

"停车。"温屿舟开口。

开车的女子迟疑片刻："怎么了？"

"抽根烟。"他似乎有点不耐烦同那女子说话，车未停稳，他便开门跨了出去。

温屿舟绕到迟梨的车窗边打开车门，歪头扬唇："下来透透气。"

驾驶座上的女子转头看了一眼迟梨，嘴角带笑，眼睛里却透着冷："我眯一会儿，上车了喊我。"

温屿舟和迟梨站在山路上，山野寂静，夜风清凉，一朵朵烟花在凤泉山顶的广场上盛开得热闹而又孤寂。迟梨发现，站在这个位置看山顶的烟花特别美，那烟火与天相接，像是银河里开出的绚烂花朵。

风有点大，温屿舟侧身点了支烟，远处的车灯已熄，近处唯有他指间火光如星。

“真美。”迟梨喃喃地叹。

男人转头，看了眼夜色中的迟梨，轻笑：“是很美。”

——美得他想犯浑。

“你还没告诉我你的名字。”他弹掉烟灰，看她，目光晶亮。

“迟梨，迟早的迟，梨花的梨。”她也看向他，眼里有一瞬的天真，“我以为你知道。”

“你还以为什么？”温屿舟笑得促狭，薄唇一张，白色烟圈悠悠地飘向迟梨，“以为我喜欢你？”

砰的一声，今晚最大也是最后一朵烟花在山顶炸开，璀璨的火光下，迟梨定定地看着他淡漠的侧脸：“难道不是吗？”

是谁先说要我考虑跟他？是谁先招惹的我？

是你，温屿舟。

可她错就错在，她忘了他是个在红尘中打滚的人。

目光相接，在第八秒前，他果断收回：“上车，送你回去。”

红色烟头被弹出，明明暗暗，终究熄灭在水泥路面。

之后，他再也没有主动同她说过半个字，临下车时，她道谢，也只换来开车女子的一抹淡淡的笑和他半边沉默如石的侧脸。

那一晚，迟梨辗转反侧，而温屿舟则在酒店里输掉了一大把的钱。

第二天早上六点多，迟梨醒来，摸出手机一看，祁少恭发了微信、短信数十条，内容都差不多：平安到家了吗？对不起，事情太急，把你一个人丢在山上，晚上请你吃饭赔罪好吗？

她看了下时间，那些信息都是他半夜发来的，她放下手机起床去洗漱，等冲了个澡出来，手机已经响了起来。

打电话过来的还是祁少恭。

她太阳穴痛，叹了口气，还是接起："早，祁总。"

他说来说去还是信息里那些话，说昨晚对不住她，要请她吃饭赔礼，她笑得无奈："我以为昨天已经说得很清楚了，祁总，你真的不必在我身上浪费时间。"

祁少恭沉默了一下："我知道，做朋友总成吧。"他又闷声问，"昨晚温屿舟送你回的家？"

迟梨的心莫名被戳，含糊道："算是吧，一个美女开的车，只是顺路捎我下山罢了。"

"这样。"像是突然做了什么决定，祁少恭带了恳求的语气，"我的公司遇到点麻烦，想请温屿舟出面托个人情，干脆今晚我组个局，邀请他参加，感谢他昨晚送你回来。"

六月底的清晨，阳光明亮地照进来，迟梨盘腿坐在地板上擦头发，嘴角微微扬起："祁少恭，你还真是个精明的商人。"

电话那头的祁少恭讪讪地笑："就当帮我个忙，迟梨，你一定要来，我下午六点到楼下等你。"

"不必麻烦，你定好地方，我自己过去。"

祁少恭选的地方是一家十分僻静的茶社，迟梨打车到达时恰好看到一辆尾数为三个六的奔驰越野车在路边停住，后车门被打开，一条大长腿先落到地面上，迟梨心头一跳，下意识地往身侧一株高大的栀子树后藏。那人从车上走下来，黑衣黑裤，玉树临风，并没看她，而是稍稍驻足，等另一侧一名穿着白色鱼尾裙的婀娜女子袅袅走来，挽住了他的手臂。

两人步入茶社，过了好一会儿，栀子树下的迟梨才缓缓走进去。

雅间里已经开局，麻将桌上哗哗作响，“长城”垒起来，温屿舟、祁少恭对面而坐，另两边是上次在KTV见过的江总和温屿舟带来的那位女子——并不是昨晚的那位。

见迟梨进来，祁少恭笑着招招手：“快来，替我打两圈，我去安排酒菜。”

他这么一喊，除了温屿舟老僧入定般坐着眼皮都不抬，其余两人皆好奇地向迟梨看来。

“迟梨，这是江总，这是余小姐，这位你应该认识……”祁少恭热情地向迟梨介绍。

祁少恭刚指向温屿舟，就听到带着一丝不耐烦的声音：“祁少，还打不打？”

一丝尴尬被迅速掩去，祁少恭拉过迟梨将她按在座位上：“好好玩，输了算我的。”

说完，他便转身出去，迟梨沉默了片刻，伸手便去摸牌。

“欸！”余小姐叫起来时，迟梨的手碰到了温屿舟的手背，她火速缩回来，脸顿时也如火烧般滚烫。

“抱歉。”

“这局该温总坐庄，迟小姐，别紧张，玩个麻将而已。”相貌美丽的余小姐含笑道。

“迟小姐大概很少玩麻将，别担心，我和温总都是怜香惜玉的人。”右侧的江总笑嘻嘻道。

迟梨听了这话更加不好意思，抬眼看了下对面，那人也在看她，一双澄澈无波的眼睛，似笑非笑：“明宇，你好没眼色，也不看迟小姐是谁邀来的客，还不赶紧去找老板娘安排饭菜，让祁少回来教美女打。”

“得了，我才不上当，余小姐和迟小姐两位美女在侧，谁还去找那个半老徐娘，今晚上什么，咱吃什么？要我说不吃也行，反正秀色可餐，眼睛管饱。”

江明宇嘻嘻哈哈，冲淡了方才的尴尬，余小姐催促众人摸牌，迟梨这次不动，轮到自己了才抬手。一圈打下来，她有点生疏，没想到最后竟然和了牌，江明宇是点炮者，咋咋呼呼地叫着上了新手的当，非要她陪他喝一杯酒。

虽然没开饭，但红酒和茶都在桌上，迟梨也不推辞，举了酒杯等江明宇倒酒，结果江明宇使坏，一次竟给她倒了大半杯干红。

温屿舟把玩着麻将，嘴角还是那抹似有若无的笑，余小姐伏在他的肩头看热闹，纤纤玉指在他的手背画了一圈又一圈，跟画在迟梨的心上似的。

她瞥他一眼，垂眸，举杯，仰头，一饮而尽。

江明宇兴奋地拍掌叫好，温屿舟却不动声色，末了，将骰子丢给迟梨：“该你了。”

骰子还带着他掌心的余温。

迟梨把温屿舟从庄家的位置推了下来，她没看他，心里攒着闷气，掷了骰子。

酒喝得猛，上头就快，接下来的几圈，迟梨也不知是怎么打的，稀里糊涂总是输，不是给余小姐点了炮，就是眼看着要赢却被温屿舟截了和。

祁少恭进来时，迟梨面前的纸钞已经输得一张都没有了，她十分惭愧，要取自己的钱包，被祁少恭笑着拦住：“说了输的算我的，玩牌嘛，输赢不重要，就图一乐子！温总，你说呢？”

温屿舟丢开麻将，斜靠在座椅上，一只手闲闲地抚弄着余小姐的鬓发，另一只手却端起酒杯，冲迟梨淡笑：“怨不得迟小姐，是我们欺生。来，迟小姐，我敬你一杯，算赔不是。”

他一副轻佻的模样，迟梨一阵窒息，二话不说就端起酒杯，咕咚一声，杯子见了底。

桃花般的粉色飞上她的面颊，祁少恭拉她在饭桌前坐下时，她的脑袋蒙蒙的，她从来没这样喝过酒，有点头晕，但还不至于醉。

不过，她已经控制不住自己的目光了，她不断地往温屿舟那里瞟，一双眼水汪汪的，又异常明亮。对面的男人应该也是察觉得到的，只是他不抬头，余小姐亲昵地偎在他的身侧说话，他转过脸，倾听的模样似乎很是认真。

将酒杯端起又放下，迟梨不知道他们都谈论了什么，似乎祁少恭讲起昨晚的事，拉着迟梨一起要向温屿舟敬酒。那人终于直视着迟梨，淡声道：“她喝不少了。”

于是，祁少恭去拿迟梨的酒杯：“我替她喝，两杯一起干了，再次感谢温哥！”

谁知她却不撒手，眼睛直勾勾地盯着对面眉目如画的男人：“我自己会喝。”说罢，她又是一仰头，气势豪迈，完全不像往日柔弱寡言的样子。

再接下来是怎样，迟梨已经记不大清了，唯一记得的是，他走了，她一喝完那杯酒，他就叫上余小姐，一起离开了茶社的包间。

江明宇和祁少恭都跟到门外去送客，折返回包间时，却已不见迟梨。

夜晚下起了雨，空气变得潮湿而凉爽，雨水打在车的挡风玻璃上，温屿舟望着那不断摆动的雨刷莫名地出了神。

“温总，温总？”余小姐轻轻拍他的手背，俏丽的脸上带着娇嗔，

“人家问你能不能让司机先拐到我那里，今天出来得急，忘了带卸妆水。”

温屿舟回过神，颇有些倦怠地抽回了手：“直接送你回家，我待会还有正事。”

余小姐愣住，立刻眼泪汪汪：“屿舟……我哪里做得不好吗？”她以为他肯带她出来，整晚又那么温柔，必定是要留她过夜的。

“是真的有事，特别重要。乖，你先回去。”他口气放软，余小姐无法再忤逆，只好让司机在自己小区门口停下，悻悻地下了车。

迟梨跌跌撞撞地下了出租车，从下车处到小区门口有一条不足二十米的巷子，这两天路灯不知被哪个调皮的孩子打坏了，整条巷子都暗暗的，迟梨深一脚浅一脚地往小区走。雨不大不小，她走得慢，却足以淋湿裙子和头发。

黑黢黢的，路仿佛漫长许多，迟梨伸手摸包，想去拿手机照明，只可惜头晕得厉害，手也不听使唤，手机刚拿出来就掉到了地上。她弯腰去找，摸来摸去，除了冰冷湿凉的地面，什么也没摸到。

她一个不小心，连包也掉到了地上。

车灯的白光照亮了小巷，温屿舟从停在巷口的汽车上走下来，长腿，宽肩窄腰，皮鞋踏着积了水的地面，脚步稳健而又深沉。

迟梨抹着脸上的雨水扭头，看到的就是这么一幅撩人心魄的电影般的画面。

十一点多的雨夜，小巷幽深安静，被光打亮的雨地上，温屿舟徐徐走过来，向她伸出手。

迟梨怔了许久。她以为自己在做梦，一定是酒醉后做的一个美梦，不然，他的眼角怎么会弥漫着万丈柔情？

她像被蛊惑般伸出手，温屿舟的手微凉却有力，宽大的手掌将她的手包裹住，然后他弯腰拾起地上的东西，一言不发，牵着她往小区走去。

他把她送到电梯口，她迷惘地看着他，不知不觉地发出声音："温屿舟，你真的不喜欢我？"

电梯按键被迟梨紧紧按着，门开了又合，她的目光火炬一样明亮，看着他，他感到从身体深处涌出一股陌生的情潮，它阵阵冲撞着胸口，令他一时心慌，竟差点动了动唇。

他深吸了一口气，情潮退下些许，他暗暗攥紧了拳头，笑了："没错。你最好也打消这种想法——我对朋友的女人不感兴趣。"

迟梨不死心，紧紧地盯着他："我说了，我不是祁少恭的女人。"

温屿舟退后一步，摇头轻笑，目光淡得像天空中的星辰："看来，你是不到黄河不死心，不如这样说吧，迟小姐，我是对你不感兴趣。"

淡淡的嗓音，竟如此冷漠。积攒成团的情绪在胸口打着旋，迟梨努力将它压制，却见那人已走进雨里。

"等等！"她大喊，朝他比着手势，"两分钟，你等我两分钟就好！"

她已经顾不上温屿舟会怎么想她了。

脚步顿住的男人又回到屋檐下，雨淅淅沥沥地下着，他失神地想：她要干什么？想用别的手段来挽留我吗？她应该是矜持的、骄傲的、不染一丝尘埃的，所以，像我这样的人，离她越远越好。

迟梨从楼梯跑下来，素色的裙角如落花飞扬，三楼并不高，但等电梯要许久，她气喘吁吁，生怕他不肯多等一秒。

还好，他玉树般站在那里。

她的手里多了把碎花雨伞以及一个小小的手电筒。

"还有什么事？"他故意抬腕看表，做出不耐烦的样子。

迟梨神色忐忑，递了伞和手电筒过去，因为跑得急，胸口起伏得厉害。

温屿舟不接，手插在裤兜里，定定地盯着她。

迟梨擦了一下汗，挤出一抹笑："昨晚小区有人摔了跤，你拿着这个安全些，还有，谢谢你送我回来。"

温屿舟似乎满眼怀疑，迟梨舒了一口气："东西你用完就扔掉，我不会再纠缠你，从今往后，我们就是陌生人，谁也不认识谁。"

而本来，她和他也没什么关系，鱼与鸟，山与海，即便相逢，也不过是刹那光影，转瞬即逝。

第三章 相逢应不识

“他们在高原城市上告别，仿佛离开破碎的岛屿，各自投身汪洋大海……”

——安妮宝贝《莲花》

盛夏难熬，每年七八月份，迟梨都会选一处地方度假，今年也不例外，加上最近心情郁闷，她特地挑了一直想去但没去过的西藏作为旅行目的地。

请假很顺利，部门主任和老总听说她要去西藏，都连连叮嘱她注意身体、不要感冒，她心中感动，却不会表达，只是应了声好，笑着转身离开。

编辑的工作很平淡，但她做得认真，这个城市不大，但她也生活了一二十年，余生有时似乎一眼就可以望到头，有时却又仿佛雾霭茫茫，什么都看不分明。

她离开前的那晚，小区的路灯终于被人修好了。凌晨四五点，她拖着行李赶往机场，经过小巷时，天还未亮，路灯的光芒将她的影子照得异常分明。

飞机在云朵里穿行，西藏的天蓝得动人心魄。迟梨闭目养神，记忆回到那晚，便好似又看到温屿舟那张淡漠又动情的脸，那双看一次就再也忘不了的眼。

拉萨贡嘎机场，一个白衬衫、黑长裤、打着黑色领带、公务员气质的年轻男人举着张写着“迟梨”的纸牌不住四下张望。

迟梨拖了箱子出来，大厅液晶屏上显示气温二十二摄氏度，身上的短袖短裤明显不合时宜，还好提前有准备。她拿出一件过膝长的白衬衫正要穿，便听到男人欢天喜地的声音：“迟梨！迟梨！”

她穿好衬衫，冲跑过来的男子笑：“你好，陈泰，好久不见！”

陈泰是迟梨的大学同学，毕业后考进一家中央直属的行政单位，被分在了拉萨，说起来已经有七八年没见了。

“你还是那么漂亮，迟梨！”陈泰满脸的笑，从前白皙高瘦的少年变成了一个有些黢黑但不失稳重俊朗的成熟男人。

“知道你忙，本不想打扰的，但小雪说一定让我替她来看你一眼。”迟梨抿唇，小雪是她要好的大学朋友，曾经和陈泰好过一段，听说她要去西藏，非要她去看看陈泰现在是什么样、结没结婚、过得好不好。

“小雪她……过得挺好吧。”陈泰有些不自然。

迟梨掏出手机给陈泰翻看相册里的照片：“喏，这是我俩过年拍的，她生孩子了，宝宝像她，眼睛超大。”

陈泰默默地看了一会，眼圈有点红：“好像胖了点，不过，胖点好，说明过得幸福，起码要比跟着我强。”

迟梨默然，两人站了一会儿，陈泰拉起她的箱子笑起来：“这次准备待几天？我安排一下手头的工作，尽量陪你多转转。”

“你不用管我，我想去墨脱，就是不知道今天有没有车。”

墨脱是迟梨一直向往的秘境，高中时她读安妮宝贝的《莲花》，开始对这个被世界藏匿的地方产生向往，她至今记得其中的一些段落——

“梅花鹿高贵的犄角在羊齿植物的草丛中掠过，薄薄的青苔上萤火闪耀……整个世界似乎只有我们两个。我跟着你在黑暗中前行。”

陈泰低头沉思，片刻后，道：“今天肯定走不了，你先到宾馆休息，我去看看什么时候有车。”

傍晚的时候，迟梨在宾馆收到陈泰发来的微信：晚上六点半到二楼 203，想吃什么先点着，我忙完手头的事就过去陪你。

迟梨决定明天就出发，不管是去墨脱，还是去哪里，决不能耽误了老同学的工作和生活。

203 包间里，迟梨要了酥油茶，一边喝着，一边用手机查看攻略，据说去墨脱要先在拉萨办边防证，然后到林芝，再转往墨脱。现在是八月份，只要不遇到暴雨，接下来的路程应该没多大问题。

不过，安全性还是要考虑的，她打算待会问问陈泰，听说在一些旅舍可以约到一起前往的游客，这样的话，总比一个人走要强些。

约莫晚上七点一刻，陈泰脸红红地走了进来，手里拎着一瓶干红，迟梨点的菜都有点凉了，他扬手叫服务员又加了菜。

“抱歉，让你等了这么久。玉市来了个考察团，明天要去山南考察房地产项目，领导把接待任务交给我，唉……”陈泰松松领带，咕咚咕咚喝下一碗酥油茶。

“我去墨脱的事，你别管了。”迟梨给他的茶碗添满，“我简单吃点就行，你喝完茶就过去忙你的，工作要紧。”

“那怎么成？本来打算晚上带你到布达拉宫附近转转，没想到突然接了这么个活，只好委屈你在这里随便吃点。考察团的人在一楼，刚才我都敬过酒了，快结束时，我去打个招呼就行。”陈泰把红酒打开，给迟梨和自己各倒了一杯，目光柔亮，“来，蘩蘩，为了庆祝我们的久别重逢，干一杯。”

蘩蘩是迟梨的网名，大学时，同班男生都喜欢这么叫她。

两个酒杯碰在一起，迟梨想起好友的嘱托，忙拿起手机，对陈泰道：“你坐好，我给你拍张照发给小雪。”

“啊？”陈泰紧张地摸摸脸，不是很自信的样子，“我现在这样子……”

“依然很帅。”迟梨调出相机功能，正准备拍，却被陈泰拉住手腕，“小雪已经结婚了，如果被她老公看到，说不定会误会，不如我们拍张合影发给她。”

迟梨一想，也有道理，于是两人摆好姿势，自拍了张合影发给小雪。陈泰似乎来了兴致，拿起手机对着迟梨各种拍，不仅把照片发在了班级微信群，还发了一条朋友圈。

喝了点酒的陈泰似乎有些忘乎所以，单身的他与迟梨这位老同学重逢，有点兴奋过头，以至于忽略了楼下的包间里还坐着正在陪考察团的领导和同事。

陈泰办公室的卓玛是个年轻漂亮的藏族女孩，向来对陈泰比较关注，陪考察团吃饭的间隙，她悄悄刷了下朋友圈，没想到恰巧看到他更新了一条朋友圈：久别重逢，开心。配图是他和一个女孩的自拍。

一股怒气直蹿到卓玛的胸口，她唰地站起来，拿起手机就要出门去寻陈泰，谁知心急之下手一滑，手机竟没抓住，而是甩出去掉到了一位宾客的脚下。

那是个看起来很年轻的男人，深色西装，精致贵气，长相更是风流，在一众人中夺目如星。卓玛神情紧张地看过去，只见那人冲她一笑，微一弯腰捡起了手机。

如蝶翅般的睫毛微微上扬，那人嘴角微勾，拾起手机，银白色的金属在他掌心泛光，只是悄然间，他的笑意凝住，那双波光流转的眼睛被手机屏幕紧紧攫住，良久没有移开。

卓玛脸蛋红扑扑地站到温屿舟的面前，汉语本来就不大好，一紧张更是结巴："先，先生，可，可不可以把这……"

"这个人去哪了？"他指着屏幕上做鬼脸的男人问。

"陈泰？"卓玛一愣，随后小嘴一撇，"看样子在二楼……"话音未落，敛尽笑容的男人已起身，出门前把手机扔进了卓玛的怀里。

二楼包间里，陈泰谈兴正浓，招待考察团的事被他彻底抛到了九霄云外。听说迟梨至今仍单身，他内心深处蛰伏的那只"虫子"蠢蠢欲动，虽说迟梨是他前女友何耀雪的好朋友，但他和何耀雪分手多年，对方也早已结婚生子，他即便追求迟梨，谁也不能说什么。

来到一个完全陌生的地方，面对着昔日同窗的侃侃而谈，迟梨的心情很放松，仿佛回到那些青葱无忧的岁月，思绪飘得很远，她忽然在想，自己读大学那几年，他在做什么……

"他呀，你不知道吗？你刚走没多久，他就被抓了，好像被判了三年。"高中同学小文的话突兀地在脑子里回荡，迟梨猛地回过神，浑身竟打了个冷战：他真的……坐过牢吗？

与此同时，门外走廊上大步疾行的男人忽然放慢了速度，原本积攒在胸口的某种冲动被渐渐恢复的理智代替，他停下，暗自嘲笑自己：这是在做什么？

那不过是个跟她很像的人罢了。

也许真的是她，可那又怎样呢？

口口声声说喜欢自己的女人，转身就跑到拉萨和男人约会了？

温屿舟觉得不能忍。

不过，分明是他拒绝了人家，她也说过，从此只当他是陌路人。

还是不要管了，既然打定主意不招惹她，他便离得越远越好。

就当是为了祁少恭？

是了，接下来，他和祁家还有生意要做，就当是他送祁少恭一个人情吧。

他在门口停住，略一犹豫，敲了门。

而陈泰已经喝得醉眼迷离，正笑着问迟梨："你知道那时班里有很多男生喜欢你吗？"

迟梨笑着摇头："怎么可能，小雪才是班花。我那么平凡。"

陈泰摆摆手："小雪是漂亮，但你美啊，仙女似的，像一朵开在水面上的荷花，像我们这种凡人，一般不敢靠近，所以只好在心里默默地喜欢了。"

"别胡说八道了，要是我有那么好，也不至于单身到现在。"迟梨推推他，"楼下不是还有应酬吗，赶紧去……"

"鬈鬈！"不知是酒精的作用，还是真情流露，陈泰竟一下反手握住迟梨的手，双眸闪着热烈和期冀，"其实我……"

"陈主任！"一道陌生的男声在门口响起，紧接着迟梨一脸惊讶地看到温屿舟坦坦荡荡地走进来，含着一丝温文尔雅的微笑冲陈泰道，"上楼随便走走，没想到听到你的声音，冒昧打扰，还请见谅。"

陈泰尴尬地松开手站起来："是温总吧！真不好意思，老同学难得来西藏，我过来招呼一下，真是怠慢了您，我们领导……"

"你们领导在到处找你。"温屿舟语声淡淡，一副彬彬有礼的精英模样。

陈泰对迟梨做了个鬼脸，赶忙起身匆匆出门，他以为温屿舟要和他一起下去，没想到对方只对他做了个"请"的手势。

陈泰一离开，温屿舟便反手关上了门。

坐在软垫上喝酒的迟梨此时已按捺住怦怦乱跳的心，做出一副事不关己的样子，尽管内心深处依然是紧绷着的，对接下来不知会发生什么充满期待与担忧。

温屿舟走过来，在陈泰刚刚坐过的位置上坐了下来，看着她，嘴角微扬，笑了："不得不承认，我们真的有缘。"

迟梨没有抬眼，假装什么都没听到。

一室寂静，他们坐在靠窗的位置，转头便能看到夜色中布达拉宫的璀璨光芒。

就这么干坐了有两分钟，迟梨都准备起身离开了，忽然听到他带着戏谑的声音："迟小姐，你不会是为了——"

"我没有！"起了一半的身体又腾地落回座位，迟梨脸色涨得通红地盯着他，"我来西藏是旅行度假、看同学的，跟你没有半毛钱关系。我说过当你是陌生人，就不会再自作多情地纠缠你，也希望你不要再误会，我是喜欢你，但也不是……"

她不带喘气地说着，满腔愤怒，却发现他的瞳色渐深，深得像一片海，悄悄将她包围。

迟梨顿了片刻，只见对面的温屿舟只瞧着她笑，梨涡微现，安静动人，他道："但也不是什么？"

她张了张嘴，声音竟不自觉地弱下来："也不是……非你不可。"

"比如叫你蘩蘩这位？"他摇了摇头，"他配不上你。"

迟梨有点生气："你乱说什么？陈泰只是我同学！再说，你有什么资格评价别人？你说他配不上我，那你……"

将后半句话咽了下去，迟梨垂下眼，却仍能感到温屿舟的目光密不透风地扑过来，将她裹挟其中。

她深吸一口气站起来："我要去休息了，阿弥陀佛，希望接下来这几天，我们都别再看到对方。"

迟梨离开了座位，他却还一动不动地坐着。

伸手去桌角拿包时，迟梨靠他近了些，目光瞥过去，竟发现他的面色极差，身上有酒气，发际线和脖子上密密麻麻都是细汗，可明明室内空调开着，室外也不到二十摄氏度。

她犹豫了一下：“你……你没事吧？”

温屿舟抬头，冲她一笑，竟是极温暖：“没事。”

并不是第一次进藏，温屿舟这一回却产生了高原反应。

其实，刚刚和迟梨说话时，他就有些不舒服，胸闷、气短、头晕，但那时他勉力撑着，以为是喝酒的缘故，等迟梨走后，他就回房洗了澡躺下。

他时梦时醒，回忆与梦境交织，却都是黑色的，时而有雨，倾盆而下，时而有烈日，炎炎如火。

他又回到了那个噩梦中，安静的教室里，门被突然打开，刺目的光利刃般刺进他的瞳孔，一行人冲进来，接下来，他的脸、头、四肢百骸都遭受着暴击，疼痛如火蔓延，他大声呼救，却被堵住了嘴……窒息，沉沦，最后一丝光消失，他淹没在无边的黑暗里……

回到房间，迟梨看了一会儿随身带的书，临睡前又看了眼手机，微信群里热闹异常，话题都是围绕她和陈泰的那张照片，有同学开玩笑：你俩不会在一起了吧？陈泰也不否认，发了个得意的表情，还说：怎么，你小子羡慕不已吧！

迟梨有些心烦意乱，索性退出微信，把整理好的攻略又看了一遍，准备洗澡睡觉。

躺在床上，她却毫无睡意，温屿舟的出现激荡着她的整个身心，口口声声说对自己不感兴趣的人却在千里之外主动出现在眼前，即便是偶遇，也不可能没有一点点真心在里面吧？

不过，想起他有点异常的状态，迟梨倒有些担心，也不知他这次出来有没有带秘书，看那样子可能是高原反应，他不会出什么事吧？

想到这里，她翻身坐起，却没有他的电话号码，只好给陈泰打电话。

手机响了很久，陈泰才接。酒喝多了，他说话还大着舌头：“蘩蘩，这么晚还给我打电话？”语气明显很开心。

“陈泰，你能不能帮我查下今晚你见的那位温总住在哪个房间？”她单刀直入，对方却愣住，半天不回话，她赶忙编借口解释，“他是我们报社的一位大客户，刚刚同事打电话给我说，找他核实合同里的一个数字，事情很急，他喝了酒，不一定接电话。你告诉我，他住几号房，我得去找他一趟。”

陈泰半天才哦了一声，电话里窸窸窣窣传出翻纸页的声音：“温屿舟对吗，他在 506。”

“好，谢谢你，陈泰。”迟梨忙着挂电话。

陈泰又道：“这么晚了，你一个女孩去合适吗？要不我过去跟你一起？”

“不用，我叫服务员帮我敲门，有什么事，我会打电话给你的。”

迟梨穿好衣服快速奔出门。

敲了许久门，也没人来开，迟梨愈发着急，几乎是连拍带喊：“温屿舟，温屿舟！你在里面吗，开开门啊！”

已是深夜，整个楼道里安静如斯，她的敲门声急促而清晰，很快就招来了打着呵欠的小服务员。

迟梨赶忙道：“姑娘，快开开门，里面的客人可能晕倒了！”

“怎么回事？”一脸困意的藏族小姑娘也吓了一跳，转身就跑到值班室拿房卡。

迟梨紧张地攥紧拳头：“可能是高原反应……我也不清楚……”

服务员快速打开门：“高原反应可是会死人的！”

迟梨一个箭步冲了进去。

没想到，她找了一遍，套房内空无一人，只有床头灯亮着，被子是乱的，显然有人睡过。

迟梨四处打量，看到衣架上的深色西装，正是晚上温屿舟穿的那件。

温屿舟，温屿舟，你去哪里了？

“啊，你回来了！”正当迟梨站在豪华套房里手足无措时，门口传来服务员的声音，她转过身，却看到穿着白色T恤的男人一脸迷惑地走了进来。

“你干什么去了！”迟梨忍不住高声叫道。

温屿舟愈发不解，晃了晃手里的东西：“我刚才胸闷头痛，感觉快要死了，所以出去买了氧气。”

“还能自己出去买氧气，您肯定没事，死不了！其实，叫前台送过来就好啦！”俏皮的小服务员插嘴笑道，看客人好端端地站在那里，又打着呵欠离开了。

“你怎么在这儿？”温屿舟盯着面前的女子，光芒从瞳孔里一点一点地溢出来。

迟梨深吸一口气：“你没事就好，我走了。”

她抬脚就走，却被抓住手腕。

肌肤触碰，他的手很热，似乎有低烧，迟梨顿住，抬眸蹙眉，一副认真的语气：“高原反应是很严重的，不能喝酒，不能剧烈运动。你正在发烧，你知不知道？”

“我知道。”他喃喃道，凝视她的眼神软得像水，声音也软得连自己都感觉陌生，“你担心我，怕我死掉？”

迟梨去推他的手："你放手，我要走了。"

"不放。"他紧紧抓着她，几乎是将她拽到了胸前，他低着头看她的双眼，寻找着那个明明知道却又满腹怀疑的答案，"迟梨，你喜欢我什么？"

迟梨的心跌宕起伏，她不敢看他深海般的眼睛，甚至不敢呼吸，相距那么近，他的气息沁心入肺。她第一次感觉到这种强烈的心灵震撼，他拥着她，她浑身轻颤，每一寸皮肤、每一个毛孔都在叫嚣，渴望他，爱他，想要不顾一切地抱住他。这个男人，像是种在她身体里的蛊，莫名其妙就发作了。

迟梨无法言语，口中只能艰难地唤出他的名字："温屿舟……"

他看到了她眼里的火焰，然而"温屿舟"这个名字是一截被深藏于黑暗地底下的潮湿朽木，再热烈的火焰，也无法让他燃烧。

他陡然松手，握住迟梨手腕的力道消失，她身体微晃，看到他重重地坐在沙发上，双手扶额，侧影颓唐。

"你走吧。"声音从指缝里传出，迟梨高高扬起的心无声地坠落到地面。

她转动脚跟，嗓音喑哑："如果不舒服，记得给前台打电话。"

迟梨的声音消失，空荡荡的套房里，温屿舟像一座雕像一样坐着。

第二日早上，迟梨四五点就起了床，等陈泰收拾清爽，帅气地出现在她房门外时，她早已坐上了开往林芝的汽车。

温屿舟是在电梯里碰见的陈泰，小伙子皱着眉头对着手机嚷："说好了我安排好工作就陪你一起去，你怎么自己跑去林芝了？一个人很危险的！"

那头不知说了什么，陈泰不再作声，最后恹恹地挂了电话，一抬眸看到身着纯黑西装、神色冷清的贵气男子："温总？"

“你好，陈主任。”温屿舟语气淡淡。

陈泰的笑容透着谦逊与精明：“原来温总和迟梨是朋友，昨晚你去包间，是专门找她的吧？”

温屿舟偏头看他，有了一丝笑意：“她告诉你的？”

“我猜的。”尽管竭力掩饰，陈泰的神情还是露出一丝失落，“她昨晚火急火燎地找我问你的房间号……说是核实什么广告合同……昨晚，没什么事吧？”他探究地看向温屿舟，隐藏的某些情绪暴露，目光灼灼。

温屿舟沉默了片刻，忽然一笑：“无可奉告。”

叮！电梯门打开，在陈泰来不及转换的情绪和目光里，温屿舟迈着骄傲的步子昂然离开。

林芝。她居然去了林芝。

温屿舟打了个电话，没过几分钟便有一辆车在面前停住，随行的助理小满从副驾驶下来为他打开车门：“温总，考察团九点出发去山南。现在七点半，我们去附近逛逛？”

“不了，去林芝。”

林……林芝？小满愣在车旁，已经坐进车里的温屿舟斜他一眼：“你告诉林经理，山南的项目全权由她负责，让她好好考察，回公司后向我汇报。”

山南的房地产项目是温屿舟的集团由玉市转向边远地区的一次试水，他很重视，所以打算亲自考察把关。

他带来的林经理资历虽浅，但悟性尚可，长得也漂亮，正如江湖传言，他身边美女如云，他愿意带出门的，自然得有过人之处。

小满跟了他多年，对老板把这么重要的项目交给一个疑似花瓶的女人很不放心，又不敢多言，只好悻悻地坐进车里，看 BOSS 打一个响了 N 遍也不见人接起的电话。

温屿舟似乎很有耐心，一遍又一遍，她不知道他的电话号码，而他早在和祁少恭于“皇城”KTV喝酒时就记下了她的电话号码。

他也不是故意记下的，只是那次祁少恭给迟梨打电话，她不接，祁少恭便借了他的手机来打，不过她同样没接。

迟梨坐在大巴车上，昨晚她在群里看到消息，有车早上六点半从拉萨出发到林芝。

听到手机响时，车正在过隧道，信号断断续续，她大声地喂喂，那头隐约传来遥远的声音：“我是温屿舟，我现在要来找你……位置发给我……”

电话被挂断，迟梨盯着手机发了一会儿愣，温屿舟？

他到底想怎么样，一边拼命地把她往外推，一边又马不停蹄地靠近，究竟几个意思？

车子驶出隧道后，手机信号再次满格，她的微信上收到一条好友请求，她点了接受，很快对方发来一条消息：“把你现在的位置共享给我。”

是温屿舟。

她想笑，喉间却酸酸涩涩的：“不必了，温屿舟，我已经被你拒绝过不止一次，你认为我还会对你抱有幻想吗？”

后座上握着手机的男人盯着那行字有些气急败坏，他沉了口气，在屏幕上快速打字：“等我找到你，我会向你解释原因。”

他打完字，却发觉消息已无法发送——迟梨将她拉进了黑名单。

温屿舟低骂一声将手机扔到一边，太阳穴又开始突突地跳着痛，前面的小满双眉紧锁地接完一个电话，转头过来，沉声道：“温总，叶小姐来电话说……叶总住院了。”

原本这趟西藏之行，迟梨是想彻底忘掉温屿舟的，却命中注定般与他再次纠缠不清。

她在西藏湛蓝的天空下想着他可能会向她解释的原因，又觉得自己可笑，能有什么原因？无非是喜欢与不喜欢，她喜欢他，甚至爱他，而他也许只是忽然又对她产生了那么一丝兴趣。

她想要一个天长地久，他却是浮萍，随波逐流。

汽车奔驰在广袤的高原上，格桑花在午间的阳光下泛出近乎透明的光泽，远处的湖泊波光粼粼，美得不可方物。

迟梨用纱巾裹了头，又戴了墨镜，饶是如此，窈窕纤细的身段和走路时的曼妙风姿仍能吸引旅途中男性的目光。她下车用午餐时，一个脸黑黑的高大男人同她搭讪："美女是从玉市来的吗？"

迟梨客气地道了声"是"，这下算是给自己找了麻烦。她再次上车时，男人直接坐到她的旁边，自报家门后一路上侃侃而谈。

迟梨听得犯困，偶尔应上几声，原本的惆怅情思也被消解不少，不觉间竟睡了过去。

不知过了多久，她被男人推醒，发觉自己靠在人家的肩头上。她不好意思地坐直身体，赶紧说着抱歉，男人笑笑，指着她的包说："你的手机响了很多次。"

她拿出手机看，陈泰打过一个，还有几个，都是同一个电话号码打来的，现在她已经知道那个电话号码的主人是谁了。

心里有点甜，又有点酸，她发着呆，只听身旁的男人一声惊呼，车里的乘客叫起来："出车祸了！"

大巴车急急刹住，包括身旁男子在内的不少乘客都下去了解情况，过了一会儿，黑脸男人面色更黑地走上来，扑通往座椅上一靠："完了！前面山体滑坡，路断了，想办法打道回府吧！"

迟梨不甘心，也跑下车去看，可路是靠崖山路，原本就窄，这么一断，车陆陆续续被堵了不少，人下了车连站脚的地方都有限，关键是，之前下过暴雨，山体松动滑坡，一侧的山上不时有松动的石块滚落，迟梨正踮着脚尖往前看，胳膊被人用力一扯："别看了，快上车。"

黑脸男人眉头紧蹙，对了，他叫什么来着，迟梨回忆着，宁……宁什么。她死活想不起来，干脆开口叫他宁大哥："宁大哥……有别的路去林芝吗？"

男人把她扯回车里，正准备打电话，听到她又甜又柔的声音，心里一软，笑起来，摇摇头，又安慰她："放心，我已经给拉萨的哥们儿打了电话，过不了多久，他们就会过来，到时你跟我一起回拉萨。"

"谢谢宁大哥。"可是，她并不想回去，林芝那江南水墨画似的美景早就在她的脑中铺陈，眼看就要到了，却中途折返，她着实不甘，而且假期也没几天了。

天公不作美，原本在遥遥天际处蓄谋的云团开始作乱，轰隆隆的雷声响起，一道接一道的闪电劈下来，雨像被谁失手倾了盆，哗地一下给全世界泼了个满头满脸。

宁黑脸说得没错，留在这相当于等死，雨一下，从山上滚落的碎石更多，不少砸中了车身，也有人被砸中，呜呜地叫，混沌之中乱成一片。有车子开始发动，试图掉头折返逃离，可西藏车虽少，这会儿工夫却也拥堵了不止二十辆汽车，一些理智又热心的人便四处找人，跑前跑后，躲着石块在雨中组织车辆撤离。

迟梨看得心急，她看到一块滚石落下来砸在了一辆越野车上，还没来得及惊呼，一对母女大叫着从车里爬出来，车里的男人像是受了伤，挣扎着，女人返回去拉丈夫。七八岁的小女孩站在大雨里哇哇大哭。

迟梨冲下车，宁黑脸在身后大喊："喂，你不要命了——"

雨打在脸上是疼的，眼睛也很难睁开，她循着哭声拼命地往前跑，石头滚落的声音与雨声冲击着她的耳膜，她咬着牙冲到车前，一把将小女孩护在怀里。

滂沱大雨里，男人的一条腿被压在已经压扁的车顶盖下，女人哭喊着，迟梨帮她一起推了推车顶上的石头，发现无济于事后，她们大声向周围呼救，几个躲在车里的男人冲下来，终于合力救出了被压住腿的男人……

迟梨带着这一家三口满身污泥和血渍地回到大巴车上，幸好，车上的乘客善意热情地接受了他们。一对医生夫妇还主动为男人清理包扎伤口，迟梨走到自己的座位前，发现那位宁大哥已不在车里，后排一位大姐撇着嘴道："那小伙子已经被他的朋友接走了，我请他捎一段都不肯，哼，这种人……"

迟梨自嘲地苦笑一声，弯腰在地下的包里翻出几件干衣服，给那一家三口各分了一件，又帮乖巧可爱的小女孩擦了擦湿头发。

"谢谢你救了我爸爸。"小女孩用水汪汪的大眼睛盯着迟梨，"姐姐，我们会死在这里吗？"

迟梨抚着她的头顶笑起来："不会的！一定会有人来救我们的，解放军叔叔、救护车都正在往这里赶，我们都会没事的。"

她安慰着小女孩，转头看窗外，天色已黑，雨虽小了些，雷也渐渐隐去，但世界仍旧黑暗潮湿。

手机没剩多少电量，幸好还有信号，她打开微信，选择了一个位置共享，犹豫了两秒，发给了陈泰。

而此时的陈泰刚刚得知西藏通往林芝方向道路中断的消息，正在山南的他便忙向领导请假，没想到领导却见缝插针地给他下了任务：温氏集团的温总下午六点离开拉萨，你代表接待团到机场送一送。

陈泰很恼火，尤其是微信上收到迟梨发送的位置，正是新闻中看到的事故发生路段，他又急又气，顾不得什么礼貌客套，直接调出贵宾单上的联系方式给温屿舟打了电话。

拉萨机场候机厅，接到电话的小满看了看老板的脸色，他正靠着沙发假寐，眉头皱着，一副火大不爽的模样。

小满自作主张地和陈泰说了几句应付的客套话，挂了电话。

过了一阵子，大厅里响起提醒乘客登机的软糯女声，温屿舟睁开眼，小满提起箱子跟在他的身后，轻声道："刚刚陈主任来电话，说他要去林芝接人，不能到机场送您了，他让我转达歉意……"

"去林芝？"温屿舟才舒展的眉头又皱了起来，他忍不住联想到迟梨，陈泰这么着急地赶去接人，莫不是她出了什么事？

"查一下林芝出了什么事。"

暴雨，山体滑坡，路断，被困，冷，还饿。

这就是迟梨目前所处的困境。手机自动关机前，她终于把那条微信发送了出去，然后就听天由命吧。

迟梨口中的解放军叔叔、救护车什么的，肯定会来的。

天彻底黑了，比那个宁大哥的脸还黑。她靠着窗户，那个叫茉莉的女孩靠着她。

两个人的肚子都在咕咕作响，迟梨在包里翻了翻，翻出一盒苏打饼干和一袋蛋糕，那是她临走时随手塞进去的。茉莉欢呼雀跃，又懂事地不忘和大家分享，成年人谁也不忍心和一个孩子抢口粮，都笑着说不饿。

茉莉坚持让迟梨姐姐吃一点，迟梨拣了片饼干塞进嘴里，茉莉开心地笑出来，又变戏法似的从怀里悄悄掏出一个宝贝——是一部小手机。

茉莉说："我妈怕我路上玩游戏，不让我带，我悄悄塞到衣服里了，不过路上没什么机会玩，电量还是满格的，借给你。姐姐可以给你牵挂的人打电话报个平安，顺便看他能不能过来接下咱们。"

这小鬼头！迟梨不由得微笑，气温渐低，风从被砸坏的玻璃中钻进来吹得人肌肤起了一层疙瘩，她把衣服往茉莉身上裹了裹，打开手机。

牵挂的人？父母远在家中，她是不想让他们担心的，同事和朋友似乎也没有在这种紧要关头通话的必要。她给陈泰打吧，毕竟他是最有可能赶过来的人。

您拨打的用户正在通话中……

得，听天由命吧，这个时候她觉得政府比熟人更靠谱。

“姐姐，你没有男朋友吗？”茉莉瞪着大眼睛心有不甘，想了想又说，“你是不是失恋了？要不然，怎么会一个人来西藏？”

“茉莉！”小姑娘的妈妈轻斥女儿，“你这样很不礼貌。”

“没关系的。”迟梨赶紧摸摸茉莉的头，表示安抚，“我能再打个电话吗？”

小满亦步亦趋地跟在温屿舟的身后，行李都已经托运过了，他手里只有一个装着现金和手机的皮包，老板的电话打个不停。

小满的手机也响个不停。叶弥的语气又冷又硬，小满只好硬着头皮替老板编借口：路上堵车，没能赶上航班。

温屿舟打了一圈电话，结果不如人意，即便现在开车起程，顺利到达事发地点，大概也得后半夜了，而这几个小时里，还不知会出什么状况。

迟梨的电话彻底打不通，温屿舟打给陈泰，对方倒是很快就接听：“温总，你好，你现在应该在飞机上。”

“我知道你正赶往林芝，陈主任，天气预报零点有暴雨，你想开车接她回来，恐怕不容易。”温屿舟声线冷清。

“你有什么好办法？”

电话那头静了两秒钟，温屿舟清澈有力的嗓音便灌入陈泰的耳朵：“你们局有架直升机。”

“不可能！”陈泰第一反应是这个人疯了，握着方向盘的手有些打滑。

他把车在路边停下，闷声道：“我只是个办公室主任，没那么大的权力！”

温屿舟语气淡淡：“我知道。但这是最快的办法，如果从玉市调直升机，要多飞一个小时。”

陈泰默然，此时此刻，他不会不明白时间就是生命这个道理：“老王不会答应的。”他讪讪道。

老王是局里的一把手。

“你告诉他，山南的项目可以签，先投一个亿，让他明天跟林经理对接。”

温屿舟还是那种漫不经心的口气，陈泰脑袋有点蒙，张张嘴还想说什么，电话那头的人似已耗尽了耐心：“你要是想看她暴尸荒野，就再磨叽一会儿！”

约莫二十分钟后，温屿舟和小满在布达拉宫前的广场上等到了一架小型直升机，陈泰下来接他们。看温屿舟身姿笔直地走过来攀入机舱，他的眼神有戒备又有敬畏。

陈泰把迟梨发给他的地址告诉驾驶员，温屿舟瞥到他和迟梨的聊天界面，几不可闻地冷哼一声。

小满再次亦步亦趋地跟上飞机，却被拦住：“你就别去了，占地方。”

有这么说自己员工的吗！小满二十五岁，忠心耿耿地跟了温屿舟三年，心却被伤成马蜂窝，他感觉自己瞬间苍老十岁。哀怨归哀怨，他还是不忘把装有钱和手机的包恭敬地送上：“老板，注意安全啊！”

直升机起飞，拉萨的夜也很绚烂，但机舱内谁也没有心思欣赏。

两个男人，为了同一个女人相聚在狭小的空间里，谁都没有说话，但彼此的心思，也猜得透彻。

要不是喜欢她，谁肯连直升机都折腾出来？

没想到，却是看起来高冷骄傲的温屿舟先开了口：“见了她，就说飞机是你弄来的。”

“为什么？”陈泰不解，倒笑起来，“我以为你在拼命追求她。”

“我想追女人，用得着拼命？”男人淡淡一笑，眼睛看向窗外。

这男人倒是够自大，陈泰不语，过了一会儿，自言自语般叨叨起来：“上大学时，我是迟梨的暗恋者之一。我以为等自己足够优秀了就能配得上她，和她在一起时就可以坦坦荡荡，不再自卑。可是……”他冲温屿舟苦笑，“你一出现，我就知道我没戏了。迟梨喜欢的，是你这样的。”

是吗？温屿舟的内心却是迟疑的。喜悦夹杂着怀疑让他有些眩晕，螺旋桨巨大的噪声中，他的手机响起来。

湖北的电话号码，他原本想挂掉，伸手的瞬间心念转动，主意一改也就听到了她的声音：“我是迟梨。”

“嗯。”他老半天才发出这么一个字，一旁的陈泰听到是迟梨，恨不得上前来抢他手机。

迟梨在电话里讲清了所处的位置，把情况大致告诉了温屿舟，又道：“你能不能想想办法，把这些人都救出去？”

都救出去？他又不是救世主，何况直升机上不能打太久电话，于是，他只说了一句“直升机过一会儿到，等着”，便挂了电话。

他不知道这一句话在电话那头引燃了多大的火花，听清内容的茉莉欢呼雀跃：“直升机要来接我们啦！”车内顿时沸腾。

迟梨却开始挠头，甚至幻想，如果温屿舟能带一队直升机来就好了……

温屿舟不是救世主，相反，在遇到迟梨之前，他更像一个妖孽，冷漠、无情。环境造就人，在地狱里待得久了，再纯净的人也成不了天使。

所以，直升机一找到停机点，他就打电话给迟梨，让她沿着公路往回走，他和陈泰前去接应。

迟梨问："直升机能坐多少人？"

温屿舟有些恼火："管好你自己就行！"

"你怎么这么冷血？车里有位大哥腿被砸伤了，再不救他出去，他会失血过多……"

温屿舟挂了电话，火大地把手机揣进兜里，他皱紧双眉，加快步伐。手电的光将雨夜刺开一道裂缝，他忽然想起，也是在某个雨夜里，他冷漠地拒绝了她。

迟梨怕他不肯带这些人走，于是就在车里等，等的时候也没闲着，组织车里乘客把外面一些受伤严重的人集中起来，等待救世主的降临。

温屿舟满身泥水地来到迟梨所在的大巴车外，路上遇到落石，他的肩膀还被砸了一下，也不知有没有出血，火辣辣地疼着，他也顾不上看。

大巴车厢里整体是暗的，间或有人打开尚有余电的手机，也算给这不安的夜晚带来一丝光亮。

黑暗，疼痛，某些脑海深处的记忆开始渐渐上浮，温屿舟停下脚步，将手电的光调至最亮，光束射进车厢，他看到迟梨正蹲着察看一个男人的腿伤。

"爸爸……"低低的哭声从男人身旁的小姑娘口中发出。

温屿舟深吸了一口气，喊迟梨："迟梨。"

迟梨抬头，亮光的源头立着个人影，看不太清，但她知道是他。

他踏了进来，身后还跟着个人，迟梨估摸着那身形，猜出是陈泰。

心里高兴，脸上却仍绷着，她起身拍茉莉的脑袋："别哭了，快收拾东西带你爸走！"

一道欣喜的目光投到温屿舟的身上，茉莉破涕为笑，赶忙拿起早就备好的包和母亲一起去搀扶受伤的父亲。

迟梨忙着招呼人，突然被钳住了胳膊，温屿舟的声音冷硬、不容拒绝："带她先走！"

他是说给陈泰的。

迟梨大叫起来，但人已被拽下了大巴，她恼了，大声喊："你什么意思，温屿舟？你开架直升机过来不救人，难道为了炫富？这么多人都困在这儿，还有好几个受伤出血的，你要眼睁睁地看着他们死在这儿，也不肯发点善心？"

"我不是佛祖，普度不了众生，我只管我该管的人。"他语气无波，不同她吵，吵也没用，这个女人……还真是一朵不折不扣的白莲花！

也许温屿舟没察觉到这句话有何不妥，迟梨却噎住般沉默良久："该管的人……"

什么时候开始，她成了他该管的人？

没有时间想这些，她甩掉这些思绪，望向一旁沉默的陈泰："直升机最多能坐几个人？"

陈泰看看黑暗中浑身寒气的温屿舟，又看看迟梨，终是被她那双眼睛中的清澈与慈悲击中，他小声道："最多坐五六个。"

"五个还是六个？"她穷追不舍。

"六个吧。"这架直升机陈泰工作时坐过不止一次。

"好。"迟梨松了口气，"陈泰，你把那位受伤的大哥送到直升机上，还有小姑娘也要上去，那辆车里还有三个伤势严重的，我去喊他们。”

她拔腿即走，压根儿不把花了一个亿弄来直升机接她的男人放在眼里。

温屿舟浑身湿透地站在依然淅淅沥沥的雨里，手电的光束照在迟梨的身上，愈发显得她细弱，但就是那么细弱文静的姑娘，内心却那么固执坚韧，她打定了主意，要带那些人走。

善良总归是好的，可他似乎已经远离这个词很久了。

现在，他封闭的心重新被撬开一道口子，有光穿破雨夜般的黑暗照进来。

迟梨统计了一下，重伤者四人，茉莉是小孩，算半个，再加上陈泰和温屿舟，挤挤应该坐得下。

迟梨拧了一把发梢的雨水，对陈泰道：“拜托你们送这些人到医院，我等救援力量。”

陈泰张嘴，还没说什么就听到一声啼哭，转眼看到小姑娘茉莉抱着母亲的腰涕泪满面：“我不要丢下妈妈，我要妈妈和我一起走……呜呜呜……”

茉莉的妈妈，一个戴眼镜的女子低头抚慰着女儿：“妈妈很快就去找你们，照顾好爸爸……”

那场面，不是生离死别，也差不了多少。

可是，的确没座位了，陈泰咬咬牙，正欲朝母女俩走去，却被人紧紧地按住肩：“你带他们走。”

雨地里的那座“雕像”终于复活，温屿舟朝茉莉走过去，语声柔软：“你妈妈可以上直升机，但你要和妈妈一起照顾好伤员。能做到吗？”

茉莉几乎跳起来：“我能，我能！”

陈泰走上前：“温总，还是我留下吧……”

温屿舟抬手截住："别废话，拉萨是你的地盘，把他们安全送去医院是你的责任，这儿交给我。"

温屿舟不知道迟梨会怎么想他，但他感觉得到，她一直在看着他，那目光热辣辣的，像他肩头的伤。

那些搭直升机的人走后，迟梨的身影追了上来。

"你要去哪儿？"他在雨地里疾行，她跟得有点吃力，气息不稳。

"看看。"

"看什么？"

看还有没有人受伤，有没有人是他这个救世主能帮得上忙的。但他不想说，在她心里，他也不是那种人。

过了一会儿，嘹亮的警笛声突然在空中响起，潮湿阴沉的暗夜被划出一道光亮，他们同时转头，看到蜿蜒的山路上驶来一队亮着灯的汽车。

救援力量来了。

由于重伤者已被救出，剩下的都是些手脚灵便的，救援起来也没用多少时间，雨下下停停，路即便彻夜抢修也需要一段时间，于是几辆车将这些被阻的游客集中起来载到了四十公里外的一座小镇住下。

说是镇子，其实更像村庄，夜色中看不分明，车灯照着只看得见一排藏式风情的两层小楼，院子门口的一条河流涨了水，河岸上挂着被雨水打湿的、五颜六色的经幡。

受阻人员都被安排住在这栋小楼，迟梨下车时被风一吹，打了个冷战，身后的男人走上前，虽然他身上也是湿的，但似乎挡住了一些寒风。

她转头感激地看着他，又带着几分不安："抱歉，让你跟着受罪。"

四周凉飕飕的，可迟梨心里暖融融的，温屿舟黑漆漆的眼睛一动不动地盯着她，令她的心怦怦乱跳，拿不准对方会怎么回答，客套还是热情……

“虚伪。”

“啊？”迟梨蒙了，一腔柔情被冷冰冰的两个字粉碎，等反应过来，那人已大步迈向人群聚拢的地方。

工作人员正在安排房间，看样子僧多粥少，再不跑快点，估计要睡在走廊上。

“标准间没了！刚刚分完，真不好意思。”迟梨拎着小包走过去时，人已散得差不多，简陋的服务台前，负责安置的工作人员一脸歉意，“这姑娘和你一起的？”

温屿舟面色暗沉：“嗯。”

迟梨在一旁插嘴：“单人间也行，要两间。”

话一出口，迟梨就察觉某人如看智障般的目光投了过来，工作人员苦笑：“单人间也没……欸，你等等。”身后的柜台里站着个藏族大嫂，她用藏语说了几句，工作人员连连点头，冲他们摆手，“来吧，登记一下身份，达娃说楼上还有一间房，本来是给她孩子暑假回来住的，今晚腾给你们。”

一间房，嗯，至少比睡在走廊要强。

两人道了谢，提着行李上楼，达娃大嫂把他们领到门口打开灯就走了。温屿舟先进门，把迟梨的背包放到地上，长舒一口气，坐在一张木椅上。折腾了一整天，他当真疲乏，过了一会儿转眸，那抹娇俏的身影仍立在门口，一脸紧张、防备。

他随她的目光看向床，一张床，不大，白色被子看起来倒整洁，只是空气潮湿，地面是普通的水泥地，他第一时间摒弃了睡地板的想法。

“不进来，怕我吃了你？”他瞥她，目光潋滟。

迟梨走进来，将小包放到桌角，反身轻手关门，动动唇，却无语，怕说什么又被奚落。

“吃饭了！大家出来吃晚饭！”一声吆喝，打破房间里的寂静。

迟梨像得到救赎般砰地开了门：“去吃饭吧！”

她目光晶亮，像饿极了似的，温屿舟往座椅靠背靠了靠，微微闭着双眼：“你去吧，我不饿。”

“那我给你带点吃的。”

他不再说话，靠在那像睡着一般。

二十来人都是饥肠辘辘，旅馆提供的饭菜很简单，迟梨胡乱地填饱肚子，发现也没什么可给温屿舟带的，只好要了点旅馆自制的热奶茶装进保温杯，又买了桶泡面。

上楼推门，门没锁，从浴室里传来流水声，迟梨把门锁好，放下东西后准备给手机充电。

流水声停，温屿舟的声音在里面响起：“你能不能进来一下？”

迟梨推开门的时候，眼睛是闭着的，她不知道他要干什么，但又找不到拒绝的理由，孤男寡女共度漫漫长夜，又不是情侣，还真够尴尬的！

温屿舟原本痛得剑眉紧蹙，看到她视死如归的模样，却忍不住想笑，愈发起了戏弄之心，故意道：“把浴巾递给我。”

迟梨闭着眼在门口的位置摸索，摸索了一阵无果，只好缓慢地往浴室里挪步，嘴里碎碎念：“没手没脚？”

“再摸，就要摸到我的身上了。”男人低低地笑，迟梨受惊般猛地睁眼，正好对上一副赤裸的、挂着水珠的胸膛，她赶忙闭眼，转身往外走。

脚下有水，湿滑，她顿时失了重心，眼看要摔，被一只手臂紧紧地拦腰捞住。

温热的气息从耳后袭来，迟梨仍不敢睁眼，万一看到不该看的地方，是要长针眼的！

扑哧。笑声入耳，撩得她心痒，温屿舟轻笑，指引似的："睁眼。"

不。

"睁眼！"

绝不！她从小所受的教育是非礼勿视，睁眼看男性裸体这种事，她……她偷偷睁开一条缝，他的上身没穿衣，再往下看……她慢慢地完全睁开眼。

从温屿舟的胳膊下挣脱出来，她扶住墙壁恹恹地生闷气，男人笑得眉眼生辉，昏黄的灯光下似夜明珠般璀璨耀眼。

"戏弄我好玩吗？"她瞪他。

温屿舟点点头，一脸诚恳："特别好玩。"

迟梨转身出门，却被拉住手腕："真有事求你。"

她不动，感受着热度从他的掌心丝丝传来，耳朵和脸颊也开始升起热意："说。"

"看看肩膀，有点疼。"

那是被石头砸的，迟梨一看，吓了一跳，伤处一片青紫，破皮处的瘀血定是刚被洗掉了，露出粉红色的皮肉。她用手指轻触，温屿舟肩头微颤。

"被落石砸中，你怎么没跟我说？"她心头触动，拿浴巾帮他轻轻擦干后背，又在伤口处吹了口气，"得处理伤口，我去找药。"

"不用，你带了创可贴的话，拿两块贴上就好。"

没听说过创可贴能治砸伤的，迟梨起身出门，一间房一间房地问过去，终于找到了医生夫妇住的房间，果然借到了医药箱。

拎着药箱进来，她却发现温屿舟已经侧躺在床上，没有换洗衣服，裤子干了一些，上身倒没穿，薄被半搭在肩头。

迟梨凑近了看，他双眼微闭，脸色不太好，她想起头一日他还有高原反应，这阵子大概的确不舒服。

她打开药箱，按医生说的步骤用棉棒蘸了碘酒给他的伤口消毒，棉棒落到伤口时，他肩头轻轻颤动，她按住，柔声道：“别动。”

床上的人乖乖地躺着，任她处理好伤口又贴了纱布，他想睁眼，睫毛颤了几下，终是没动。

他不敢动，怕牵一发而动全身。

夜渐深了，她看向窗外，四野寂静，入耳的唯有河流与虫鸣声。

睡一会儿吧。她想。

她转头去看，那人面墙而眠，身侧大半空间显然是为她而留。

就这么同床共枕，她总是不大好意思，但四下看看，除了床之外，只有一把椅子，连多余的被子都没有。

再瞧那人，呼吸轻而均匀，薄被下隐约可见优美修长的身躯，再往上看是无可挑剔的完美睡颜，美色当前，她还有什么好犹豫的，大不了……就把他给睡了！

想到这里，迟梨心一横，快速走进浴室冲了个澡出来，睡衣她只带了件吊带衫，也没得挑。她略一踟蹰，扯过被子朝胸口一裹，在温屿舟的身旁躺了下去。

她伸手关灯，身旁的人却呓语一声：“别关。”

好吧，他竟然有开灯睡觉的习惯，迟梨撇撇嘴，重新回到被窝里。

男人的体温很高，虽然隔着棉被，但迟梨感觉得到。

他好热，刚洗过澡，他的前胸后背又渗出了密密一层汗。她悄悄掀开被角，注意着那人的举动。

温屿舟始终一动不动。

难道发烧了？不会昏迷了吧！

她心中一惊，忙单手撑床爬过去，伸出另一只手去探他的前额。

谁想到他会在这时翻身，猝不及防一扭脸便撞进她馨香柔软的怀里。

他确实热，热得口干舌燥，他睫毛微颤，近在咫尺的人心跳如擂鼓，他抬眸轻瞟，模糊的视线里隐约有一片春光。

迟梨浑身僵硬，男人的气息喷洒在她的胸前，头一次遇到这种境况，她手足无措，第一反应是撤离。

“欸。”温屿舟低语一声，下意识地扣住她的腰，力道奇大，掌心灼热，她看到他眼睛澄净，配上长眉如画，仿若那一日初相遇，风流肆意，勾魂摄魄。

他哑哑地在她的耳边呓语：“迟梨，你——想不想要我？”

声音太低沉，气息太热，撩得迟梨耳朵痒，心里也痒。她扭头，秋波流转，心里依然擂着鼓，眼底的波光被月色映得更亮。她直直地盯着他，欲望渐起，却扯唇，轻轻挑眉：“你不怕？”

空气一滞，忽然，绷紧的身体和神经松懈，像已拉满的弓生生被割断了弦，温屿舟闭眼，瞬间竟生出些许绝望——这又是何苦？

迟梨没想到他会松手，尽管那一刻她认为也许温屿舟只是把她当成一个女人——和以往他身边那些女人没什么两样，但她还是心甘情愿……

“别怕。”她轻轻耳语，眼里有苦涩，更有柔情。

她雪白柔荑覆上他的手背，然后慢慢地、轻轻地向上攀，最终，指尖在他的唇畔停住。

温屿舟刚被摁熄的火苗再一次被点燃，他静静地望着她，幽亮的夜色中一室暧昧，她披发侧卧，皎洁似中天明月。他的气息再一次乱了节奏，当那温热的玉指在他唇边轻轻游移时，他轻轻张口，咬了上去。

蛐蛐在窗口不知疲倦地叫着，越发衬得屋里幽静，窸窸窣窣是布料摩擦的声音，起起伏伏是呼吸的节奏，他手臂撑床凝视着她，眼里有星辰大海。

迟梨已化为一尾鱼，驯服柔软地融化在那柔波里，他低头，凑近，她微笑，迎接，却不闭眼。

她想看着他吻下来，想认真地记住这一刻这个男人眼中的光芒、嘴角的弧度、脸上的表情，他却忽然停住，轻笑道："目光如刀，不敢下口。"

迟梨有些不舍，但还是温顺地闭上眼。

吻悄然而至，又轻又柔，像一只蝴蝶试探着落在一朵花上。显然，他是克制的。迟梨不知道他对别的女人是否也如此，还是他在她的面前，想保持那么点君子之风。她却不想再装，忽然睁了眼，双手往他的肩后一搂，用力地亲了上去。

丁零零……

该死！她的手机充上电竟自动开机了！

刚刚燃起的火焰一时难熄，她使劲地缠着他，他却渐渐占了上风，她被吻得喘不过气来，终究是被电话铃声分了心神。

温屿舟摸过她的手机，想要关掉，却被她抢了过来。

她推开他，面色绯红："说不定有急事。"

男人郁闷地瘫在被子上，咬牙切齿地暗骂打电话的人。

"喂，陈泰。"看时间，他应该回到市里安顿好那些人了吧，迟梨调整着呼吸。

"蘩蘩，你那里怎么样？我这里都安排好了。"他声音着急，想来也是替她担心。

"很好。"迟梨赤脚站在地上，回头看了眼床上一脸郁闷的人，嘴角难掩促狭的笑意，"已经在一个镇子上住下了，放心。"

“和……温屿舟在一起吗？”陈泰问，语声沉闷。

迟梨羞涩，脚尖点着地面，凉凉的月光从窗外倾洒进来，她的身影窈窕而有诗意：“嗯。”

“藜藜……关于温屿舟，我有话对你说。”陈泰的声音变得严肃低沉，“你方便说话吗？”

迟梨虽然不解，但还是下意识地转身看了下温屿舟，他正目光沉沉地看着她。

也许是她那一瞬不安的眼神令他察觉到了什么，他起身穿好衣服，从桌上的包里摸出一盒香烟，冲她扬了一下，一笑，开门出去。

“你说吧，我在听。”莫名地，迟梨的心竟忽然沉了下来。

第四章
万物有裂隙

江湖有传言，温屿舟不好惹，温屿舟的对头更不好惹。

你看上这个男人很危险——迟梨，你挑谁，都比挑他强。你知道他有多少女人吗？据不完全统计，他睡过的女人，至少不下一百个。

最要命的一点，你知道是什么吗？你喜欢的这个温屿舟十八岁就因故意伤害罪被抓，后来被一个富婆保了出来，在国外洗白身份，重新回国做生意，也是靠那个富婆起家的。

最最要命的一点，温屿舟有个死对头，这个人是商界大佬，背后的势力很复杂，你若真成了温屿舟的女朋友或者老婆，很可能会被人家盯上，说不定连怎么死的都不知道……

这黑历史也是……迟梨忍不住想打断对方，她一个平凡普通的女子，见惯的都是饮食男女的恋爱日常，这种黑道总裁的戏码大概只在网络小说中才会存在，难不成陈泰也追小白文？

耳朵里仍是喋喋不休，她终于无法忍受："陈泰，你在胡说八道什么？你这都从哪儿听来的？无缘无故这样诋毁诽谤别人，这还是你吗？何况，温屿舟这人是好，还是坏，你不是没有看到。他不过是面冷心善，你说那一堆，在我看来简直是无稽之谈。我们是老同学，希望这些话不要再从你口中说出。”

她想挂断电话，陈泰冷笑一声：“我跟他并没有天大的仇恨，唯一的一点不过是因你，我对他产生了些许嫉妒，但也不至于编这么复杂的谎言来骗你。你去打听打听吧，虁虁，关于他的故事很多，也许真假难辨，但你我都明白一点，这个人不简单。你若打算迎风逆行，首先请把自己保护好。其实，说到底，不过是因为……我担心你。”

房间里的灯忽然熄掉，迟梨走向窗边，发现整栋小楼一片漆黑，想必是停电了。她在夜色中搜索着温屿舟的身影，对电话里的老同学道了句谢，语气却十分郑重：“关于温屿舟的流言，希望你不要再散播，我会弄清楚一切的。”

原本只是静静地靠在墙壁上等迟梨打完电话的温屿舟在灯光熄灭的瞬间绷直了身体。那次遭遇后，他对黑暗有了莫名的排斥与恐惧，然而，此时此刻，他第一时间想到的却是独自待在屋子里的她会不会害怕。

他开门进去的时候，与恰好出来寻他的迟梨撞了个满怀。黑暗中，两具温热的躯体接触，心跳和呼吸瞬间都被刻意地放缓了，过了一会儿，他轻轻地说道：“停电了。”

“嗯。”

“怕吗？”

“不怕……怎么，你好像怕黑？”她察觉他的手心满是冷汗，抬手往上摸，他的鬓角、后颈竟已湿透了，“又不舒服了？”

“没事。”他握住她的手，拽住她准备下楼，“我们去找支蜡烛。”

走道上有窗，窗外有月亮，走了一段，他们才发现其实四周已没有那么黑了，淡淡的月光照进来，她在左侧，在他扭头就可以看到的地方，一股陌生的温情充盈心头。奇怪，在此之前，他最不能忍受夜晚停电，不喜欢一丝丝模糊或暗淡的光线，哪怕只是阴雨天气，他的房间里也要灯光大亮，仿佛明亮的光线能够驱散所有不安。可现在月光稀薄，没有灯光、烛火，他侧头注视着她，却仿佛置身于阳光下，她清晰真实，近在咫尺。

温屿舟记得，叶芷云曾充满幽怨地对他说：“你是个根本不懂爱的孩子，你不会爱，拒绝爱，也注定不会得到爱。”

那么，此时此刻，这一缕缕萦绕在胸口的情愫，是爱吗？

温屿舟停步，在月光下用不确定的眼神打量着她。

迟梨方才心神不定，陈泰的话不断地在她的脑海里回荡，那些跟他有关的事是真，还是假，她说着不在意，其实却迫不及待地想要弄清楚——也许是她对他的渴望又深了一层的缘故吧。

“温屿舟——”

“迟梨——”

沉默了片刻，他们同时叫了对方的名字，都是有话要说，有问题要问，却都让彼此先说。

温屿舟咽下了羞于出口的关于爱的问题，让眼前这个美好如花瓣的女子先开口。

迟梨拢了拢肩头，吊带睡衣外虽披了外套，但仍旧感觉冷，温屿舟顺势将她揽入怀中，炽热的目光和声音一起落下来：“要说什么？说吧。”

他想就这样与她立在陌生的窗台前，并肩看月色。

迟梨心思辗转，终于仰起头，看向他黑黢黢琉璃般的眸子：“我听说你在棠安一中念过书，你……还记得我吗？”

其实，听到“棠安一中”这几个字时，温屿舟的神经猛地一跳，但最后的问句却令他松了口气，甚至微微笑起来：“要我说实话吗？”

迟梨翻了一记白眼，天真可爱，他忍不住在她的唇上轻轻一吻，流连片刻，不肯撤离：“不记得……要不咱们回房间，我再回忆回忆。”

他的呼吸发生变化，迟梨有所察觉，碍于心里有事，便笑着推他：“我说正经的，有人说你跟一百个女人上过床，还说你被富婆包养，这个是不是真的？”

温屿舟慢慢放开了她，眼神从朦胧到清明，再到淡淡的凉薄：“你信这些？”

迟梨意识到他不悦，却不肯失掉这个机会，故意笑：“一百个女人有点夸张，被富婆包养这条你要不要说说是怎么回事？”

温屿舟嗤笑一声：“这都是陈泰电话里告诉你的？”他松了握她的手，转身去看月亮，面带苦笑，“没什么可说的，我这人不喜欢解释。”

“不解释是心虚吗？”迟梨笑着说了一句。

忽然，温屿舟撇开了她的手，目光灼灼地在她的脸上盯了两秒，又兀自转到一边：“我一点也不在乎别人怎么看、怎么说，如果你那么想探究我的过去和背景，那么，在我看来，你和别的女人也没什么两样。”

他说罢，看了她一眼，然而，也仅仅是一眼，然后他就起身进了房间。

迟梨回过神来正要追进去，只见温屿舟已拿了他仅有的那个小包出门。

“你明天和其他人一起走。”经过她身边时，他顿了下脚步。

“你要去哪里？”她的外套滑落，她用手抓住，然而，温屿舟没有回答她，只是迈开步子一个劲儿地往前走。

“温屿舟——”她提高声音喊时，人影已经下楼，她僵了一般立在原地，空空的走廊上月光洒了一地。

过了一会儿，她从窗口望去，温屿舟的身影在深夜的大地上渐渐消失，留在耳边的唯有河里的流水声。

傻×。

温屿舟一边走，一边骂自己，此刻他走在泥泞不堪的泥地里，像跋涉在茫茫荒野上，曾欣喜若狂地以为找到了安全屋与摆渡人，原来不过是一场空梦。

他傻到差点失了自己一贯的坚持，蠢到以为这就是爱与被爱。

心里闷闷地痛着，他走到不知几点，双腿已麻木酸痛到几乎失去意识，好在天色微微发白时，山间弥漫的晨雾中，一户藏民发现了他。

迟梨不停地打着温屿舟的电话，可是徒劳，或是他不接，或是打不通。

天亮时，汽车启动，将暂留的人全部载回了拉萨市区。

温屿舟是死还是活，仿佛从这一晚起，就与她失去了关系。

回到拉萨，再见到陈泰，这个头一天还忧心忡忡、懊恼不已的年轻男子像换了个人，意气风发到甚至得意扬扬，面上的红光像吃了一个月十全大补丸。

他坚持要请迟梨吃饭却被拒绝，只好开车送她到机场，临走时又神神秘秘道："过不了多久，咱们应该就能再见面了……"

见迟梨没什么反应，他只好补充道："我要调回玉市了。"

停顿了一秒，迟梨淡淡道："好啊，祝贺了。"

陈泰自然失望，但看她心不在焉的样子，也不知是不是自己那番电话起了作用。他一边失落，一边又抱着些许窃喜和期待地同她挥了挥手，看着她头也没回地大步走进候机厅。

邻座的乘客在看一份当地的报纸，迟梨无意扫了一眼，忽然看到陈泰的大幅照片，忙借了报纸细细看，忽然明白了温屿舟昨晚那句话的意思。

直升机救人一事让陈泰成了名人和英雄，想必他能调回玉市便与此有关吧。

迟梨还了报纸后，轻轻摇头。

她不知道的是，温屿舟在要直升机前就跟陈泰的领导说得明白，投资一个亿给山南项目的人情，算在陈泰的头上。

看来，人心确实是不可信的。

返回玉市的路上，其实迟梨一直在生温屿舟的气，尤其是他那句“在我看来，你和别的女人也没什么两样”真的让她伤心极了。

每个女人都渴望自己是独一无二的，尤其是在恋爱中，更是希望自己是对方眼睛里的唯一。

然而，慢慢地，当她反思起自己那一晚的言行，她想，或许是自己太冒失了。温屿舟是怎样一个人，除了“风尘”“捉摸不定”“面冷心热”这些她自行贴上去的标签之外，根本没有什么词语能够来形容他。

罢了，说到底，这第一仗是她败了，败在贸然激进，输得心有不甘。

因为提前两天结束了行程，迟梨回到报社上班时，不少同事看到她都露出惊讶的表情。她提着在拉萨机场买的一堆特产挨个办公室去送，每到一个办公室，人家都会吃惊地说：“这么快就回来了？”

“还没到领导那儿报到吧？”

正常公休而已，去行政部销个假即可，不用专门到领导那报到吧？迟梨虽这么想，还是应着“是”，简单地和大家打完招呼，回到自己的办公室。

怕晚了自己又忘，迟梨一早过来就直奔各同事那里分发礼物，这会儿回到自己的位置，发现两名工人正在那里安装新桌椅，原来那张旧桌椅被摆在一边，电脑和被放进一个纸箱里的零碎物品正躺在地上。

“欸！”她叫起来，“师傅，我不需要换桌椅。”

“是我要换的。”格子间的对面探出一个脑袋，长长的头发，粉嫩白皙、描画精致的小脸，涂得又红又艳的嘴唇边笑意闪动：“不好意思啊，老师，赵主任说，从今天起，我坐这个位子。”

迟梨愣住：“那我坐哪儿？”

休了几天假而已，窝都被人占啦？一些正埋头工作的同事投来目光，却谁也没说话。一扇门适时被推开，里面走出揉着脖子、拧着眉、头发花白的编辑部主任赵宁：“迟梨回来啦？”

“主任，怎么回事？”迟梨隐隐带着怒气，就在刚才，她还把特意买给赵宁老婆的羊毛大披肩送到了他的办公室，可那会儿他恰好不在，她也没留意自己座位上有什么异样。

“你到我办公室来一下。”赵宁黑框眼镜下的眼皮颤了颤。

“旅行还开心吗？”赵宁给她用纸杯泡了毛尖茶，应该是上品，茶绒极细，上下翻动。

“谢谢主任，遇到点小插曲，但总体还好。”她捧了茶，目光灼灼地盯着赵宁那双因常年爬格子而高度近视的、微微凸出的双眼。

“嗯……你不在这段时间，各部门岗位有些小小的调整，迟梨，你现在是海屏主任的人了。”

What ?

迟梨不可置信：“王海屏不是去年就被辞退了吗？这又……是哪个部门？”

赵宁使了眼色，示意她小点声，端起自己的保温杯喝了一口，将不慎滚入舌尖的一颗枸杞嚼了又嚼，叹道："唉，日子不好过，你又不是不知道。海屏主任能力还是有的，至于其他方面……人无完人嘛，另外，我得纠正你一点，王海屏是主动申请停薪留职，并不是被单位辞退啊，你小孩子家家的不要胡说……得了，收拾收拾去广告部报到吧，是金子到哪儿都会发光，年轻人多跑跑，没坏处！"

一个假期回来，她就被不声不响地调到了广告部？

即便迟梨平时看起来再怎么与世无争、好欺负，这次她也是真的生气了，何况她还在失恋期！

她鼓起勇气第一次因为自己的事情去找社长，可惜社长出国考察去了，她又找了总编，总编也不在。

她找到主管副总那里，对方只一个劲地夸她，夸她编稿编得好，排版排得美，在办公室里人缘好，走到哪里都是一块闪闪发光的大宝石……

说到底，这件事没有了转圜余地，广告部她是去定了！

唉，去就去吧，迟梨想，除了王海屏那人有点讨厌外，广告部的工作她也不是不能做，毕竟每个岗位都需要人，不是自己想去哪里就能去哪里呢。

午休时，迟梨满腔郁闷地返回办公室拿东西，她的物品已被装进箱子堆在墙角，烈焰红唇的小姑娘坐在新桌新电脑前专心致志地打《王者荣耀》，桌面上是吃完还没丢的外卖包装……

迟梨抱了箱子离开时，那女孩扭头冲她笑了一下，一秒钟后又一头扎进游戏中。

下午的时候，迟梨到广告部报到，其间陆陆续续也听到了一些内部消息，大概了解了突然被调走的原因：王海屏重回广告部当主任要广招人马，点名将她要了过去；她一走就接了她位置的小姑娘据说是某大客户刚毕业的孩子……

她在广告部同事的引领下把东西归置好，刚刚在座位上坐下，一阵风将一股烟草味和王海屏那沙哑刺耳的声音送了进来：“啊呀呀，小迟来啦，太好了！大美女，欢迎啊，欢迎！”

迟梨赶忙站起来：“谢谢王总，今后请多照顾。”

王海屏露出被烟熏黑的牙齿，大笑：“那还用说，今晚我安排地方给你接风，再顺便给你介绍几位大客户。美女，跟着你王哥好好干，比你在编辑部熬着强一百倍！”

“王总，我晚上还有……”

“有什么事也得推掉，今天必须去，地方我待会发你微信上，欸，我还没加你的微信呢，来，扫一下！”

糟糕透了，下班的路上，迟梨的心情晦暗到了极点。

要不是说要回家换衣服，王海屏会直接把她拉到车上去赴宴。

她坐车晃晃悠悠地回到小区，走到楼下看到一辆车，熟悉的三个六的牌照令她混沌麻木的神经顿时清醒紧绷起来——他怎么来啦？

《花花公子》杂志的创刊人及主编休·海夫纳接受采访时自称与上千个女人上过床，那么，与此相比，传说中温屿舟有过上百个女人，似乎也不那么惊世骇俗吧，至少惊不过这位海夫纳老爷子。

迟梨知道自己纯属自我安慰，但怎么办呢，喜欢上一个人，就像身体里被他种下了蛊，哪怕知道他真是坏得无可救药，还是忍不住为他找各种借口。

何况，她听到的只是一面之词。

更何况，如果两人彼此相爱，其他那些又算什么呢？

她想开了，心情便轻松了，嘴角含着微笑，朝那辆车走去。车里的人应该是从后视镜中看到了她，他将车窗摇下，一只手伸出来晃了晃。她加快脚步走过去，一个戴着墨镜的男人开门下车。

“迟梨，好久不见啊！今晚有空吗？”

迟梨呆住，明明是温屿舟的车，结果下车的人却变成了……叫什么来着？

对，祁少恭。

祁少如果知道这一刻迟梨的想法，肯定会绝望到想自杀，他心中的女神居然几乎忘记他的名字，好在她很礼貌地扬起笑容：“祁总好，真是不巧，晚上工作上有应酬。”

祁少恭皱皱眉，一脸无可奈何，却还是绕到车后从后备厢里取出了一大捧鲜花，玫瑰、雏菊、满天星、绣球等混搭在一起，清新好看。

他叹了口气：“听说这些天你去旅行了，我忙着谈一桩生意，来回飞了几个国家，都没顾得上关心你。这束花你务必收下，算是赔罪。”

迟梨并不稀罕他的“赔罪”，单纯觉得花朵鲜嫩可爱，于是道谢接了，旁敲侧击地说道：“没见你开过这辆车。”

祁少恭拍拍车门，给她看前面的大灯：“喏，温总的车，下午跟他出去打牌，路上他不知在想什么，竟撞到护栏上。本来我是准备帮他修车的，听王海屏说你被调到他的部门了，便顺道来看看。”

温屿舟撞车了？

迟梨脱口而出：“人没事吧？”

她自然是问温屿舟，祁少恭却笑着转了个圈给她看：“一样不缺，好好的！”

那他呢？这句话，她却再也问不出口了。

道别时，迟梨心不在焉，拿着花一路疾行上了楼，转身时看到汽车的车尾，多希望车里坐的人是温屿舟。

把那束花插进门外走廊上的水桶里后，迟梨决定发微信给温屿舟："听说你下午撞车了，没事吧？"

在追求温屿舟这件事上，她总是显得很没有骨气，没有原则。

骨气和原则能帮她找到好男人吗？不能，所以她不需要。

温屿舟这个人，有时候不正经得像个风尘浪子，正经起来的时候又像座千年难化的冰山，尤其是对她，从不正经到过分正经，迟梨也不知道他是犯了什么毛病。

直到晚上坐到王海屏安排的晚宴上，迟梨也没等来温屿舟的回复。她想他可能把自己屏蔽了，但自己仍旧可以查看对方的朋友圈。

他的朋友圈的确乏善可陈，不看也罢。

说是给她接风，宴席上入座的却都是她不认识的人，连广告部的人也只来了王海屏一个。

吃饭的会所非常高端，比起温屿舟的凤泉山庄有过之而无不及。迟梨坐在下首的一个座位，也不怎么说话。王海屏拉着她向在座看上去个个衣着不凡的商界精英介绍寒暄，她一一点头微笑，硬邦邦地坐回椅子上。

主位上的宾客一直未到，所以谁也不好动筷。王海屏活跃着气氛，招呼大家喝茶。在迟梨看来，明明就很尴尬，有些话题根本无人接，她都替老王难为情。

茶壶空了几次又添上，门口传来些许动静，包厢门被推开，几个人姗姗来迟。

两男一女，为首的男子黑衣黑裤、身形修长，进门轻声道了句"抱歉"，凤眼流转，淡淡的笑意在看到迟梨时瞬间凝住。

迟梨更没想到，等了这么久的大客户居然是他！

先收回目光的是温屿舟，原本已欲坐下的他忽然侧身牵住了身后的女伴——一个下巴尖尖的、看起来不过二十岁出头的青涩女孩，说道："来，雯雯，坐这里。"

他的动作优雅绅士，叫雯雯的女孩受宠若惊般垂头羞涩地挨着他坐下。

“温总日理万机还肯赏脸，真是让王某脸上有光！谢谢，谢谢！来，大家先干一杯！”王海屏招呼着，在座宾客纷纷举杯，酒杯碰在一起，真真假假的客套话纷扬一片。

迟梨作势举了举酒杯，自己将酒喝了，杯底见空时察觉一道目光射来，她抬头迎上去，他却已笑意盈盈地转头握住了雯雯的小手。

第二杯、第三杯，每一次只要有人举杯，迟梨就举杯，不管别人是蜻蜓点水地抿一口，还是装腔作势，她都是一杯见底。坐在旁边的男宾客看到，夸她海量，又忙不迭地给她斟满，向王海屏道：“你带来的这个姑娘不得了！”

“小迟！”王海屏顺势叫她起来，笑着向温屿舟道，“这是我部门的小迟，也是我的得力干将，今后温总有什么事需要跑腿的，招呼小迟一声就是。别看这姑娘话不多，人能干着呢！”

“好。”温屿舟应了一声，似笑非笑，似看着她，眼神却又像飘在很远的地方。

“小迟，还愣着做什么，给温总敬酒啊。今后咱们的业务还得靠温总多支持呢。”

王海屏推她一下，她站了起来，酒杯是满的，她双手举着，嘴角扬起，眸中是深不见底的幽暗：“谢谢温总，我先干为敬！”

国酒茅台，入喉辛辣，呛得她几乎流出泪来。她掩嘴转头，酒味刺激得她咳嗽难停。她丢下酒杯，转身跑了出去。

终究是先败得狼狈，她咳够了，靠在洗手间的墙壁上，眼泪不争气地冒出来，她擦掉，觉得自己莫名其妙，和温屿舟之间的关系亦是莫名其妙。

亲近或疏离，仿佛都是翻手覆手之间的事，天底下哪有这么不靠谱的感情？

……他们之间有感情吗？

她默默地回去，席间宾客酒兴正浓，原本固定的座位已被打乱，王海屏揽着一个客户亲亲热热地比画喝酒，还有的两三个凑一块抽烟、对饮，谈兴颇浓。

迟梨环视了一周——温屿舟和那姑娘不在，随行的另一位男宾却没走，温屿舟的手机也在，迟梨稍稍定了心。

她大口喝了半杯茶，身边的空椅腾地坐上来一个人，她扭头一看，正是温屿舟。

他黑黢黢的眼睛看过来，说不清有什么情愫，迟梨想张口问问他下午撞车的事，一抬眼却看到他领口那抹若有似无的红，口红的红。

她没记错的话，那个一脸清纯羞涩的雯雯小姑娘樱桃小嘴上涂的正是这个色号的口红。

她将话吞了回去，温情与不安变成一腔冷笑，她端起酒杯咕咚一口，手腕被人捏住，是他压低的声音："想把自己喝死？女孩子烂醉如泥很好看？"

迟梨用力抽出手，也压低嗓音妩媚地一笑："与你何干？"

她一字一顿，说得很慢，像是故意气他。

温屿舟皱了眉头，好看的五官泛起一层寒霜。迟梨起身，拿了桌上的包转身即走。

包里的手机在响，她摸出来接通，是家里打来的。妈妈说中秋节快到了，问她什么时候放假，到时一起去看外公。

迟梨乖乖地应了，刚挂了电话，又看到祁少恭发来的微信："结束了吗？地址发过来，我去接你。"

身后有脚步声，迟梨猜到是温屿舟，却拨通了祁少恭的电话："我在广安路黄金年华，门口等你。"

“有护花使者来接？”戏谑的声音跟上来。

她转头，夜色，路边，灯红酒绿的世界，他像一道令人挪不开眼的风景。

“与你何干？”她还是那句话，既然你眼里的我与其他女人无差别，我眼里的你又与其他男人有何区别？

“我猜猜是谁——祁少恭？”

呵，老狐狸！迟梨不语，才九月，玉市的夜晚便有了凉意，他也不再说话，靠着路边的一棵树，静静地抽烟。他们隔着不到两米的距离，不交谈，也不看彼此。

直到三个六的牌照的奔驰越野车在眼前停住，祁少恭的脸从车窗探出来有点惊讶：“温总也在这儿？我打算接了迟梨再去给您还车呢。”

温屿舟将摁灭的烟头丢进垃圾箱，大步向前拉开了后座的车门：“请。”

“快上来！温总亲自给你开门，看迟梨你多大的面子！”祁少恭笑道。

迟疑片刻，她终是上了车，温屿舟从另一侧坐进后排，对祁少恭道：“去酒吧坐坐？”

“好啊！我请客，迟梨，一起吧！”难得大名鼎鼎的温屿舟主动邀约，祁少恭乐得开花，最近一桩生意，多亏了温屿舟在中间帮忙，才让他狠赚了一笔。

“不了，我不大舒服，麻烦前面路口把我放下，你们去玩。”迟梨淡淡道。

祁少恭发动了车子，一边开，一边劝：“玩一小会儿再回去嘛，你看温总难得有兴致……”

她看温屿舟明明经常有兴致，带小姑娘啊，泡吧什么的，对他来说不是家常便饭吗？她这么想着，忍不住就横过去一眼，没想到，这一眼却被他紧紧攫住，他的手不知什么时候搭了过来，有意无意地落在了她的几根手指上。

迟梨赶忙收回，却被大力握住，她心猛一跳，紧张地向前看去，祁少恭还在喋喋不休："咱们就去你家附近，玩一会儿就送你回家……"

她瞪温屿舟，他只微笑，像没有看见似的，目不斜视地与祁少恭说笑搭话："放心吧，有我在，祁少恭不敢对你怎么样……祁少，听说如今的小姑娘谈恋爱都要看祖上三代，你要追谁，可得先把自己的身世、家底向人家交代清楚……"

迟梨猛地用力瞪向他。

温屿舟嘴角含着一丝嘲讽，手却不肯撤，牢牢地扣着，温度从他的掌心抵达她的掌心，突然就融化掉了她心底的怨怒。一丝酸楚的暖意涌上，她的手指便温顺了，任他悄悄地握着，隐秘而又快乐。

他转头，目光亦深深。

此时有人打祁少恭的电话，铃声响起，他接了几秒，将车靠边停住："抱歉，我接个电话。"

待他急急下了车走到一棵梧桐树后接电话，迟梨的手动了一下，她想，总得说点什么，消除一下误会也好，让他知道自己并不在乎别人口中那些事情的真假。

没想到，他会在此时吻过来，她一抬头，他一低头，黑暗中他准确无误地捕捉到她的唇，带着些许酒意，融化了彼此的心，却又都在角力着，像是比谁更耐折磨。

他折磨着她，可她也是实实在在地折磨着他，两个不肯把自己的心扉打开的人相撞在一起，想靠近，又刺伤，一次次，却不肯罢休。

他吻得霸道，不给她片刻喘息的机会，她低低地发出声音，在紧张与眩晕中摸不到南北，余光瞥到他的领口，又被那吻痕刺激得瞬间清醒许多，指甲在他的后背掐了一把，终于被放开。

温屿舟目光不定地看着她笑："以后别再来招惹我，否则……"

迟梨气结：他还要不要脸了？她愤怒地开了车门，腿已伸下去一半，后腰却被人揽住，火热的掌心贴着她的肌肤。她听到祁少恭的声音："怎么下来了？公司有点急事，已处理好了，走吧，玩会儿去！"

那只不安分的手早已撤离，迟梨脸色难看："不了，我还有事。"

她拦了辆出租车，上车前想起什么似的站住了脚，一脸轻松地轻声道："刚才温总有句话说得没错，现在的女孩都很现实，尤其到了像我这般恨嫁的年纪的，谈恋爱都是奔着结婚去的，家世不求显赫，为人不求富贵，清白干净、磊落坦荡，能过日子即可。祁少追女孩前可先对照对照，只怕像我这类的是难入你们的法眼的。"

她说罢，便上了车，瞬间消失在城市的夜色里。

一脸发蒙的祁少恭坐回车上，尴尬地冲后座上的男人道："她这什么意思？难不成知道……我和吴家的事？"

明明在追着人家，背地里又要和合作伙伴的千金订婚，这便是他祁少恭的心虚之处。

温屿舟歪坐着看他，目光犀利："坊间传言你要和吴家千金订婚，看样子是真的了。"

祁少恭启动车子，朝温屿舟家的方向驶去："都是我老爹一手操办的，我又能怎样，比不得你，什么事都自己说了算。唉。"

"迟小姐这边，你不打算坦白？她不像是愿意陪你玩玩的人。"一向自大孤傲的人竟对别人的闲事热心起来。

祁少恭不以为然："这样的姑娘追起来才有意思，要都跟其他人似的，我勾勾手指，她就挤破头地往前凑，温哥，你不觉得腻味？

且玩着吧，今朝有酒今朝醉，今宵有妞搂着睡，哈哈！”

迟梨回到家，王海屏的电话也打了过来：“听人说你和温总一起走的，怎么样，搞定了吗？”

他的口气猥琐，迟梨气得翻白眼：“说什么呢！我在家呢。”

王海屏显然很失望，却哈哈笑起来：“也是，姓温的哪有那么容易搞定，本来以为你不一样呢，得了，回头多往人家公司跑跑，一年弄回来一百万，我把广告部副主任的位置给你……”

迟梨没等他讲完就挂了电话，微醉，头晕，她渴得厉害，碰巧饮水机里一滴水也无，家里到处也找不到饮用水，她只好拿了钥匙、钱包下楼，打算到小区超市里买水。

电梯下到一楼，门一打开，一个人影像墙似的堵在她的眼前，她向左，他也向左，她向右，他也向右。她抬头，撞进他含着一丝痞笑的幽幽眼眸中。

“你来做什么？”

“还你东西。”

一把伞、一个手电筒。

“我说过，不用还。”她瞥了一眼，想从他的身边绕过去。

温屿舟用身躯挡住，低头轻笑：“我这个人恩仇分明，有借有还，欠别人的，一定要还，别人欠我的，我也定要讨回来——”

话音未落，迟梨就从他手里抽走了伞和手电筒：“现在你可以走了。”

……

她噔噔地钻进二十四小时便利超市买东西，买完水又要了一碗卤煮，淋上辣椒油，坐在靠玻璃窗的塑料桌前吃得酣畅淋漓——穿着拖鞋、睡衣，残妆未卸，头发乱糟糟的，这与平时的她完全不一样。也许是故意的吧，太过小心翼翼反而被轻视，她干脆满不在乎，看他又能怎样？

她这是在和他博弈吗？

温屿舟站在路边抽烟，很有耐心地等她吃完抹干净嘴巴提了水出来，他走上前去打了一声招呼：“刚才话没说完，你欠我的，打算什么时候还？”

迟梨瞪大眼睛：“我欠你什么啦？”

“半条命。”他指指一侧的肩膀，“你忘记我为了救你被石头砸中，还差点失了身。”

前半句还好，迟梨本是念及他的好的，可后面那句就尴尬了……她脸有点热，转身抬脚甩胳膊：“神经病，喝多了吧你。”

在夜风里匆匆往前奔走，石子路不平坦，她穿着拖鞋，走了没多远就绊了一下，将拖鞋甩出去老远，身子一歪差点摔倒，幸亏温屿舟上前接了一把，暖暖的大手掌托在她的腰间。

低低的笑声轻浮地钻进她的耳朵：“喂……上次没做完的事，打算什么时候补上？”

朦胧的夜色里，迟梨望着眼前人，脑海里像燃起无数焰火，噼里啪啦，又热烈，又凌乱。

“补……什么？”她真的很想知道，这个人的脸皮究竟是有多厚……

“清白干净，磊落坦荡……嗯，很好。”正当迟梨脑袋里一团乱麻似的，他却自言自语地吐出一句话，没等她接腔，话题却又转到了另一个上面，“怎么突然被调到广告部了？你不适合干这个。”

这句话之后终于有了较长的停顿，迟梨呆愣了一会儿，嗯了一声：“正常岗位调整吧，我们实行轮岗制。”

他哦了一声，似乎恢复了正常：“如果不习惯，可以跟我说，我和你们老总……”

“不用。”她拒绝得干脆，“正常轮岗，人家能干的活，我怎么就不能干，不劳费心。没其他的事，我走了。”

从他怀里挣出，也没使多大的力气，迟梨低头离开，余光扫了一眼，男人一身黑衣、黑裤，被暗夜掩藏着，她看不清他的表情，更揣摩不出他的心思。

第五章 我只喜欢你

来到广告部，迟梨才发现，从前做编辑的平稳日子是一去不复返了。每天拜访客户、参加各种活动不说，光是一个接一个的应酬就让她受不了。从前她在编辑部每天只和电脑、稿子打交道，穿着也随意些，如今天天外出，高跟鞋、裙子、淡妆是基本配备，若是要出席晚宴、酒会什么的，她还非得一身正装。

天天忙着，她倒顾不上感情的事了，温屿舟很少主动联系她，微信上也无一句问候，祁少恭倒是三天两头转发个段子、鸡汤文什么的博她一乐，但真正约她的次数也少了，即便约了，她也不会去。

家里打来的电话频繁起来，中秋遇上国庆，马上放长假了，父母急着让她回去，言辞虽然婉转，她倒也听出了主要内容：母亲的朋友乔阿姨的侄子留学回来，准备在玉市创业，年纪容貌都与她相当。趁着长假，两人见个面，到附近景区玩几天，说不定还能培养出感情。

第二天就是国庆，搁在以前，周四晚上一签完版，就算完事了，可如今不同，晚上九点十分，正准备洗澡睡觉的迟梨突然接到王海屏的电话，要她十分钟内带上和兰旭公司的合作协议赶到“钻石良宵”。听这意思，想必是和对方的合同谈成了。

她急忙穿衣打扮，合作协议书，家里的电脑上有，打印机也是必备的，她仔细地将合同又过了一遍，打印出来装订好，时间就已过去了十五分钟。

王海屏的电话再次打过来：“不是说了十分钟，怎么还没到？”

“马上，马上！”迟梨站在路边拦出租车，半天没遇到一辆空车，她赶忙又在手机上叫滴滴，正低头摆弄手机，眼前一辆车停下，红色的保时捷里探出一张倾倒众生的脸。

“是在等车吗？这会儿可不太好打车。”迟梨被那道柔中带脆的声音吸引，抬头只见一个黑衣短发、五官精致的女子冲她微笑，“上来吧，去哪儿，我送你。”

“你是……”迟梨迟疑片刻，脑子转了一转，想起了对方是谁——那次从凤泉山庄下山时，开车送温屿舟和她回家的女人。

“我叫叶弥。”女子歪头笑了一下，“上车再说吧，我又不是坏人。”

迟梨拉开车门，在后排座位坐下：“谢谢你，叶小姐。”

“去哪儿？”

“钻石良宵。”担心叶弥不知道位置，迟梨赶紧按照王海屏给她发的地址念道，“滨河路……”

“我知道那地方。放心吧，五分钟内保证把你送到。”叶弥说完，脚下用力，跑车嗡的一声飞蹿出去，果然是几分钟的工夫，迟梨就看到“钻石良宵”几个字低调却又奢华地闪着光芒。

“谢谢你，叶小姐，我叫迟梨，在《玉市晚报》上班，如果有什么帮得上的……”

她没有说完，便被对方微笑着打断：“不用了，看你应该有急事，快去吧，再见！”

“好的，再见！”迟梨轻点了一下头，下车飞快地奔进了夜总会。

这种地方总是喧阗沸腾的，音乐与酒精刺激着人们的神经，迟梨真想不明白，为什么有的老板会选择在这种地方签合同，难道不会影响人的理性考量吗？

不过，现在她是乙方，能让人家乖乖把合同签了，估计以王海屏的作风，要他给人家喊爷爷，他都不会拒绝。

推开某间包厢的门，一阵刺鼻的烟味袭来，迟梨叫了声王总。

正搂着个姑娘喝酒的王海屏站起来，赶紧冲过来一把将迟梨揽住，手搭在了她的肩头：“来、来、来，给各位介绍一下，这就是我给各位提过的大才女、大美女迟梨。迟梨，给在座的老总哥哥们先敬杯酒！”

迟梨心里不爽，低声道：“王总，合同我拿给你，我今天不能喝酒……”

“别废话，让你喝就喝，好几百万呢。事要是黄了，看我怎么收拾你。”王海屏的手在她的肩头一掐，她浑身颤抖，瞬间后退半步，硬着头皮接住了王海屏塞进她手里的酒杯。

几个看上去四十岁以上的男人神色各异地看着她，她站在偌大的包厢中央，顿了一顿，道：“谢谢各位老总对王总和我工作的大力支持，这杯我干了。”

说罢，她仰头喝下那一杯味道辛辣浓郁的浅棕色酒液。

“好、好、好！美女爽快！不过，一杯可不足以表达心意啊，既然来了，就要玩得高兴。来，哥哥敬你！”说话的是一个身形肥胖、戴着大金链子的平头男人，只见他大手一抬，旁边的服务生迅速将一瓶马爹利分着倒入托盘上摆着的四个玻璃杯。男人举起一杯，使了个眼色，服务生有点迟疑，但还是把托盘端向了迟梨。

她忙摆手拒绝：“不，我喝不了这么多。”

王海屏也愣住，赶忙来打圆场：“程总开玩笑的，怎么会让你喝这么多，迟梨，你和程总碰一杯……”

“碰一杯倒也可以，不过，迟小姐，为了加深印象，你我喝个交杯酒吧？要合作，你们总得拿出点诚意吧！”被称为程总的胖子笑得不怀好意，这时周围闹起来，一群大老爷们儿起着哄。

迟梨尴尬不已，只好再次用求助的眼神看向王海屏，谁知那王八蛋却把头转向一旁，假装和邻座的美女聊天……

在选择跟胖子喝交杯酒和一口气喝四杯之间，迟梨掂量了一下，决定不自量力地试试后者。

手握住玻璃杯，胖子起身走过来，志在必得的笑堆在脸上，抬腕，靠近，几乎要将迟梨拥入怀中。

“程总——”迟梨抬肘挡住男人伸来的爪子，手一伸，端了一杯酒，将酒倒入口中。

胖子愣了一下，然后笑得有些尴尬：“呵，能喝，好啊，服务员，满上！”

酒杯再次斟满，胖子摩挲着杯沿，眯眼打量迟梨，一脸似笑非笑：“迟小姐敬酒不吃，吃罚酒，那就把盘子里的酒都喝了吧！喝了，咱们再说合同的事。”

有人起哄，有人吹起口哨，也有人嘲笑胖子：“程总，人家妹子纯情着呢，魅力不够，不要乱跟人家喝交杯酒啦……”

“滚犊子！”胖子恼得面红耳赤，大金链子在脖子的赘肉间翻滚。

他扭头骂了句后，又把举着酒杯的手伸到迟梨的面前：“交杯，还是不交杯？”

恶趣味的笑声顿时响彻包厢，迟梨浑身轻颤，死死地咬紧牙关，才克制住往胖子脸上甩耳光的冲动。

去他的几百万，去他的合同，迟梨转身欲走，马尾的发梢被人大力揪住，头皮顿时火烧般生疼："臭婊子，装什么装……

砰，是木门撞击墙壁的闷响，紧接着一道冷厉的声音从包厢深处传来："闹够了没有！"

顿时，音乐停掉，胖子的手松开又迅速收回放到身体两侧，迟梨的眼泪漫出眼眶又被强行憋回去。

一个男人从包厢内室走了出来，五十岁开外的样子，略显稀疏的黑发整齐地往后梳着，胡须花白，月白色真丝套装包裹着精壮、略显低矮的身材。

像是喝多了酒，男人两颊尚有酡红，但这丝毫不影响其不怒自威的气势，他一走出来，整个包厢变得静悄悄，方才闹成一片的人大气都不敢出一下。

男人的目光停在了迟梨的身上，过了几秒，竟忽然变得柔和起来："是不是吓到你了，别跟这帮粗人一般见识。怎么样？喝多了，头晕不晕？我叫司机送你回去？"

迟梨搞不清楚状况，但看得出这个老头估计才是大BOSS，她长舒一口气，清了清嗓子，提高声音道："我把和兰旭公司的合同带来了，如果您是兰旭的老总，可以过目一下，看有什么细节……"

"不用看，程子！"他喊了一声，方才还耀武扬威的胖子忙不迭地点头哈腰走过来，唯唯诺诺地唤了句"曹董"，而后递上一支金色的钢笔。

"合同拿来吧。"男人扬眉，迟梨忙从包里拿出合同递到对方的手上，只见那人往沙发上一坐，扬手唰唰唰地在合同上签下几个大字"曹存风"。

"章子呢？"曹存风朗声问。

被唤作"程子"的胖子说"没带"，曹存风低声骂了句"废物"，把签好字的合同递给迟梨，颇带些歉意道："明天找程总补盖个公章，你不必亲自跑，随便找个人去就行。”

“谢谢曹董。”迟梨接过合同递给王海屏，没理会他脸上颇为丰富的神情，只淡淡道，“王总，没什么事的话，我回家了。”

“等等——”

曹存风轻轻靠在沙发上，手指叩击桌面，笑得高深莫测：“刚刚在里面休息，他们那些混账话，我都听到了。这样，为表歉意，我请迟小姐吃夜宵如何？”

迟梨一怔，随即拒绝：“不用，谢谢，明天一早我还要赶高铁。”

“赶不上高铁也没关系，去哪里，我可以派车送你嘛。”曹存风还是笑，眉毛一抖一抖的，嘴角勾出深浅的纹路，眼睛深如古井，“我很少主动邀人，迟小姐看在我一把年纪的分上，可别当着这么多人的面打曹某的脸哦！”

曹存风这个名字，迟梨从前并不知道，但进入广告部后听说过不少次，毕竟玉市有实力的龙头企业都是广告部的合作对象。据说，此人是在东南亚开矿发的家，改行后旗下的各类企业超过百家，像兰旭这样一次肯投几百万广告的公司也有十几家。可以说，在玉市，曹存风是个一般人得罪不起的人物。

包厢很大，容纳了七八个男男女女依然显得宽敞，但迟梨只觉得胸口发闷，喘不过气来，想必是方才的酒意上了头。

她的目光扫过一张张被红尘俗世磨砺过的脸，有的幸灾乐祸，有的麻木不仁，有的无可奈何，却没有一个敢为一个陌生女子挺身而出。

包括她的直接上司王海屏，此刻他正垂着头蜷缩在暗影里，她匆匆一瞥，发出无声的冷嘲。

“好——曹董，谢谢您的好心，希望我们合作愉快。”她浅笑一瞬，转身先出门，在身后的人影跟上来前迅速拿出手机按亮屏幕。

她的手指刚触到通信录，声音便跟着一只手同时攀了上来："迟小姐还需要给谁打电话吗？是不是不放心曹某？"

男人低笑，手在她的肩头拍拍："如果迟小姐真这么想，那就是骂我呢。"说罢，他一脸失望地摇头。

迟梨忙收了手机："怎么会，只是晚上十一点前不回去，我的家人会着急的，说不定还会报警。"

听到"报警"二字，曹存风扬了扬唇，眉头却浮出不悦："小四，十一点前确保把迟小姐送回家，听到了吗？"

门口黑色沃尔沃里的司机点了下头。

车门大开，迟梨知道曹存风在等她上车，也知道如果上去有可能遭遇什么，如果刚才还强装镇定、心存侥幸的话，那这会儿她是真的慌了。

她把求助的目光投向四周，跟出来的都是曹存风的随从，那个该死的王海屏连个鬼影都瞧不见。

生死关头，还管他什么五百万，不如跑吧！

心念一动，迟梨的腿便迈开来，可没想到，脚底竟然是软的，头也忽然晕沉得不行。那洋酒的后劲此刻翻涌上蹿，她使劲地摇头，掐着自己的手背，可抑制不住天旋地转的感觉，整个人像掉进棉花堆里。残存的意识让她再次拿出手机，可啪嗒一声，五指失力，手机掉在地上，一只男人的脚随即踩在上面："迟小姐，迟小姐……"

轻唤声入耳，有人将她拖入车中。

树影婆娑的不远处的路边，一辆红色保时捷静静地停着，车里有人，灯却暗着。驾驶座上的女子黑衣与暗夜融为一体，脸上的表情也被暗影全部遮掩了。

目送黑色沃尔沃在道路尽头消失，她发动车子，猛踩油门，发动机巨大的轰鸣声很快便融进了城市的浮躁与喧嚣里。

这些日子，温屿舟忙得焦头烂额。山南的项目进行得不太顺利，他不得不又飞了一趟西藏，等办完事情返回玉市，已经是九月三十日晚上的十点多。

司机把他和助理小满从机场接回位于市区玉带河畔的住宅，这时三层别墅楼下的草坪上正停着一辆拉风的红色保时捷跑车。

刚下车的温屿舟瞄了一眼跑车的车牌号，眼中立即泛起不悦，迎着灯光进门。院子里花木繁盛，各色菊花热烈绽放，管家七叔走过来帮小满提行李，身后一个娉婷的身姿立着，阴影里，那人指间一点红光轻闪。

他愈发厌恶，寒声提气："七叔，是谁允许旁人在家里抽烟的！"

七叔五十多岁，一张被岁月磨砺、沉稳老成的脸上并不显得多么惊慌，大概是他明白，令主人不爽的或许并非抽烟这件事，而是抽烟的人。

"先生，是我的错。"七叔还是老老实实地道歉。

"阿舟——"尾音转了个弯，女子弹掉烟头，高跟鞋噔噔过去一脚踩灭，笑意堆上脸庞，"你不要骂七叔嘛，我不抽了，你不喜我抽烟，我便不抽嘛。"

叶弥的声音娇娇的，带着刻意，狐狸般狡黠的眼里却满是讨好的欢喜，她走上前轻扯他的衣袖："看我给你带了什么。"

温屿舟冷冷地拂开她的手，随手脱掉外套，进了门仍是眉头紧锁："你应该看得出来，我很累。"

"我当然看出来了呀。"叶弥紧跟着入门，曼妙的身材裹在收腰的黑色连衣裙中，堪堪转身，余香萦绕，她抬手扇动空气，"你闻，好闻吗？"

隐隐有香气浮动，客厅一角的金丝木几上，一只铜色香炉正袅袅升起轻烟，似檀香，又比檀香淡些，还带些清苦的味道，入鼻入脑，仿佛整个人都放松许多。

“我回了一趟新加坡，顺便跑到泰国找大师特意调的安神香。”察觉温屿舟渐渐舒缓的神色，叶弥的笑意更灿烂了一些，“用法我给七婶交代过，每晚睡前点上一会儿，保准治好你失眠、做噩梦的毛病。”

他抬了抬眼皮，嗯了一声坐在沙发上，随口道：“她还在医院，你去新加坡干吗？”

难得他主动跟她说话，她愈发开心，挨着他坐在沙发上，又不敢靠得太近，兴奋得像个孩子：“叶总让我去的呀，她说自己已经没大碍了，又有护工照顾。前几天不是我爸的忌日吗，她让我回去祭拜祭拜。”

“呵，好深的情意。”温屿舟一声冷笑扭过头，恰好瞧见胖胖的七婶端了刚煮好的山药安神粥出来，“哎哟，阿弥也来啦，正好一起喝粥。”

“好嘞，谢七婶。”叶弥跳起来去厨房端粥，出来的时候，温屿舟已坐在餐桌前。

他刚洗过脸，头发还有点湿，白衬衣卷起袖口，握着瓷勺的手白皙修长，叶弥瞧着那脸、那手，心中爱得发痛，却知这辈子都未必有机会去摸一摸、碰一碰。她放了碗，在桌边坐下，对面的人目不斜视地喝粥，她笑了笑，问：“阿舟最近没交新女朋友啊？”

勺子被扔在了碗里，温屿舟抬眼看着她，目光里明显带着厌烦。

她太明白在他眼里自己是什么样子，卑微、堕落、不值一提，连与他并肩而坐都是一种天大的奢侈。

但她仍笑得不以为然、没皮没脸：“没别的意思，今天路上捎了个女孩，你应该认得。就是上次从凤泉山庄下来，你拉着人家看烟花那个，叫什么，迟梨……”

一碗粥见了底，温屿舟起身，椅子挪动的摩擦声里，他听见“迟梨”二字。

顿了片刻，他脸上霜意更浓：“我跟她不熟，你最好别去招惹人家。”说罢，他就要上楼。

他清楚叶弥私底下的德行，以往身边的那些女人，有几个没被她刁难、戏弄过？只不过，看在她对叶芷云一心一意的分上，他不与她计较罢了。

叶弥举着勺子哦了一声，眼眸一转，笑道：“那就好，她让我送她去钻石良宵，后来，我看到曹存风把她带走了。”

说完，她像什么也没发生似的小口吃起粥，边吃，边哇哇叫：“七婶，太好吃了！下次来，你还给我煮，好不好？”

一只手猛地攥住她的胳膊：“你说什么？”

“我说粥，好吃。”叶弥盯着近在咫尺的男人的眼睛，这个男人啊，从他十几岁到现在，她喜欢他已经十几年了，可是，眼看着他身边的女人走马灯似的换，他却从来不肯多看她一眼。

“你知道我问的是什么。”温屿舟放开她的手臂，折身去沙发上取了外套穿上，回头看她，眼里有恨意，“你又耍了什么鬼花样？好大的胆子，竟然把曹存风拉进来。”

叶弥愣住，眼底瞬间浮起水汽：“我没有。”

温屿舟冷笑一声：“不要以为你跟叶芷云一样姓叶，就可以参与我的人生，她宠你、信任你，把你当亲生女儿，我无话可说。不过，我警告你，如果被我知道你背地里跟曹存风沆瀣一气，耍什么花招，我绝对会让你死得很难看！”

大颗眼泪从叶弥的脸上滚落，她没有擦，倔强地任它直直地下坠，如落深渊。

温屿舟匆忙的背影已行至门口，又顿住折回，口气难掩焦灼："你看到的时候是几点？"

"半个小时前。"她被泪水濡湿的眼睛望向他，"阿舟，你爱上她了，对吗？"

温屿舟没有回答，转身出门了。

夜风很凉，他的后背却一阵阵冒汗，顾不得叫司机，他自己开了车一路狂奔，边开车，边打电话，手机那头一遍遍说着"您拨打的电话暂时无法接通"，他气得狠拍方向盘，油门猛踩，奔向钻石良宵。

迟梨自然是早就不在那里了，可他不知道该往哪里去找，曹存风据点甚多，根本没人知道曹存风会把她带到哪里。他气恼地四处打电话："不管用什么办法，给我找到曹存风！"

一个醉得东倒西歪的身影从钻石良宵走出来，温屿舟认出是王海屏，立马下了车，一把揪住对方的领口："迟梨呢？"

无能的人幻想灌晕自己，就可以逃避良心的谴责，王海屏显然连来者是谁都已认不清，一屁股跌坐在台阶上，突然捧住脸号啕大哭："我竟然要靠女人在生意场上混，丢人现眼……我对不住你啊，小迟……"

温屿舟压着一腔怒火，恨不得给这个窝囊废两拳，他知道也问不出个什么，只好丢开王海屏，再去别处寻。

下台阶时，脚下踩到东西，他一低头，看到亮起的手机屏幕上正是迟梨的照片。

手机屏幕被踩了几脚，留下了几个脚印，显然，她不是在正常状态下被带走的。

回到车里，他迫使自己冷静下来，这时，小满的电话打过来："温总，东哥那里有信儿了，说是手下的人看到曹存风的车进了天鹅湾的二号会所。”

“继续盯紧，我马上过去。”

赶到天鹅湾，温屿舟下车，会所门外的路边停了一排车，为首一辆路虎中跑下来小满和一个身形高壮的男人。

“东哥，她在不在里面？”东哥大名白东野，玉市某搏击俱乐部的老板，退伍军人出身。他耿直、仗义、能打，外形上和温屿舟天差地别，私下里两人却是交情甚笃的老朋友。

东哥骂了句脏话：“这块是老曹的地盘，我们连会所的门都进不去！不过，你别急，内线刚传信来说，老曹正在打牌，没见着你说的那姑娘。”

见温屿舟蹙眉沉思，东哥摸了根烟递过去：“我看这架势，这姑娘就是个靶子，老曹故意冲着你来的吧。”

温屿舟也想到了这一点，这世间根本没有多少所谓的巧合，尽管他从没和迟梨明确地在一起过，可两人的事情还是传到了曹存风的耳朵里。

“这么多年了，老东西还是不肯消停。”夜风中，东哥吸着烟咕哝。

恩怨这东西，说不清楚轻重，可大多数世人都很难放下，在这一点上，温屿舟承认，他是个俗人。

“我进去看看。”曹存风摆这么一道，必定是要图点什么。

“得！”东哥甩掉烟头，脸色忽变，大手一挥，喊了句，“弟兄们，抄家伙！”霎时从一排车里齐齐跳出一排身形健壮的大汉，每个人手里都握着棍棒之类的器物。

温屿舟被东哥往身后推了一把，小满急急地扯着他上车。

这时，二号会所隐秘而结实的大门口鱼贯而出一群人影，一看那架势便是来者不善。

东哥气得大骂："老东西还没完没了了！"他转头看车里沉着脸的男子，"屿舟，好不容易跟姓曹的楚河汉界安分了两年，里面那妞谁呀，值得咱们撕破脸干一场不？"

温屿舟灼灼的目光射出来，看得东哥心猛地一跳："我女人。你说值不值？"

"我晕……"东哥二话不说，转身从后车座捞出一根钢管冲了过去。

乒乒乓乓的厮打声传入耳中，小满忙把车窗锁牢，隔绝出一块相对安全的空间，他真是怕温屿舟也冲出去跟外面那些人混战，不过，看起来他的老板并不是粗野的莽夫。

温屿舟静坐片刻，忽然拿起手机，拨了个电话号码。

电话是打给曹存风的，他都不记得，他们有多久没有通过话了。

响了许久，电话被接通："你好啊，阿舟。"那个声音亲热地叫着，就如同十几年前，曹存风第一次在棠安一中见到他时喊的那样。

那时，曹存风还是一个刚落户于玉市的商人，人看起来儒雅，跟叶芷云站在一起倒是比温屿舟那个走路一瘸一拐的父亲更配——可是，他知道，这个人一出现，他从前所拥有的一切，亲情、家庭、幸福，全都烟消云散。

"你究竟想要什么？"温屿舟开门见山。

那头沉默了一瞬，原本嘈杂的交谈声停止，曹存风幽幽的笑声传过来："你还是那么聪明……阿舟啊，南区那块地，你拿到手有两三年了吧，怎么还没动静？"

原来是为南区的地，温屿舟想也不想，一口拒绝："那块地我不会让给你。"

南区是玉市近两年才规划发展起来的新区，三年前，那里还是一片村庄时，温屿舟以每亩地一百万的价格拍下了一家化工厂的旧址。由于环保方面的问题，这块地一直被闲置，没想到，三年后，这里成了玉市炙手可热的黄金地段，一幢幢楼房如雨后春笋般拔地而起，玉市的房价也以南区为风向标噌噌地上涨。

曹叶集团几年前在南区也拿到过地，楼也已盖起，就在化工厂边上，只不过占地面积小，曹存风想开发二三期工程，建设南区最大的高档住宅区，最好的办法就是将化工厂的地一并拿过来。

“囤得差不多就行了，人不能太贪心。”曹存风长辈般循循善诱道，“转给我，每亩地给你双倍价钱。”

这只老狐狸！玉南新区如今寸土寸金，想以一亩两百万的价格拿走，简直是异想天开，温屿舟也是商人，忍不住冷笑：“不是价钱的问题，那块地没达到环保标准，现在开发是要出事的。”

“能出什么事！我自然有办法。”曹存风换成商量的口气，“我可以让你参股。”

“不敢——”温屿舟寒声道，“人不能两次踏进同一条河流，我说过，绝不和你，包括叶芷云有任何合作。这件事随后再说——”温屿舟深吸一口气，“把那女人还给我。”

“什么女人？我不懂你的意思。”曹存风想必也被激怒，口气变得嘲讽，“阿舟啊，等你年纪再大些，或许才能明白，再多的钱，有时也换不回一个真心爱的人。不过，你风流惯了，少了这个，明天还可以换别的嘛，老头子就不一样咯，难得碰着个能入眼的。算了，话不投机，再见！”

电话忽然被挂断，小满焦急地转头看他：“温总，警察要来了，让东哥撤吧！”

由远而近传来警笛声，温屿舟啪地将手机砸到脚下，拳头紧紧地握住又松开，片刻后，他发出指令：“小满，让东哥住手。”

小满战战兢兢地开了车门出去，过了一会儿，窗外声音渐小，双方战火平息，人员迅速各自撤走，路面上除了一些未干的血迹便无他物，东哥把车停在稍远点的隐蔽处，注视着这边的动静。

温屿舟再次拨通那个电话号码："地可以给你。五分钟之内，把她送到门口。"

密不透风的房间里，迟梨做着一个怎么也醒不来的梦，头沉而痛，身体仿佛朝着万丈深渊不断地坠落。

莫名的悲伤充斥着她的胸腔，少年时期的孤独、成年后的落寞以及反反复复出现在脑海中的那张脸，像一张网将她罩住，她喃喃地呓语，不知内容，呕吐的欲望一阵阵冲撞着神经。

一只手在她的身上游弋，从腰至腿，从臀至肩，缓缓如蛇爬行。她分不清自己是在梦中，还是醒着，分不清自己是在记忆中，还是在现实里，只隐约看到那只手短而粗壮，像一截树枝，手背上有暴起的血管，食指戴着一枚花纹繁复却丑陋的红宝石戒指。

令人作呕的，或许正是这只手所带来的触感和战栗。迟梨想动，却面团似的柔软无力，连抬眼也成为一种负担。她半睁着眼，看见一道模糊的身影弯下身，浓重的气息喷在她的脸上，那只手从肩头抚向胸前，而后向上，攀到脸上，忽然狠狠地扼住了她的喉咙……

啊——

惊叫声终于冲破禁锢，被困住的身体也仿佛出笼的兽，她浑身湿淋淋地坐起，双手挥舞着挥开了眼前的那只手臂。

"咝。"温屿舟吃痛地皱眉，白净的小臂上竟被她的指甲划出一道血痕。

显然，床上的人并未完全清醒，口中叫着"走开，你这个恶心的东西"，同时拿起一个枕头狠狠地朝他砸去。

这已是第二天的清晨，阳光从未关严的窗缝里钻进来，打在温屿舟沉默如树的背影上。

“走开，走开！”迟梨依然发着疯，双手乱抓，泪眼模糊，忽然眼前大亮，耀眼的阳光照进来，她下意识地紧闭双眼，下一刻便被带进一个温暖的怀里。

“迟梨，是我。”

温屿舟把她拥在胸前，深深的自责、心疼以及一丝埋怨纠结在心口，他轻拍她的后背，声音温柔：“是我，是我……”

我是温屿舟。

怀里的人渐渐安静下来，迟梨从噩梦与宿醉中醒来，看到了眼前的一切：宽敞干净的卧室、大大的落地窗、阳光……还有他。

他身上有清新的香气，他鬓角的短发贴在她的脸上，惹得她脸庞发痒，当胸口那两颗心扑通扑通地跳成同一个节奏时，她终于完全清醒，轻轻地唤他：“温屿舟？”

听到声音的男人离开她的身体，对视了三秒钟，他脸上的柔情退去：“你有没有脑子？”

“我有没有说过女孩子喝多了酒难看？为了一份破工作，值得把自己搭进去？”

想起昨晚那一幕，他血直往头上涌，如果不是他最终答应转让化工厂的地，真不知姓曹的浑蛋会做出什么来。饶是过了一夜，他依旧意气难平，继续骂道：“你刚毕业吗？有没有一点社会经验？大半夜喝得烂醉跟老男人出去？是找虐，还是贱！”

迟梨被骂得怔住。

过了一会儿，她反应过来现在应该是在他家，她用力推开他，掀开被子下床，低头一瞧，双腿竟是光的，上身也只穿了件男式纯棉短袖T恤，她忙又缩回床上拉被子盖住，拿眼睛瞪着他，气呼呼道：“你又是什么好东西！趁人酒醉还不是脱了人家的衣服……”

她回想起梦中的感觉，浑身一阵战栗，鄙夷地瞪了衣冠楚楚的男人一眼："还好意思凶我。"

"什么？"温屿舟一袭白衣，阳光将他的侧影镀上薄薄的金边，他面色阴沉地回瞪迟梨，"你吐成那样，还指望我碰你？洗澡、换衣服都是七婶帮你……"正说着，他的眉头猛地皱起来，语气凝重，"姓曹的碰你了？"

迟梨的胸口忽地一堵，巨大的羞耻感涌上来，令她紧闭双眼，但残存的记忆似乎不肯退去，那只手仿佛仍在腿上游走。她裹紧了被子，并没有意识到自己在瑟瑟发抖。

温屿舟的脸色越发难看。

他不再说话，默默地看着她。

"请你……出去……好吗？"她哆哆嗦嗦地说，苍白的小脸上，眼神空洞而无助，"我想穿衣服。"

温屿舟走了出去。

过了一会儿，七婶捧着一套崭新的女装进来："来，孩子，这是先生一早让人送来的新衣服，你试试，看合不合身。"

合不合身，她都不在乎，她需要用最快的速度穿戴整齐，然后离开这个地方。

然而，门一打开，他身影如墙，挡在那里。

"对不起。"温屿舟面色亦是颓唐，"刚才我话说重了。"

迟梨垂首盯着脚尖，喉中苦涩如嚼黄连："麻烦让开。"

面前人的屹立不动，却也不言语，只挡着她，不知要做什么。

迟梨终于慢慢仰起脸，缓缓笑得凄然："既然将我看得一文不值，又何必救我？温屿舟，我是喜欢过你，也感激你，但……好歹请给我留一点颜面。"

她说完，从他身侧的空隙挤出，腿已迈开半步，身子却被拉了回去。

他再次抱住了她。

晨光熹微，七婶正在房里开窗。

男人身上沐浴露的清新味道沁人心脾，而下一瞬，笼罩在迟梨周身的羞愧与难过被他突如其来的亲吻驱散得一干二净，他急迫而略显粗暴地吻住她，舌尖长驱直入，将她贪婪而热烈地占据和包裹。

迟梨感到微微眩晕，她是喜欢这种感觉的，谁会不喜欢被心爱的人亲吻呢？他的手揽着她的腰，掌心隔着一层布料亦能感到火热。脑海中忽如闪电般闪过那只大手的触感，她心一缩，猛地将他推开。

哐当一声，是七婶不小心打翻了桌上的空水杯，温屿舟的目光投过去，七婶忙低头："哎呀，我火上还炖着汤……"

七婶还没来得及出门，迟梨倒先冲了出去，她一路狂奔，夺门而出。

眼泪伴着晨间的风，干得快，却留下浮肿的红眼眶，刚跑到门口，她迎面险些撞上一辆浑身黑亮的摩托车，车上的人急急地刹车，取了头盔露出一张黝黑的脸，身后瘦小白皙的小满哟了一声："迟小姐……"

话音没落，迟梨便径直往道路前方跑去了。

"这姑娘什么来头，舟子这回来真的？"东哥扭头问小满。

年轻的男孩故作深沉地摇头叹气："什么来头，我不知道，不过，上次在西藏是直升机和一个亿，这次又是玉南新区的几十亩地……我光想着都肉疼，温总舍得在女人身上花钱倒没什么，只是，这种花法未免也太……"

小满作为温屿舟的第一助理，此刻颇有点对老板"不当家不知柴米贵"的幽怨。

东哥也郁闷："没觉得这女的有什么不一般的啊，除了白点儿、瘦点儿、漂亮点儿……”

两人进门，客厅里空无一人，阳光倾洒的花房里，温屿舟正垂头抽着烟，袅袅的烟雾将他的轮廓遮得不甚分明。

小满在客厅整理化工厂土地转让合同，东哥走进去，假装轻咳一声，温屿舟的目光投过来，落在他额角和下巴的创可贴上，问了句：“你怎么样？”

东哥在对面的藤椅上坐下，咧嘴憨厚一笑：“这算什么！”

温屿舟递一支烟过去，嘴角浅笑：“只是担心你被嫂子骂。”

提到自己的老婆，东哥的眼睛幸福地眯了起来：“不打紧，不过是多给她做一周饭而已，待会就找七婶教我做几道新菜。”

这就是传说中的硬汉柔情、公开虐狗吗？温屿舟啧了一声表示被酸倒，然后悠悠地道：“东哥，你和嫂子是怎么在一起的？我是说……两个人决定共度此生的时候。”

他看了一眼东哥，然后转头看向玻璃窗外的世界，花花草草，道路、汽车，他眼中似有万物，却又仿佛空空如也。

东哥咂了咂嘴，他和他老婆的故事，温屿舟是知道的。那时他刚从部队转业，温屿舟才从国外回来创办公司不久。那时他还只是温屿舟公司的一名普通保安，但后来发生的一件事改变了他的身份，也改变了他们二人的关系。

外界都传温屿舟是靠富婆发的家，但只有东哥知道，事实绝不是这样。温屿舟刚回国时，的确有个女人常常帮他，给他资金、人脉，但他的生意做到今天，绝不仅仅靠那个女人，东哥亲眼看见过他有多拼。为了一个项目，他可以彻夜不眠，为了一个客户，他可以喝到胃出血……

没有一个成功者的背后不是血泪斑斑的，东哥觉得这句话放在温屿舟的身上非常合适。

东哥和他老婆的结缘，从某种意义上来说，温屿舟是红娘。

那年冬天，温屿舟加班到深夜，刚从公司出门，车就忽然失控地撞到了道路旁的路灯柱子上，那晚恰好是东哥值班，他第一时间把满脸鲜血的温屿舟从车里拖出来，然后拨打了 120。

事后，温屿舟称是自己疲劳驾驶所致，但东哥调查后发现是有人对车动了手脚。他凭着在部队当过侦察兵的敏锐与身手，终于逮住了作案者。然而，温屿舟却阻止他报案，说这是他和别人的私人恩怨，不愿警方插手。

温屿舟住院期间的责任护士，后来就成了白东野的老婆，他也从一个普通保安升职为保安部经理。再后来，他老婆生了孩子，温屿舟拿给他一笔钱说："有了老婆孩子，就不适合再干这些玩儿命的活了，去做点什么吧。"

于是，他拿着钱开了家搏击俱乐部，可以说，如果没有温屿舟，他的人生绝对不是今天的样子。所以，无论温屿舟任何时候有需要，他都愿意肝脑涂地、毫无怨言。

"舟子。"东哥长温屿舟五岁，自打离开公司后便与他以兄弟相称，倒愈发亲切了。

东哥抽了一口烟，隔着烟雾看他："我看出来了，你是真喜欢那姑娘。喜欢为什么不去大大方方地追？我看到姑娘哭着走的，你不会骂人家了吧？"

以东哥直线型的脑回路是想不明白这个问题的，温屿舟费了老大劲把人弄回来，一大早又把人气走，大概也是病得不轻。

温屿舟扯了扯唇："你还没回答我的问题。"

"哦。"东哥挠了挠后脑勺，笑得有些羞涩，"你是问我俩啥时候私订终身的吧！她家本来不是不同意嘛，不过后来我买了套房，房产证上就写了她一人的名字，拿给她一看，当场就哭着钻到我的怀里了。”

温屿舟扑哧轻笑出声，不可思议地睨他：“送房子……你可真够实在的。”

他实在得俗气，却也可爱，出乎温屿舟对爱情浪漫的想象，却满满都是温暖的人间烟火气。

烟灰落到手指上，温屿舟弹了弹，把烟头摁灭在烟灰缸里，抽出花瓶底下的一张蓝色卡片，扬声叫道：“小满！”

小满屁颠屁颠地跑过来，一脸发蒙地接过一张高铁票，听到吩咐：“一个小时后的车，你把票送到车站给她。”

玉市到棠安的高铁票，七婶在迟梨换下的衣服里发现的，东哥忙道：“多好的机会，干吗让小满去送，你自己过去，跟人家姑娘说两句好听的，这事不就结了？”

温屿舟站起身，目光里有淡淡的疲倦：“去吧。”

小满应声离开，东哥嘟囔着：“追个女人还这么别扭……”

温屿舟把手按到他的肩上，忽然特别郑重地叫了声“东哥”。

“有件事，想和你商量。”

迟梨回了趟家，匆匆拿着提前收拾好的行李打车直奔高铁站，下车准备进站时才发现自己弄丢了车票。

更糟糕的是，她连手机也找不到了。

她无奈地跑到售票处，可窗口外排了老长的队，好不容易排到跟前，人家告诉她，没票了。

说好了下午赶回棠安，晚上要去外公家里吃饭，她找了个公用电话给家里拨了过去，果然，母亲急得跟什么似的：“丫头，你出什么事了？”

迟梨忙说只是手机弄丢了。

迟母却忽然沉默片刻，再开口，语气变得警觉："迟梨，你不会是谈恋爱了吧！"

如果电话一直不通或者无人接听，迟梨的话倒也可信，只是，迟母没想到她十分钟前又拨打了一次女儿的手机时，接通了——接电话的是个男的。

而且那个男人彬彬有礼，开口便道："阿姨，你好。"

他说自己是迟梨的朋友，她离开时把手机落在了他的家里。

"如果不是昨晚在那里过夜，你怎么会一大早把手机忘在朋友家里？"迟母语气严厉，"我不反对你交男朋友，只是，你怎么也应该告诉我们一声。这边乔阿姨的侄子还等着和你见面，如果你让人家知道你有男朋友，或者跟别的男人不清不楚，这让爸妈的脸往哪搁！"

迟梨也很意外，其实，她根本不清楚手机掉在了哪里，又不能告诉母亲昨晚应酬喝多，只好一个劲地否认："手机真的丢了，肯定是小偷看到来电的备注名是妈妈，所以才想骗你。妈，你千万别上当了！"

"好了！是不是骗子，我听得出来。你上车吧，我们在出站口接你。"迟母说完，挂了电话。迟梨心里哀号，没高铁票了，只好打车回棠安了。

"迟小姐——"她正愁眉不展着，有人轻轻拍了一下她的肩膀。

她看到一个年轻的小伙冲她笑得腼腆："我是温总的助理小满，这是你的票，温总让我给你送过来。"

离开车时间只剩下十来分钟，迟梨赶忙接了票，本想问问昨晚有没有看到自己的手机，又觉得不好意思，说不定自己昨晚酒后的德行都被温屿舟的助理尽收眼底了。

匆匆道了句谢，她忙进了检票口。

路上，迟梨回想母亲电话里说的那个接电话的男人，王海屏？曹存风？还是……温屿舟？

她越想越乱，索性打定主意，不管母亲怎么问，一口咬定手机是被偷了，接电话的是骗子。

列车到站已是中午，原本以为来接她的会是父亲，没想到她出了站台搜寻一会儿后，却发现母亲站在一辆白色的捷豹前，跟一位高高瘦瘦的年轻男子说话。

母亲满脸微笑，那男子闲闲地靠着车身，浅灰衬衫，干净儒雅的模样。

“妈！”迟梨喊着走过去，母亲仍沉浸在和对方的交谈中，倒是那男子先看过来，随即站直身体。

迟母终于察觉，嘿嘿地笑了一声，匆匆打量了迟梨一番，便皱起眉头：“怎么也不收拾一下，像个逃荒的。”

“我回个家还收拾什么。”迟梨咕哝着，扯了扯身上唯一光鲜的新衣服，做了个鬼脸，“东西被偷了，可不跟逃荒似的嘛。”

“不是我说你，你这丢三落四的毛病……”迟母还要唠叨，忽然想起身旁还有人，于是忙住口笑道，“你看我老糊涂的，来，认识一下，这位是我电话里跟你说过的乔阿姨的侄子，最近刚拜你外公为师。小乔，这是我女儿迟梨。”

一只修长的手伸了过来，他道：“你好，迟梨，我是乔知繁。”

迟梨愣了一下，气愤和无奈在心头压下，草草伸手在对方的指尖蹭了一下便迅速撤离：“妈，我爸呢？”

乔知繁将手插回裤兜。

“哎呀，你爸在饭店点菜呢。这不是你和小乔都放假了吗，长辈们给你们接接风。”见乔知繁将车门打开，迟母推了女儿一下，“快上车。”

迟梨坐到后排，纵有万般不愿，也不好当着外人的面抱怨。

迟梨生着闷气，身旁母亲递过来一个盒子：“喏，你爸给你买的。”

最新款的苹果手机，迟梨心情顿时明媚，抱住母亲亲了一口：“谢谢爸爸妈妈！爱死你们了！里面装卡了吗？”迟梨迫不及待地拆包装。

“装了。回头你再把原来的电话号码补上，别影响正常工作。”

“嗯嗯。”

迟梨拿出手机，先拨了下自己原来的电话号码，电话通着，只是无人接听。她赶忙发短信过去：你好，我是机主，你能把手机还给我吗？我可以给你钱。

那边没有应答。

他们到了饭店，除了父亲迟坤，没想到外公也在，迟梨又惊又喜，丢下包就冲上去抱住了外公。虽说从小还是和爸妈在一起的时间多，但高三转入棠安一中后的那段时间，她一直住在外公家。每个周末，外公都会带她出去吃好吃的，陪她练练字、逛逛古玩街。

“我的新弟子怎么样？”满头白发的外公在她耳边悄声笑问。

迟梨嘟了嘟嘴，这场突如其来的相亲宴，她是真的不喜欢，但碍于外公在场，也只好哄他开心：“还不错啦！”

席间，迟母说起迟梨高三时在棠安一中读过一个学期，乔阿姨惋惜道：“知繁原本在棠安一中读书，正是高三才出的国，差一点两个人就是同学了！”

迟梨的手机震了一下，一条短信意外地跃入眼帘：好，地址发过来，过两天给你送去。

还有这等好事？莫不是骗子耍她吧！

迟梨忙回：你究竟是谁？

那头不回，良久才又收到信息：想拿回手机就别报警，地址发来，两天后见。

那人怕报警，看来是小偷无疑。

乔知繁是坐在她的旁边的，无意间瞄到信息，轻声问："怎么了？"

迟梨觉得这种事没什么可隐瞒的，于是苦着脸道："小偷说两天后把手机送过来。"

"别信。"乔知繁望着她，"一部手机而已，不值得冒险。"

"可里面有很多工作信息……我觉得没那么严重，我答应给他钱，找一个公共场所，应该没问题。"迟梨也回看着他，目光清澈而犹豫。

乔知繁好脾气地笑了笑："好吧，到时我陪你去。"

一顿饭下来，迟梨吃得多说得少，长辈们在后面一边说话，一边走，她只顾往饭店外走。难得的好天气，秋阳灿烂，她站在院子里树荫下的停车场，乔知繁倒是跟了过去，正准备说什么，她的注意力被停在眼前的一辆车吸引了。

车上走下两个身影，一男一女，男的倜傥挺拔，女的娇小玲珑，男人搂着女子的腰，一扭头看到迟梨，脸上的笑容凝固住："迟……迟梨？"

迟梨笑着摆摆手："你好啊，祁总。"

大家都是棠安人，没想到长假第一天就在这里相见，祁少恭明显一脸尴尬，手又不敢松开怀里的未婚妻，只好干笑："你好。"

迟梨笑得促狭："原来有女朋友了，怪不得好久不请大家吃饭了。"

她把"有"字说得很重，祁少恭脸红："回去一定请，一定请……"

"少恭，这位是……"

没等祁少恭的未婚妻说完，迟梨就拉住了身边人的手："知繁，外公出来了，我们走吧。"

这个长假天公不作美，连续几天都是阴雨连绵，倒是刚好给了迟梨窝在家里的借口。母亲一直劝她和乔知繁出去玩儿，她只是蒙头大睡，谁叫也不肯出去。

转眼到了第三天的下午，手机上的一条信息让她从床上爬了起来：七点，莲语茶馆202房间，请我吃饭，还你手机。

这……哪能是小偷，绝对是有人恶作剧，而迟梨的心里已隐隐有了答案。她莫名有些开心，欣悦之后又感到落寞，但不管怎么说，还是给了她爬起来的动力。洗澡、打理头发、换衣服、化妆，好久没有这么精心打扮过自己了，她坐在卧室的化妆镜前，听到客厅有人说话。

说话的人是乔知繁。

迟梨的眉头锁了起来，想来，她得尽早明确地找个理由拒绝，省得人家一趟趟跑，最后落得两家难堪。

母亲站在门口唤她：“小梨，知繁来了。”

“知道了。”

乔知繁长得是挺帅的，迟梨走出来与他面对面站在客厅。

迟母的脸快笑成了一朵花，她是怎么看都觉得乔知繁好，只可恨自己的女儿像根木头，拉着一张脸，连笑都不会。

“我爸钓的鱼，让送过来给叔叔尝尝。”他微笑着看着她，“要出去吗？”

迟梨嗯了一声，他替她拿起门口的包：“一起走吧。”

和父母道了别，进了电梯，乔知繁问：“小偷联系你了？”

迟梨又嗯了一声，随即又道：“我自己去就可以。”

“说好的我陪你。”他的口气不容拒绝。

好吧，迟梨无语，一些微妙的念头在心间一转，觉得未尝不可。

但是，当她坐上车告诉乔知繁见面的地方时，他一口断定：“绝对是骗子。”

莲语茶馆位于棠安市第一高级中学老校区的隔壁，是一家新开不久的会所，迟梨记得，这里从前是一家书店，她在这里读书时，偶尔会在没课的时候到这里来看小说。她记得有一次还在这里碰见了温屿舟，只可惜，自打两人那节课上有过短暂的交集，他似乎根本对她没任何印象。

在书店那次，她隔着书架悄悄地看他，穿着干净衬衫的男孩捧着一本书靠在窗台前，好像是春季，窗外的阳光和风都是温柔的，书店蓝色的窗帘漫卷，他干净的侧颜被阳光镀上一层浅金色，不过是一本计算机类的书，他却低头看得入迷。

迟梨也入迷，那个场景，那幅画面，时时在她的记忆里闪现。后来她看《情书》那部电影，其中柏原崇饰演的藤井树靠窗看书那段，几乎与她关于温屿舟的那段记忆完全贴合，直到如今，她最喜欢的日本影星依然是柏原崇。

嗅到记忆的味道，迟梨便有些心不在焉，进入茶馆的时候，忽然听到身后的乔知繁道：“你找个位置等着，我进去拿手机。对方要多少钱？”

“他没提钱的事。”迟梨道。

“骗子——”

乔知繁话音未落，一道声音在两人的耳边响起：“迟梨。”

顺着声音的来源看去，角落里有个笔挺的身影。待看清那道身影是谁，迟梨愣在原地，嘴唇抿成一条直线。屏保那张笑得傻乎乎的脸可不正是自己！

温屿舟走过来，打量了一下对面的两人，嘴角浮起一丝模糊的笑：“你们怎么会在一起？”

“温学长？”面对眼前突然出现的人，乔知繁面露惊讶，随即伸出手，“几年不见，学长一切可好？我回国前，汤姆教授还提起你，说要让我们以你为榜样。听说你在国内创业很成功，学弟学妹们都把你当偶像呢。”

温屿舟嘴角的笑意更淡了，伸出手与他轻轻一握：“不敢当。”

迟梨奇怪的是这两个人居然认识，于是将不解写在脸上。

乔知繁忙轻声解释：“我们留学时同校同系，不过，他大二时连跳两级，我们从同届变成了师兄弟。”

不是说他高考都没参加……

温屿舟神情冷淡，看起来并没有叙旧的欲望。

“你过来，我有事找你。”他向迟梨做了个歪头向里的姿势，嘴角泛起亲昵的笑，“你不是来取手机的吗？”

迟梨张口结舌：“捡到手机的人是你？”

“什么叫捡到，明明就在你晚上洗澡换下的衣服里，还有车票，都是我家阿姨找到的。”他浅笑着抬手，在她的脑门上温柔地一敲，语气亲昵，“逗你玩都没看出来？傻子。”

……

迟梨无语，转头去看乔知繁，帅哥风度尚在，只是笑容略显尴尬：“既然大家都是朋友，不如一起吃顿晚饭。”

“不是朋友。”温屿舟看过来，目光锐利又淡漠，令乔知繁不由得想起留学时的温屿舟，那个孤冷沉默、气场却莫名强大、被老师称为天才的人，此时此刻正揽住本该是他的交往对象的腰，带着不容置疑的霸气与敌意冲他道，“你应当看得出来，迟梨是我女朋友。”

迟梨的耳朵嗡的一声，像是那一晚与温屿舟在山顶一起看一场烟花的绽放。类似的话，之前在咖啡馆帮她解围时，他也说过，但她感觉得到，此刻他讲这些话时的心绪与那时是不同的。她慌张地看着他，收到一道笃定的目光。

他的手将她的手指握住。

好在乔知繁风度不错："那我应该恭喜二位。"他云淡风轻地抬腕扫了一眼时间，"既然如此，我先走，家里还有琐事。"

"慢走。"

"欸，知繁——"迟梨挣开温屿舟的手追到门外。

"今天的事，还请你暂时保密，我不想爸妈操心。"她有些不好意思地说出这句话。

乔知繁笑了笑："那个人很好啊，比我优秀得多，你爸妈肯定满意。"

"我俩其实……唉，反正你别告诉我爸妈，求你了。"她眼巴巴地恳求。

乔知繁目光扫向门里目光幽深的男人，嘴角轻扬，点头："如果你爸妈问起，我就说我们在交往，这样……你就可以继续和他约会了。"

他说完，开车离去，依旧儒雅不失风度。

包间里，菜已上桌，迟梨看了一遍，恰巧都是她喜欢的菜。

不是巧，是温屿舟让小满想办法接近迟梨的同事和朋友，旁敲侧击地弄清她的口味和喜好。

比如，她爱青绿色，喜酸甜味，最爱吃的一道菜是松鼠鳜鱼——虽然温屿舟一点也不喜欢。

她坐下，敲敲桌面："喂，你这是干吗？"

温屿舟笑，眼睛里的溺爱满得要溢出来："看不出来吗，我在努力……讨好你。"

迟梨哼了一声，扭头看向窗外。

"还在生我的气？"他语气诚恳，手越过桌子来拉她，"那天我不该骂你。对不起。"

迟梨转过头来看他，修长白皙的手半握着，像一个温暖的旋涡，她克制住陷进去的冲动，淡声道：“是我自己做错事，活该挨骂。”

那只手忽然在她的头上揉了揉，刘海被他揉得乱了，却听到温和又坚定的声音：“放心吧，只要有我在，绝不会再让任何人伤害你。”

迟梨的心忽然变得柔软：“这是表白吗？”她眼睛里泛着光，又带着几分嗔怪。

他的手滑到她的眉梢眼角，食指轻柔，拨开她鬓角的碎发，英俊的脸庞渐渐凑近。他轻笑：“我也不知道。你觉得是便是，你要认为不是……那你做个示范给我，向喜欢的人表白，到底该怎么说？”

“那至少要说‘我喜欢你’‘我爱你’‘我们在一起好吗’之类的吧……”迟梨语调提高。

“好，我接受。”他淡淡地接了一句，凝视她的眼睛熠熠生辉，“你的表白我接受。那么，迟梨小姐，从现在起，你就是我的人了。”

这果然是温屿舟的做事风格。迟梨忽然瞥见他一直放在桌上的右手臂上有一大片瘀青：“这是怎么弄的？”

她伸手去扯，却被他及时避开，他笑着说：“别转移话题，这还表白着呢。”

“不是都接受了吗。”迟梨没好气地瞪他，却忍不住笑，又板起脸，“伸手，我看看，到底怎么回事？”

温屿舟慢吞吞地将手伸过来。为了方便检查，迟梨从对面的位置坐到他的身边，解开他衬衫袖口的纽扣，把袖子卷上去一点后，发现他的整个手腕不但乌青，而且肿了起来。

“不小心扭了，没事。”他轻笑。

迟梨瞪他：“怎么弄的？打架？打球？”

他收了手，抿唇，睫毛低垂：“嗯……打球撞的。已经擦过药，过几天就好了。”

挨得近了，迟梨果然闻到淡淡的跌打水味。她还要说什么，他已经用另一只手将她圈进怀里，整张脸低下来凑近，目光深沉如水："这几天我都在棠安，喂，女朋友，接下来我们应该做什么？"

"补上次没做完的功课？"温屿舟坏笑着建议。

迟梨一口拒绝："你想死！晚上不回家，我妈会杀了我！再说，她以为这会儿我正在和乔知繁约会呢。"

他脸上的笑意淡下来，但没说什么，迟梨察觉到气氛的冷凝，忙道："过段时间，如果时机合适，再告诉爸妈你我的事。"

"无妨。"他揉揉她的头顶，神情愧疚，"我知道这对你不公平，但……我的家庭比较特殊，有些事情，以后再慢慢告诉你。"

亲密无间的两人，在涉及家庭这个话题时，忽然变得谨慎小心。迟梨顿了顿，握紧他的手，认真地说道："温屿舟，我喜欢你，是因为你这个人，你的财富、家庭、流言蜚语，我都不管。我天生胆小，如今只想在爱情上勇敢大胆一回，我不管别的，只要你……只要你！"

她连说两遍"只要你"，温屿舟的目光晶亮，心里浪涛拍岸，忍不住再次紧紧地抱住她，深深地吻了上去。

"明天，带你去个地方。"

第六章 深山藏古寺

第二天终于放晴，迟梨醒得早，其实一夜也没怎么睡着，睁眼闭眼都是温屿舟，迷糊中眯了一会儿，手机闹钟却已响起。她迅速起床，像打了鸡血，洗完澡穿衣服时，发现脖子上有几个深浅不一的吻痕，兀自红着脸，心中又羞又甜。

她只好从柜子里挑了件高领毛衫穿上，又把头发散下来遮住“犯罪证据”，温屿舟的电话恰好打过来。

“喂，你怎么这样？讨厌死了！”她窃窃地笑。

那头的人一脸蒙：“怎么了？”

“脖子上都是印子，没法见人……”想起昨夜她临走时他的依依不舍，她心头又暖又甜。

温屿舟笑起来：“那是爱的证据，你快出来，我在楼下等你。”

迟梨啊了一声，忙跑去拉开窗帘，果不其然，清晨的小区院子里，他风衣笔挺，站在一树金黄的银杏下，握着手机冲她示意。

“别被我妈发现了！你到小区外面的马路对面去，我爸买菜会经过门口，别让他看见我们！”

为什么两个人的岁数加起来快够一甲子的成年男女约会，还要担心被父母发现？

温屿舟虽郁闷，但也感到陌生的新奇与兴奋，像回到了十几岁的时光。那时的他还有着最纯净的心境与感情，不似如今……看得出来，迟梨是无比认真地对待他俩的感情，而他……他转身按她的指示离开楼下。

他已经在努力了。

等迟梨的间隙，他给东哥打了个电话，得知东哥已经落地瑞典，他的心也放了下来：“你家里这边，我已找人照看。万一有人找你，就往我身上推。”

迟梨的身影出现，他挂断电话，将手揣进兜里，隔着马路微笑着看她。

她东张西望的样子真好笑，明明二十好几的人，有时候天真得像个不谙世事的小姑娘。温屿舟笑着往路边走，去迎接过马路的她，忽然一辆疾驰的汽车直直地冲过来，而她只顾着冲对面的他傻笑，他叫起来：“小心！”

他大步跑过去，一把拽住她的衣袖，汽车唰地一下擦着两人的身体过去，再迟一秒，完全不敢想象。

惊吓加用力扯动了伤处，温屿舟霎时满头冷汗，再看怀里的人已经脸色惨白，他不忍再苛责她，舒了一口气：“过马路小心点。”

迟梨按住心口慢慢站起来，半天才拍拍胸口：“一大早就这么凶险，吓死我了！”

他沉默了一会儿，紧紧地攥住她的手：“走吧。”

不远处有一辆车在等他们，两人坐进去，迟梨依然心神不宁，她扭头看身边的人：“我心慌得很，没出什么事吧？要不，我们改天再去？”

他拍拍她的手背：“你是被吓到了，没关系，咱们找清静的地方待两天。”

车是一辆黑色的大众，虽不起眼，坐起来也还算舒适，迟梨问温屿舟去哪儿，他说山里。

迟梨叫起来：“你不会是想把我卖了吧！”

他笑着捏她的脸：“被你猜中了，我那一百个女朋友都在山里呢。”

“都是你卖的？！”

“当然。你以为我怎么发的家，靠卖女朋友啊。”

神经病！

迟梨白他一眼，抬头看到司机映在后视镜里的脸竟然满是戒备，她扑哧一声笑出来，用手肘推他：“司机把你当人贩子了。正经点，到底去哪儿？”

“空相寺。”

寺院？

“去求神？许愿？”她问。

“探望一位故人。”

从棠安到寺院，车子大约行驶了两个小时，因为昨晚没休息好，路上多半时间，迟梨在昏睡中度过。虽然温屿舟也接连几日不曾有过充足的睡眠，但这一路，他没一丝困意，而且离开城市越远，往山林深处走得越久，他的思绪变得越恍惚。

他恍惚间觉得人生三十载，仿佛不过弹指一挥间，从无知稚子到三十而立，这中间的悲欢离合、喜怒哀怨仿佛是一出戏，而他只是被命运之手推着，一边抗争，一边无奈地出演着某个角色。

张爱玲在《倾城之恋》的开篇里写了这样一句话：你如果认识从前的我，也许你会原谅现在的我。

每个人生下来时血都是热的，只有在一次次被创伤、被击败、被腐蚀后，热血与真心才会被冷硬厚重的盔甲包裹，渐渐地，连自己都以为那心那血也是铁甲硬石了。

万物有裂隙，那是光照进来的地方。

如今他石头般的心有了裂隙，她是照亮他幽暗人生的那道光。

山里气温低，天却晴朗无比，迟梨睁眼时，车在一座巍峨庄严的寺院外停下，夹道两排银杏金灿干净，衬着蓝天，美得逼人。

两座高大的石狮雕像静守寺外。

他回头挽住她的手，两人进了寺院。

迟梨是棠安人，虽听说过空相寺的名声，知道这里是一苇渡江的中国禅宗初祖菩提达摩的圆寂之地，却不曾来过这里，更想不出这禅寺之内、红尘之外，会有温屿舟什么故人。

因为是国庆期间，香客络绎不绝，过了山门、接引殿和大雄宝殿，再往后走就是达摩殿，温屿舟脚步匆匆，目光只是在四处逡巡，尤其注意穿明黄僧袍的僧人。

她不知要进山，穿的是是细跟皮鞋，走了大半座禅院下来，速度慢了，手心也沁出汗来。这时温屿舟拦住了一位年轻僧人："请问行净师父在哪里？"

迟梨扶住一张石凳坐下，一边揉着脚踝，一边看着僧人冲后面的山脚下指了指，不知说了句什么，温屿舟双手合十致谢，转身向她走来。

她忙站了起来："这位行净师父是什么人？"

高僧，住持？

温屿舟眼神恍惚，看了她一眼，便迈腿跨上台阶。她忙跟上去，便听到他呓语般的声音："我爷爷。"

这是他第一次向她提起家人，此时的她还不知道，即将见到的这位老人，在他的生命中意味着什么。

松柏巍然，香烟袅袅，他笔挺的身影向着山麓下一座静僻禅院走去，那里是相传埋葬达摩祖师的地方，称为达摩陵。院门斑驳，紧闭着，门口的空地上，一位年迈的僧人正佝偻着身躯扫地。

正值金秋时节，熊耳山上的风吹下来，山上经幡舞动，山下落叶纷纷。

那把已经有些秃的竹扫帚在青石地面上画下一道又一道细密圆润的弧线，落叶一片片聚拢，仿佛从生命的尽头再次寻到新生。

沙沙，沙沙，耳畔尽是扫叶子的声音，迟梨与温屿舟一后一前地站着，就立于距离扫地老僧不足两米处。而那位看起来年过七旬的清瘦僧人始终盯着地面，挥帚扫叶，动作娴熟，不急不缓。

秋叶扫了又落，似乎永远也清扫不完。

温屿舟声音低沉："爷爷。"

老僧置若罔闻。

温屿舟又连叫了两声，依然是不得回应，迟梨感觉到气氛的压抑，上前看到温屿舟的脸色已是说不出的悲愤失落。她想去扯他的衣袖，忽然见他大步上前，一把夺走了老僧手中的扫帚，砰的一声扔到地上。

沙沙声停止，老人缓缓地转过脸来，正午的阳光有些刺眼，他抬手遮住额头，有些迟钝的目光看着眼前的年轻人。

"扫了一辈子地，还没有扫够，是吗！"温屿舟明显情绪失控，双手紧握成拳，恨恨地盯着和自己眉眼有几分相似的老人，一脚踢开躺在地上的扫帚，喊道，"我说过多少次，不许你再扫地，你为什么一点都不听？！"

老人依然看着他，身体还保持着刚才的姿势，眼神里有被惊吓后的恐惧，更多的是不安和无所适从。

迟梨扯住温屿舟，压低嗓音道："有话好好说，你吓到他了！"

她捡起扫帚，重新递到老人的手里，轻声道，“对不起，他不是故意的，爷爷……你还记得，他是谁吗？”

温煦的阳光照在脸上，温屿舟却感到眼里有灼热的刺痛感涌出眼眶，他以为自己已经可以云淡风轻地回首从前，但站到手拿扫帚的爷爷面前，艰苦寒冷的整个童年与少年时代，依然呼啸着凛冽而来……

他双眼含泪地望着面前木讷而胆怯的老人，秋风吹着老人的花白胡须，老人心有余悸地盯着他，嘴唇忽然嚅动起来：“常安，你是常安……”

温屿舟转身捂住了脸。

常安是他父亲的名字。

也许是方才动静过大，也许是寺里有人认得温屿舟，一位四五十岁、穿明黄袍服的僧人匆匆走过来，向温屿舟双手合十施礼：“阿弥陀佛，温先生，请到茶室小坐片刻。”

迟梨还在安慰老人，温屿舟站起身，刹那的失控被迅速收拾好，他稳好心神，回头看过去，她眼神温柔地催他：“你去吧，我在这里陪爷爷。”

他点点头，有些内疚地看了眼老人，跟随僧人而去。

爷爷得了阿尔茨海默症，温屿舟是知道的，只不过，没想到病情发展得这么快。他上一次来，爷爷还能叫出他的名字，而这一次，爷爷仿佛已经根本不认识他是谁了。

那个与爷爷相依为命了十几年的孩子，爷爷却全都遗忘了。

老人也并不与迟梨交谈，温屿舟离开后，他像个孩子似的，用浑浊迟钝的目光望了那个身影很久，眼底似有水光，却并不言语，只是又拿起扫帚，一下一下地挥动起来。

哗——哗——

天太蓝，阳光太好，迟梨蹲在达摩陵的石阶上，看着这个静默的老人挥帚扫叶如扫时光，不知不觉间，竟泪眼模糊起来。

温屿舟找过来时，发觉迟梨竟靠着石阶的栏杆睡着了，也幸亏天气好，不然，背靠着寒冷的寺陵，也容易着凉。他把她摇醒，她睁眼，发现老僧的身影不见了，忙道："爷爷呢？"

"在佛堂。"

"大概在诵经了。"

"不，还是在扫地。"温屿舟一脸无奈，眉头紧紧地蹙着，伸手拉她起来，"饿了吧，住持让人准备了素斋。"

"我们今天……不回棠安？"她问。

"难得假期，我们在山里待两天。附近有座院子，是我两年前买下来的，昨天我让人打扫过，可以去住。"他摸摸她的头，探寻她的目光，"你不喜欢这里？"

迟梨摇摇头："爷爷他……"

"吃过饭，我慢慢告诉你。"

简单用了素斋，两人行至禅院，又看到那道苍老的身影。不必说，他仍然在扫地。放目望去，空相寺中除了落叶，连一丝尘埃都难见，他却依然执着地扫着，仿佛那就是他生命的意义。

温屿舟驻足看了很久，几不可闻地叹了口气。

两人从后门步出，沿着石阶登上了禅院背靠的大山。

道旁山花烂漫，金黄色的野菊与满山的红叶交相辉映，似火燃烧，彩色经幡从山脚挂至山尖，风吹一遍，就相当于经文被诵读一遍。

山腰上有座小亭子，石凳、石桌年久失修，勉强能坐人，温屿舟这时才发现迟梨步履维艰，忙拉她在凳子上坐下，半蹲着替她脱了鞋子："抱歉，是我疏忽了。"

迟梨有点不好意思，想把脚缩回去，却被他按住："我帮你揉揉。"

他把她的脚放在自己的膝盖上，自己也退到另一张石凳上坐了，半低着头，手指揉着她的脚踝，却不知在想什么。

安静。

他好像还没有想讲自己故事的意思，迟梨也不好多问，于是清了清嗓子，笑着打破沉默："温屿舟，我认真地问你一次啊，你究竟记不记得我了？高三，棠安中学。"

温屿舟从沉思中回过神来，抬头看她，陷入一阵迷惘："……"

他的确不记得了！

迟梨撇嘴："真的好伤脸面……"亏她把他当男神般惦念了这么多年！

他抱歉地笑笑："那一年发生了太多事，很多事情我不愿回想……你在棠安读过书？"温屿舟有些意外，据小满调查，她明明是在玉市长大的。

迟梨把脚收回来穿进鞋里，低头从包里找了块湿巾递给他，叹道："不记得就算了。"

瞧她那副失落的样子，温屿舟笑起来，伸臂把她揽进怀中，嘴唇贴近她的耳朵，轻轻道："对不起，我刻意选择忘记那些片断，如果你恰好出现在那段时光中，我愿意为你，重新去回忆。"

不、不，如果回忆会让你疼，我宁愿你不记得那段时光里的我。

因为拥有现在的你，我便觉得已经足够了。

"给我讲讲你吧。"他说。

迟梨倒颇感意外："我？我再平凡不过。"

"我想听。"他微笑。

想听一个人的过去，想知道她的一切，大概也是爱一个人的表现吧。他看着她，思绪却变得恍惚，她一定也很想知道他的过去吧，如果她了解了那个最真实的他之后，会不会介意？会不会还如现在这般坚定地选择和他在一起？

迟梨短短数语就概括完了自己的二十几年：我从小到大循规蹈矩，是父母眼里的好孩子、老师眼中的好学生、同学眼里的木头疙瘩……想想真是，没有一丝亮点啊！

她慨叹着，温屿舟捏捏她的脸，语声温柔："都找到我当男朋友了，还敢说没亮点？"

迟梨眼眶湿润地抱住他："你是意外，更是奇迹。"

男人无声地搂住了她。

虽然迟梨没有要求，但温屿舟平生第一次主动向别人倾诉起自己的过去。

"我自打记事起，就跟着爷爷生活，十三岁之前，我不记得父母的样子。"他忽然开口，搂着她，眼睛看向远处苍茫的群山。

"爷爷是个环卫工，扫了一辈子的街道，但他很厉害，在那个年代，还把我父亲送进大学读书。父亲毕业后，回镇上当了中学老师，后来遇到一个女人结婚，生下了我。"

他停顿了很久，仿佛在寻找最合适的措辞，最终还是缓缓道："我不到半岁，那个女人就把我丢给爷爷，独自离开小镇。父亲为了找她，和别人打架，结果被人打瘸了一条腿，也没追回那个女人……后来，他连工作也丢了，沉迷于烟酒，拿着学校补给他的那点钱到处找女人，我七岁那年，他得了病，死了。"

山野寂静，他轻描淡写地说着，仿佛讲述的是别人的故事。

"我十三岁那年的六月，当免费上完九年义务教育的最后一节课之后，我收拾好书包，打算放弃第二天的中考，然后跟爷爷去扫大街。结果，一个女人出现了，她说让我跟她走，她会让我继续读高中考大学。

"我知道她就是生我的那个人，因为我和她长得那么像，但我恨她，恨她从来没有在我童年的记忆里出现过，恨她害死了父亲，恨她这个时候出现，让我对本已绝望的人生重新燃起了希望。

“我不要扫大街。我要读书，我要考大学，我要改变这艰难的人生。”

“所以，你跟她走了，离开了爷爷？”迟梨轻声问。

温屿舟握住了她的手，许是无意识的，手指力道过大，她被握得疼，却没作声：“是。”

他垂下眼睫，风掠过睫毛，能看到那蝶翅般的睫毛在微微颤动。

“跟着爷爷，我只能扫大街。”他的声音哀伤，不知何时泛起的水光铺陈眼底，他低头看迟梨，嘴角努力地扬起，“你知道我小时候的催眠曲是什么吗？是扫帚扫地的沙沙声。爸妈不管我，好在还有爷爷，他常常夜里三点就起床去扫街，又不能把我一人放家里，爷爷就做了辆小推车，把我包得严严实实地放进车里，然后用一根绳子绑在车上，另一头系在他的腰上。他一边扫街，一边拖着我走，一年又一年，我就是在爷爷的扫帚边上长大的。

“我离开小镇到棠安读书，爷爷还是在扫街，后来那女人嫌他丢脸，竟然跑去跟他说，因为他是个环卫工，所以我在同学面前抬不起头……爷爷于是不扫街了，但他不要那个女人的钱，不知怎么就找到了这座禅寺，一待就是十几年。

“爷爷今年八十一岁，一年前得了阿尔茨海默病，现在连我也记不得了。

“最令我难过的是，有一次，我说，爷爷，跟我回家吧，现在，我们能有自己的家了。爷爷说，这就是我的家啊，小舟，你回去吧，以后也别来了……”

他的眼圈泛红，声音也抑制不住地哽咽起来：“离开爷爷时，我想，总有一天，我会为他建造一个温暖舒适的家，可等那一天到来时，爷爷他已经不需要了。他不需要我，也不再要我了……”

他手扶额头，捂住双眼，片刻，有大滴泪水自指缝渗出。

迟梨感到他胸膛的起伏与肩膀的颤抖，她不能做什么，也不知该说什么，唯有紧紧地、温柔地抱住他。

夕阳西斜，他们起身下山。

车还是上午来时那辆，司机却换成了温屿舟。这次来，他除了给爷爷送些过冬的用品，其实也是想带迟梨在山里清静两天。

驱车又行了大概半个小时，一片果园包围的小村里，靠山根建的一栋白色小楼干净别致，院子前有条小河，河畔有白色的芦苇摇曳着，霞光映在西去的河水上，很有一番田园的恬静意味。

温屿舟把车停到院外，指着小楼道：“这儿原来是开农家乐的，我来看爷爷时，住过几次，后来干脆买了下来。来之前，我已经让人收拾过，应该能住。”

他正说着，一个胖胖的中年妇女走出院子，眯着眼笑得开心：“温先生回来啦！房子我都打扫过了，新被褥，被子也都晒过，今晚保准你们睡个好觉！”

两人对视，温屿舟笑里藏坏，迟梨嗔中带羞。

“秋嫂，晚上做什么好吃的？”

“老秋给你们做‘十碗席’喜不喜欢？”

“喜欢！”

“好嘞，你们先去屋里歇着，饭好了，我叫你们啊！”秋嫂的大嗓门消失在耳边时，迟梨已经被温屿舟带进了一个套间，有干净柔软的大床、电视机、书桌、电脑，几盆绿萝以及一把插在清水里的野菊花。

“这里很不错。”迟梨由衷地称赞，“你还真挺会享受的。”

温屿舟脱了外套洗把脸出来，砰的一声将自己扔到床上，同时长臂一伸，将迟梨按倒在怀里，侧身便亲吻上去，缠缠绵绵，流连辗转。在这个偏远寂静的地方，似乎所有的紧张、顾虑都放了下来，他们拥抱彼此，享受彼此，真实地放任着自己的感觉。

没过多久，迟梨便察觉出他的异样，她迷迷糊糊将他推开，低笑："秋嫂要过来了！"

果然，他们便听到那中气十足的声音在院里响起："温先生，吃晚饭啦！"

他将她箍得牢牢的，喘息声长短不均："这会儿只想吃你。"

迟梨仰面无声地笑，眼里盛满星光："中午素斋没吃饱，晚上要多吃一点……才有力气。"

温屿舟抵住她的鼻尖，笑声低哑性感："好，你等着。"

吃饭的时候，迟梨的手机响了几回，温屿舟看她跑到院子里接了，眼神便暗淡了几分。她折回来，他便又重新高兴起来，还拿了瓶秋嫂酿的烧酒。两人相对而饮，院子里有月亮升起，两人索性把酒菜搬到院子里，坐在石桌前对月而酌。

秋嫂做好饭菜早已识趣地离开，院子里只有他们二人，圆月在天，四下幽静，钟爱之人就在眼前，好像再也没有什么，比这一刻更美好了。

"今天听了你的事，我在想，你的心结是不是……你母亲？"夜色里，迟梨的声音如水，清凉干净，令对面的人心头一震。

他良久不语，夜色下明明眉目温柔，却又覆着化不开的冷霜，过了一会儿，他淡声道："她不配'母亲'这两个字。"

"可她毕竟生了你。"迟梨软语。

"那又怎样？"他冷笑，"如果有得选，我宁愿不是她儿子。"

都说母子连心，这得多大的误会才让这对母子有了山一般的隔阂？迟梨不放弃，依然试着劝他："虽说她当初抛下了你，可说不定有什么隐情，而且后来她不是回来找你了吗。我是想，你毕竟是她十月怀胎生的，天底下没有母亲不爱自己的孩子，可能你们之间有误会……”

“你见过为了讨好男人而把自己的儿子送进监狱的母亲吗！”他忽然打断她的话，酒杯咣的一声磕在了桌面上，“曹存风是我的继父。”

月光下，他的目光如凝了冬夜的寒霜。

迟梨愣住，这……也太匪夷所思了吧！

沉默在空气中流转，片刻后，他又拿起杯子仰头喝了下去，转脸看向她：“怎么，吓到了？”

迟梨摇摇头，眼中尽是悲悯，忍不住伸手向他的脸庞抚了上去：“没有，只是心疼你受了好多苦。”

他抓住她的手背，目中情动，语气也柔和下来：“还好，她也没有真把我送进去，那件事之后，我出了国，是她给办的。”

“你是说高三下学期发生的那件事？”

“你知道？”他有些意外。

“听人说起过一点。”迟梨试探性地看着他，“说你黑了人家的账户，被抓了……”

“你知道得不少。”温屿舟冷声一笑，“谁告诉你的？陈泰？祁少恭？还是乔知繁？”这些男人，只怕没有一个会在迟梨的面前说他温屿舟的好话，他倒不在意这个，只是忽然觉得围在迟梨身边的烂桃花有点多，加之不想再谈那个话题，便故意拧起双眉，不悦道，“我忽然发现你的烂桃花有点多啊，作为你的男朋友，我不是很高兴。”

“那你有过一百个女朋友又怎么说？我们第一次见面时，抱着你的那个叫小白的，后来的余小姐，还有把口红印子留在你衬衫领子上的什么雯雯，又该怎么说？对了，还有个叶小姐呢，你们又是什么关系？”

她一通利落的反问，温屿舟被问得只好笑起来，心中的郁结都被眼前的人儿驱到了九霄云外。他将她揽过来坐到自己的腿上，低低地在她的耳畔道：“那些都是逢场作戏，至于姓叶的那位，更没一丝可能。刚才吃饭时，秋嫂悄悄跟我说，这是新媳妇吧，长得跟你真有夫妻相！女朋友可以有很多，可媳妇只能有一个，而且必须是你……只能是你。”

耳朵被他的气息撩得又痒又热，迟梨的胸膛被灌得满满的，此时此地，良辰美景岂敢辜负，她转头亲上他的下巴，喃喃道：“温屿舟……我们补课吧。”

清秋夜凉，天空中的星时而被云遮住，时而又钻出来，月亮是温柔的，将银辉洒进窗内。

窸窸窣窣的布料摩擦声夹杂着两人急促而热烈的呼吸声，他吻着她，从额头到眼睛、嘴唇，再到身体的每一处，灯光摇晃，他抚摸着她优美的身体，眉目间隐隐有淡淡的愁绪。她觉察到一丝异样，哑着声音道：“怎么了？”

温屿舟脑中某些片段闪过，不过略一失神，很快回到状态。他霸道地吻住她的嘴唇，含混不清道：“以后，你的身体，只能给我一个人看。”

迟梨想答话，却很快被彻底淹没。

作为一个现代都市人，手机关机一天一夜会带来什么后果？

关机意味着失联、失踪，生死不明。

温屿舟关了一天一夜的手机，迟梨则是从头天晚上向妈妈撒谎说自己和同学到景区玩之后便关了手机。

直到第二天上午十点多，躺在被窝里的两个人被客厅里的手机铃声吵醒。

紧接着入耳的是秋嫂的声音，不过，这回她是刻意压低嗓门的。

有人给她打电话，她压着嗓子道：“还没起床，早饭也没吃，我午饭都备上了！温先生好不容易带个姑娘回来，让他们多睡一会儿，你再急，再急也得等，我可没那胆子！”

迟梨睁眼，用手指拨了拨温屿舟的睫毛，喂了一声：“看样子，有人找你。”

他拉过她按进怀里，眼皮都不肯抬一下：“不管。再睡一会儿。”

迟梨傻傻地笑：“温先生常年出入风月场所，沉溺于声色犬马，是不是感觉身体被掏空……”

闻言，男人霍地睁眼，长腿一抬将她困住：“几个意思？昨晚没尽兴是吗？”

“不、不，我只是想起第一次见你就觉得你一身风尘气，猜你是个在风月场里打滚的高手……嗯，我不是那个意思，你放开……”

笑闹了一阵，温屿舟很快地起床洗完澡，哗的一声拉开窗帘，正午阳光正盛，他转身把她拉起：“起来吃点东西。”

早就在院子里徘徊的秋嫂终于听到动静，赶忙站到窗外叫了声：“温先生，有人打电话找你。”

他应了声“知道了”，然后穿好衣服。看迟梨还在洗澡，他拿起手机出了门。

又是一个好天气，他打开手机，纵然是私人电话号码，依然有源源不断的消息提示音响起。

他还没看完信息，一个座机号码就打了过来。

小满在电话里语气焦急：“温总，出大事了！”

第七章 半生流落处

一周前，玉市。

“东哥，有件事想和你商量。”

“嗯，说吧，舟子。”东哥点了支烟。

“我要约曹存风见面，谈谈转卖地皮的事，你跟我一起？”温屿舟笑了笑，忽然低声道，“想借你那东西一用。”

东哥一愣，随即明白他说的是什么，心脏微紧了一下，动了动唇，却看到温屿舟缓缓靠在椅背上冲他笑：“以防万一而已，别紧张。”

“当然，跟姓曹的见面，你自己去，我还不放心。”

也是，曹存风那人，温屿舟不是不知道，多点防备总没有错。

东哥啐了一口吐掉烟头，应了声“好”，内心却暗暗羞愧以及担忧：今日的白东野，似乎再也不是当年那个热血莽撞、敢打敢上的硬汉子了，可……他搓了搓脸，绽出一个憨厚的笑：“只要是为你，干什么都行。”

就这样，在暮色刚至时，他们乘坐一辆黑色的无牌照汽车来到市郊三环外的一家码头餐馆。

见面的地方在一条大船上，隐秘、僻静、三面环水，双方带来的人都退在舱室外。暮色四合，红通通的纸灯笼垂在船的四周，舱里的人相对而坐。

曹存风先斟了杯酒给温屿舟："阿舟啊，谢谢你答应转卖地皮给我。这份人情，曹叔我一定记在心里。你妈妈那里……"

"我不是白给你。"他打断曹存风的话，面色也没有想象中那么和善，也许是听到"妈妈"这词字从曹存风口中迸出，他原本预备好的如水心态被打乱了。

"每亩地按市场价。"他抬了抬眼皮，"都是生意人，大家都给对方留条活路。"

曹存风没有作声，抓着酒壶的手摩挲着壶柄。他之前承诺按拍卖价的两倍就是二百万每亩收购，而如今市场土地成交价早翻了几番，最关键的问题是，土地稀缺，位置金贵，便是天价也难得。

温屿舟见他不语，忽然粲然一笑，眉目在灯下熠熠生辉："曹总不会是想空手套白狼吧？你以为，拿一个女人就能制得住我？我虽比你晚生二三十年，玩过的女人却未必比你少。"

"你这么说，我就放心了。"曹存风拍手，"那个迟小姐也算不得什么尤物，既然如此，地我按市场价买下，你嘛……就把那丫头给我送过来玩几天好啦。"

砰的一声，曹存风手中的酒壶被打翻在地，骨碌碌在脚边滚了一段，却并没碎，下一刻，温屿舟的手已猛地掐住对方的脖子。他起身，居高临下地逼视着被扼得喘不过气的男人："你说什么？"

紧闭的门被敲响："曹总，出什么事了？"

温屿舟甩开手，坐回椅子上，曹存风捂着喉咙一阵狂咳，门板响得更甚，间或有东哥的声音传来。

眼看外面的人就要破门而入，曹存风大喝："滚！"

门外立时安静。

温屿舟冷冷地瞥曹存风一眼，曹存风却突然笑起来，阴森古怪，边笑，边摇头："温屿舟啊温屿舟，从前你的死穴只有你妈，看来，现在又多了一个。上天如此厚待我，你的两个死穴都被我捏着，我看，这辈子，你也休想斗得过我！"

"你以为，我会那么简单，得到你一句承诺就放了那女的？"曹存风的笑容变得狰狞，"你这只小狐狸，怎么着还得管我叫声后爸，做儿子的不乖，休怪当老子的不客气！你瞧瞧，这是什么！"

他从怀里抽出一沓照片啪地甩到桌上，温屿舟的目光投上去，大脑霎时一片空白。

照片，一个女人的照片，有的穿着衣服，有的没穿，但看得出来，她是在昏睡状态下被拍下的照片。

温屿舟克制着，但他的眼睛变得血红。

他想要杀了对面那个浑蛋！

他的手指轻颤着，慢慢伸向西装内侧的口袋。

东哥借给他的是那把私藏多年的五四式国产军用手枪。

"你说，我要是把照片往网上一放，恐怕她一下就红了吧！哈哈，现在一脱成名也是捷径嘛，阿舟，你女朋友要成网红……"最后一个字卡在喉咙里没出来，曹存风的声音变了调——一只黑漆漆的、冰凉的枪口顶住了他的额头。

"温……温屿舟，你疯了！"他一动不敢动，嘴里却嚷着，"持枪杀人，你是要被判死刑的！"

"死也要拉你垫背。"温屿舟声音泛寒，深不见底的眼眸盯着他，"也算是为我爸、为我、为我们这个家报了仇……其实，十八岁那年，我就该杀了你，今日也罢，明日也罢，姓曹的，你给我记住，总有一天，你会死在我的手上。”

真是疯了！曹存风从前只当温屿舟是个性格阴沉、心思难猜的家伙，他和叶芷云在新加坡结婚回国后，是对这个孩子做了一些过分的事，但想不到，这么多年，温屿舟对他的仇恨不减反增，甚至还想要他的命。

不过，曹存风在东南亚混时，也是三教九流什么都见过。没过一会儿，他便稳住心神，又看到手枪的保险栓都没拉，他松了一口气，冷笑道：“你爸是被你妈气死的，你也是被你妈抛弃的，与我何干？”

“与你何干？”温屿舟笑得阴森，“我十七岁那年的事，难道也是她干的吗！”温屿舟把枪拍到桌上，这些年隐藏在深海之下的冰山缓缓浮出，往事如刀，割人心肺，他继续道，“高三时，我一个人在教室自习，一群人冲进来将我拖进小黑屋往死里打，打完告诉叶芷云，说是我在外面和小混混打架……还有……”他深吸一口气，拳头紧紧地收紧，“伪造作案现场和账目，给我银行卡上充钱，说我黑进你公司财务的电脑，偷走一百八十万，这难道也与你无关？！”

曹存风哑口无言，发白的脸上有汗珠不断滚下。

温屿舟在他的面前坐下，平复了一下情绪，把枪收回口袋，拿起桌上的酒瓶往杯子里添酒。

这时，曹存风咬牙恨恨地说：“你是个浑蛋，从你十三岁，我认识你起，你就成了我眼中、心头恨不得弄死的小浑蛋！我和芷云在新加坡时感情是很好的，但一回国把你接回来，她就变了样，像个护崽子的老母鸡，时时刻刻都警惕着我，好像我能把你吃了似的。而你这个小浑蛋在我们之间起了什么作用，你不知道吗？挑拨离间，制造矛盾，你可是一把好手！”

曹存风冷笑起来：“我为什么找人揍你，是想给你个教训。没想到，你不记打，黑进我公司的系统，把做假账、漏税的事捅了出去，给我造成那么大的麻烦，说实话，你十八岁时想杀了我，我那时也想整死你！要不是你妈……”

是啊，要不是叶芷云苦苦哀求、以死相逼，最重要的是，她在新加坡有很重要的靠山，那人是曹存风十分忌惮且敬畏的人物，而那人的孙女是叶芷云的养女叶弥。

曹存风最终撤了案，叶芷云答应让温屿舟从此消失，再也不出现在他的眼前。

但温屿舟也恨叶芷云，比恨曹存风更甚。在他的眼里，这个女人从未履行过一天做母亲的责任，却试图在他成年后掌控他的人生。

她要他留在美国，他却执意回来，而且就在玉市。

天才少年温屿舟在国外留学期间迅速成长为一个能撑起一片天的男子汉，他自己开了公司，企图分曹叶集团的市场蛋糕。

只是，刚一开始便遭遇危机，温屿舟的公司几乎被碾压式挤垮，在连车子房子都因还不上贷款而被银行查封时，叶芷云悄然投给他两百万。

这两百万成了救命稻草，温屿舟终于在玉市站稳了脚跟。

这样看来，他应该感激叶芷云的，但他们每一次见面，除了冷战、争吵，便是破口大骂，她永远对他不满意，而他则永远忘不了自己是怎么艰难长大的。

思绪收回来时，温屿舟已经冷静下来，他将那些照片一张张收起，辨别了一阵，努力压了压重燃的怒火：“要我怎样做，你才不把这些照片泄露出去？”

曹存风笑了起来：“对嘛，不要剑拔弩张的，谈生意要心平气和。”他仿佛顺手似的抽走一张照片，捏住一角晃了晃，“拍这些照片也没别的意思，不过是下个注，赌一把看能不能捏住你的命门……哈哈，没想到啊——”他晃了晃头，把那张照片丢开，“言归正传，地每亩两百万转给我，马上签合同，这些照片我立刻毁掉。”

曹存风拿出一个U盘，而温屿舟的目光则停留在他刚扔下的那张照片上：这张照片跟别的照片唯一的不同在于，照片的主角的大腿上多了一只手，一只又粗又短的、戴着红宝石戒指的男人的手。

他一把拉过曹存风的手，一对比，什么都明了，他从牙缝里迸出声音：“好啊，地给你，你这条胳膊留下！”说罢，他迅速掏出手枪顶在曹存风的胳膊上。

“你干什么？快来人！”曹存风大叫一声，门砰地一下被撞开，几个大汉冲进来，温屿舟被撞倒在地，枪也被踢飞出去。

紧接着，他的胳膊被人扭住，曹存风的皮鞋踩到他的肩膀上狠狠地转了一转：“敬酒不吃，吃罚酒！”他把照片和U盘重新装回口袋，狞笑道，“实话告诉你吧，照片我拷贝了很多份，为的就是好好折磨你。想要我的胳膊？”他低头猛地一脚踩向温屿舟的手臂，“我先废了你！”

砰！毫无征兆地，枪响了。

而下一刻，曹存风脸色突变，痛叫声从他的口中发出。温屿舟艰难地抬起头，视线里只见不知何时出现的东哥，举着那把刚刚被温屿舟弄掉的手枪。

……

“我给你买了下午四点飞往洛杉矶的机票，接你的司机已经在路上，赶快走吧，再晚，只怕来不及了。”小满在电话里催促。

温屿舟沉默片刻：“东哥在瑞典还安全吗？”

“他哪里去瑞典了！这个东哥真是！”小满急急地道，“我看着他进的机场，没想到，他竟然悄悄地回乡下老家去了，说是他老母亲病危……”

“现在他人呢？”

“姓曹的那边报了案，东哥在老家被抓了，不过警方还没找着枪。温总，你出去避避风头吧！”

“安抚好东哥的家人，我马上回去。”

“你回来干什么……”小满话音未落，温屿舟已挂断电话。

他转身看到收拾完毕出来的迟梨，面料柔软的白衬衣外搭一件驼色针织开衫，乌黑的头发绾成一个可爱的丸子，天蓝色的牛仔小脚裤下露出半截白皙的脚踝，脚上倒还是那双高跟鞋。这是她的失误，她出门时记得多带一套衣服，却忘了备双平底鞋。

金子般清亮的阳光下，她灿烂而清纯地冲着他笑，他胸中的块垒似有一丝被瓦解，他把手机揣进衣兜，伸手过去牵她：“走，我们去看秋嫂准备了什么好吃的。”

远离城市的山野里，吃什么都是香的，新刨的红薯、山药，炖出一层金黄浮油的鸡汤，香得让人吞掉舌头的大花菇，后院里刚摘下来的、绿油油的莜麦菜，无一不是香的。迟梨吃得欢快，温屿舟怀着心事，虽胃口不佳，也陪着她吃了一些。只是，没多久院门外就响起汽车声，一辆车停住，他搁下碗筷，走出院子。

过了一会儿，温屿舟回来，迟梨正心满意足地拿纸巾擦嘴，他淡淡地向她笑，道：“我们得回去了，玉市有点事，待会先把你送到家，我这几天可能没法陪你。”

“哦。”迟梨长睫下掩不住失望。

他拍拍她的肩头，柔声催促：“回去拿东西吧，等回了玉市，我有礼物给你。”

他将她送到她父母小区的门口便走了，没说去哪里，也没说什么时候再见，只是最后分别时，吻了她的额头一下，说：“等着我。”

之后的几天，迟梨便再也没见过他。

迟梨离家返回玉市前，母亲絮絮叨叨，说乔知繁这孩子也不知怎么回事，忽然不来家里不说，让他顺道捎你回玉市，也是推三阻四的……

“我坐高铁挺好。”

“他是不是对你有意见了？你俩吵架了？”

“没啊，”迟梨笑，“可能我俩根本就擦不出火花，没感觉。”

“多处处，感觉总会有……对了，那天晚上你到底去哪了，跟哪个同学出去的？”

“……小雪啊。”

“小雪在家带孩子呢，有时间跟你出去混？说，是不是背着妈妈交男朋友了？你如果有对象，就实话告诉妈妈，我也不是非要撮合你跟乔知繁不可，只要是清白干净的人家，爸妈不看重钱财和权势……”

“妈，你别瞎操心了。这件事我心里有数，时机到了，自然告诉你，车要开了，我走了！”

迟梨挥手进站，不再与母亲讨论男朋友的事，待过了安检回头，发现父母依然满脸微笑地望着她，心里免不了有淡淡的愧疚，什么时候才能把温屿舟大大方方地带回家给父母看呢？

得知温屿舟出事，是上班后第三天的晚上，她回到家随手打开电视，便去厨房煮粥。刚将米下到锅里，她就听到电视里一则本地新闻播报：玉市郊区一码头餐馆发生枪击案，一男性手臂中枪，犯罪嫌疑人白某已被抓获。目前案件正在进一步调查中。

新闻报道得很模糊，镜头也是一闪而过，但迟梨忽然认出那个被指认为犯罪嫌疑人的白某，不正是那天在温屿舟家门口碰见的骑摩托车的人？

她并不愿意相信这件事跟温屿舟有联系，但……心头莫名惶惶不安起来，他从山中匆匆离开……她连忙去拨打他的电话。

提示音里一遍遍说着“您拨打的电话暂时无法接通”，她愈发慌神，索性关了火，穿衣拎包出门打车。

凭着记忆，出租车在她的指挥下七转八拐终于到达一栋别墅前，此时天已黑透，路边亮起昏黄的灯，院子大门关着，整栋楼从外面看来，只有一层的转角处有朦胧的灯光。

她拍着门大喊，过了一会儿，有人出来，瞧那身形应是七婶。七婶见到她，有些惊讶：“是你，有什么事吗？”

“我找温屿舟。”

“阿舟几天前就出国了，什么时候回来也没说。要不，你改天再来？”七婶眼含怜悯地看着迟梨，大概把她当成了被甩的可怜虫。

他怎么可能出国？几天前温屿舟明明和自己待在山里。

迟梨说了声“谢谢”便离开。走了两步，她忽然又返身回去，抓住七婶的手：“你认识温屿舟的朋友里有个姓白的吗？个子高高的，脸黑黑的，我从这儿走的那天早上，在门口碰见过，他骑了辆摩托车。”

“你说的是东子吧？”七婶笑，“我不知道他姓什么，只听阿舟、小满他们都叫他东哥。人仗义又热情，跟阿舟交好多年啦。”

“他……被抓了。”迟梨轻声道，一阵寒风吹来，她打了个冷战，“我担心温屿舟是不是也出了事。”

装潢精美雅致的客厅里，迟梨坐在沙发上听着七婶打电话。她先打了温屿舟的手机，打不通，又打了小满的，还是打不通。

最后，七婶举着话筒想了半天，说了句“我知道该问谁了”，然后拨了一个电话号码。

电话是打给叶弥的。

“阿弥啊，我是七婶。你这两天见到阿舟了吗？我听新闻里说，东子被抓了，阿舟他……”

那头不知说了什么，七婶嗯嗯地应着，悄然挂断电话。

迟梨满怀期冀地看着她，七婶却站起身，有些躲避她的目光：“你那天换下的衣服我还收着，这就找来给你。”

略显臃肿的身影在几个房间转了一圈，最后她捧着一摞整齐的女装走出来，一边走，一边嘀咕：“你的衣服我明明放在客房，怎么跑到阿舟的床头去了。”

迟梨心头微颤，嗓音有些沙哑：“七婶，他……”

“叶小姐说，阿舟被带去调查了。她还说，整件事都因迟小姐你而起……”七婶面色复杂地盯着迟梨。

依然联系不到温屿舟，第二天一早，迟梨去上班，刚走到报社门口，就听到有人喊她的名字。

一个穿着黑色大衣的女子窈窕而来，她认出是叶弥。

“迟小姐，有人想见你。”

一辆棕色的玛莎拉蒂停在路边，迟梨望了望，不禁迟疑，那里面坐着谁，她很不确定。

叶弥朝她笑了笑：“别紧张，是温屿舟的妈妈。”

她万万想不到温屿舟的母亲会来找她，但她很好奇，这个令自己心爱的男人耿耿于怀、不肯原谅的女人究竟是怎样的。

见面的地点就在她报社楼下的咖啡馆，叶芷云长得很美，算起来应该过了五十岁，但看起来像四十岁出头。迟梨觉得单从长相来看，温屿舟继承母亲的基因可能更多一些。

叶芷云点了杯马来西亚白咖啡，她身上有股气场，单是坐在那里，并不看对方，也能使坐在对面的迟梨感到有一股莫名的压力。

“不知阿舟有没有在你面前提起过我。”叶芷云幽幽地开口，并不等迟梨的回答便又道，“不过无所谓。他对我没什么感情，但我不一样，我是他亲生母亲，我很爱他。”

迟梨感到意外，握着咖啡杯，仍保持缄默。

叶芷云凤眸微抬：“阿舟的事，想必你已经知道了，以我对他的了解，纵然他与曹存风再不和，有我在中间隔着，总归闹不到出人命的地步。但这次，你激化了他们之间的矛盾。”

“叶阿姨……”

迟梨张张嘴，被叶芷云摆手止住：“你什么也不用解释。钻石良宵的事，我听说了，原本你的身份、地位什么的，我都不在乎，只要阿舟喜欢。但出那样的事，是否也跟迟小姐自身不自重有关？

“一个不自尊自爱的女孩子，我认为是配不上我们家阿舟的。如今他一时冲动做出这样的事，如果处理不好，就会毁掉整个大好人生，迟小姐，我话已至此，你应该明白我的意思。”

叶芷云目光灼灼，犀利，不带一丝感情，迟梨面色由红转白，指甲几乎嵌入手心。缓了片刻，她扬起脸轻笑：“叶阿姨，您来就是为了说服我和温屿舟分手，对吗？”

“不是说服，是命令。”女人傲慢地盯着她。

“您有什么资格命令我呢？”迟梨依然笑得礼貌，语气也不卑不亢，“连儿子都不肯听您的，您还指望他的女朋友能听您的话吗？”她说罢，站起身，“对不起，恕我失陪。”

“你不就是为了钱才跟他的吗？你要多少才肯离开？”叶芷云的声音带了愠怒。

迟梨顿了下步子，转身嫣然一笑：“在您的眼里，温屿舟就只有钱可以吸引女人吗？叶阿姨，您把自己的儿子看轻了。”

“这么有骨气，就别要那房子！”叶芷云突然在身后冷笑。

迟梨停下来，愈发不解：“什么房子？”

“别装糊涂了，阿舟新开的楼盘里有你一套房，按如今的房价，那地段的房子最小的户型一套下来也得三百万以上了。你清高，就别要！”

迟梨也气恼起来：“我不知道什么房子，也从没要过温屿舟任何东西。叶阿姨，请您不要在我这里浪费时间，有精力的话，还是想想怎么把你儿子救出来吧！”

迟梨亦是口气不善，叶芷云气得跳脚，幸亏清晨时咖啡店里还没什么人。她站起来指着迟梨道：“不必你说，我自己的儿子，我当然会救……”

迟梨根本不想再听她说什么，逃也似的匆匆离开了咖啡馆。

回到办公室，她坐在电脑前，却半天回不过神来。叶芷云所说的房子之事，她一无所知，但现在这些都不是重点，最关键的是，她现在想要见到温屿舟。

今天的报纸也刊登了枪击案的新闻，迟梨找到采写这篇稿件的记者，问到了处理这起案件的派出所。

自打出了钻石良宵的事后，王海屏便再也没给迟梨安排过任务，五百万的合同算是签了，报社领导多次点名表扬王海屏。在其他人的眼里，这份合同是他签下来的，迟梨不愿抢功，也不愿让别人知道这件事与自己有任何关联，于是和王海屏心照不宣。

她请假去了派出所，按同事给的联系方式找到了一位办案的民警，说明了来意，民警于是带她来到一间办公室。过了一会儿，一个熟悉的身影在警察的陪同下走了进来。

看到温屿舟的一瞬间，迟梨的眼泪唰地流了下来。几天前，他还风流俊雅、白衣胜雪地与她相依相偎，这会儿怎么憔悴成这个样子？

他穿着一件灰衬衫，像是三天没刮胡子，眼神也十分疲惫，布满血丝的眼睛望着她，露出几许意外和惊喜：“你怎么来了？”

“为什么不告诉我？出了这么大的事……”她哽咽着，对面的人一坐下，她便抓住他的双手，泪水盈盈，“你明知持枪是犯罪……你开枪……你开枪了吗？”

“没有。”他回握住她的手，安抚似的，“你放心吧，只是接受调查，我会没事的。”

“那你什么时候出来？”

温屿舟沉默，拉过她的手轻吻了一下，目光温热宁静：“迟梨，对不起。”

“如果我被判了刑……你不要等我。”

“我不！”迟梨哭起来，红着眼睛瞪着他，“我不相信！你如果真被判了刑，我会恨死你，为什么刚刚来招惹了我就要离开？我恨你，我会一边恨你，一边等你，不管三年、五年，还是十年，只要你还活着，我必定等你出来……我还有……还有好多好多的账，要和你算！”

她抽抽噎噎，温屿舟的心都要被她哭碎了，他满含深情地望着她，拉她入怀，紧紧地抱着：“我知道了，知道了……”

——知道自己这一步走得错，知道人生只要一步走错，便会酿成大祸。

而这后果，他甚至是背负不起的。

回去后，迟梨去找小满，想知道整件事情的来龙去脉。小满按照温屿舟之前的指示，对外界所有人包括迟梨在内，都说这件事的起因是土地转让纠纷。

果然，后续报道中也是这样说的，但曹、温两家集团都是玉市的龙头企业，公关做得及时又到位，这样一来，这次枪击事件的内情都被遮盖过去，连这则消息也很快被人遗忘。

但迟梨觉得叶芷云和叶弥的话肯定有原因，她们说这件事与她有关，她便非要弄个清楚。

她主动联系上了叶弥，想问清楚温屿舟被抓的前因后果。

还是在报社楼下的咖啡馆里，叶弥眼神不明地看着她：“我为什么要告诉你？你上次对我养母很不客气，她如果知道我们见面，肯定会大发雷霆。”

“我觉得你和温屿舟很像。”迟梨真诚地说，“只不过，你比他更隐忍，但不管怎么说，我认为你和他都是好人。”

“好人？”叶弥笑起来，莫名带着一种苍凉感，“我和温屿舟像……只怕他永远都不会这么想。”

迟梨做了个拜托的手势：“我必须搞清楚那天发生了什么，说不定能证明温屿舟的清白，我信得过的人只有你，而你是叶阿姨的养女……求求你……”

“如果我把温屿舟弄出来，你会离开他吗？”叶弥忽然盯着她问。

迟梨愣住，半晌闷声道：“你是为了他妈妈才这么说的吗？”

“不。”面容娇艳的女子露出一抹难测的笑意，“我为我自己。”

“我爱温屿舟，比你爱得更久、更深。”叶弥说着，低下头，从手边的烟盒里抖出一支烟，左手握着一个精致的打火机，啪的一声，蓝色火苗蹿起，她低头抽烟，侧脸既妩媚又落寞。

“他十三岁时，我就认识他。那时，我十岁。”叶弥的双目微微眯着，像是陷入回忆，“我爸爸是叶芷云在新加坡跟的第一个男人。他们刚在一起时，我很讨厌她——我妈刚死三个月，尸骨未寒，她就搬到我家和我爸住在了一起。当我晚上躲在被窝里哭时，他们却在隔壁房间笑，我开始恨她……我爷爷和爸爸在当地很有势力，所以，我相信她是为了钱才和我爸在一起。直到我爸出海时溺水成了植物人，她在跟前整整伺候了一年，直到我爸去世，我才改变对她的看法。我那时开始觉得她不那么讨厌，觉得她是真爱我爸的……没了爸爸后，我成了孤儿，纵然有爷爷，但在他的眼里，只有我弟弟才是他的子孙。后来，叶芷云认识了曹存风，要跟他回中国，她问我愿不愿意跟她走……”

烟已燃了一大半，叶弥弹掉烟灰：“所以，当她把温屿舟领回家后，我就像遇到了另一个自己。他的倔强、对抗、哀怨、愤怒，都是我曾经经历过的，我感觉自己特别能理解他。我关注着他的一举一动，为他欢喜、为他悲伤……算起来，我爱他，已经有十几年了吧。”

在迟梨的意外与无言里，叶弥抬眸一笑：“所以，你还要我帮忙吗？”

“他呢？他说过喜欢你吗？”迟梨迎上叶弥的笑脸，很认真地问。

叶弥的眼神暗淡下去，一缕烟雾升起，她转换了话题：“你知道温屿舟为什么被激怒？不是为了地块，而是为了你。”

她语气里有责备，迟梨睫毛微颤：“是钻石良宵那天……”

“曹存风拍了你的裸照。”叶弥语气无波。

迟梨猛地抬头，一脸震惊：“不可能！”

“有什么不可能？你那天喝成什么德行，你自己不知道？为了换你出来，温屿舟贱卖了几十亩地不说，还要被人拿女朋友的裸照威胁，现在他被带走，你不觉得自己有责任吗！”

迟梨面色通红，身上冒出冷汗，双手紧握成拳头，眼睛紧紧地盯着叶弥，连连说着“不可能”，忽然起身抓过桌上的包：“在哪里可以看到照片？”

她定定地看着叶弥。

“U盘里那份，温屿舟已经毁掉了，不过，据说，曹存风那里多的是。”

“好，我去找他。”

“你不要命了？”叶弥坐直身体，柳眉微拧，“为了你这件事，姓曹的断了胳膊，你还去自投罗网？”

迟梨神情凝重，白皙的皮肤上红晕渐渐褪去：“我不会任由他胁迫温屿舟，如果照片是真的，我就离开温屿舟。”说着，她抬眼看着叶弥，“放心，我不会再连累他了。”

第八章
潦草的离散

听迟梨站在自己面前说要去找曹存风时，王海屏吓得掉了手里的保温杯盖。

“姑奶奶，你想干什么？你还敢去找他？”

迟梨面无表情：“青天白日的，我不信他能把我怎么样。再说，理亏的人是他，我不告他，算是好的了。”

“别、别——”王海屏伸手止住，讪讪地笑道，“他现在可是咱们的金主，再说，你不是也没被怎么样吗。”说着，他还意味不明地瞟了迟梨一眼。

迟梨冷冷地看过去，王海屏头一缩，咕哝道：“我也没和曹存风直接联系过，他那样的人物，我哪里够得着啊，我这只有兰旭公司经理的电话号码。”

“给我。”

“迟梨，你究竟想干吗？”

“给我电话号码——”迟梨一字一顿地说着，盯着自己的上司，

“否则，我会让大家都知道，兰旭公司的单子是谁拿回来的……我，不惜一切代价。”

曹存风住在一家隐秘性极强的私人医院里，右臂被子弹伤及了神经，虽然抢救及时避免了截肢，却成了一条废胳膊。

他无时无刻不在咒骂温屿舟，发誓要将他送进监狱。

事与愿违的是，自己法律意义上的妻子叶芷云，却在千方百计地帮儿子洗脱罪名。

叶芷云请了金牌律师，曹存风便请来国内最有知名度的律师；叶芷云悄悄去找白东野的妻子，恳请东哥揽下罪责，她保他们母子平安无忧，并给他们一大笔钱作为补偿；曹存风自然更不肯示弱，他给出的报酬更丰厚，而条件也是东哥的妻子更易接受的——把所有责任都推给温屿舟，包括非法买枪、蓄谋持枪行凶，都是受温屿舟指使……

夫妻之间似乎展开了一场较量和拉锯战。

迟梨到达曹存风住的医院时是下午，阳光很好，医院的花园里到处盛开着各色菊花，院子门口有穿黑衣的大汉把守，听到她要见曹存风，先去做了通报。

小花园里景致宜人，曹存风正在河边晒太阳，远远看到迟梨的影子，冷笑了一声，慢慢地踱过去。

胳膊上的石膏还没拆，曹存风眼神阴鸷地站在一条人工河上的桥上，身后跟着保镖，他呵呵了一声，冷笑道：“我猜到你会来。替温屿舟求情？”

迟梨与他隔了段距离，但说话的声音足以让对方听清：“照片在哪里？”

曹存风停了一瞬，顿时大笑起来：“原来是为了自己！白瞎了温屿舟那个疯子！”

迟梨被激起怒意，拳头紧攥："曹先生，我想看到那些照片，因为我怀疑你用假的照片来威胁和敲诈，我可以起诉你。"

曹存风摆摆手，表示不耐烦，嘴角透着阴毒："好，我让人带你去看，说实话，你的照片我这里多的是……阿彪！"

身旁一个大汉站出来，冲迟梨冷笑道："走吧！"

迟梨往后退了一步："半个小时后，我如果没有平安出去，我的朋友就会报警！姓曹的，你最好别耍花样。"

曹存风拍拍被纱布缠住的右臂："你厉害哟，灌你几杯酒，你就让人打废了我这条胳膊。我要是找人强上了你，还不得被人打死啊……"他发出一串讽刺的笑。

迟梨又羞又气："照片我带走一份，如果经鉴定是合成的，你要销毁所有存照，还我清白。如果是真的……"她咬了咬嘴唇，神情冷漠，"你要是想放到网上就尽管放，我会报案，一切走法律程序。"

曹存风往桥下走了几步，阳光在他的头顶慢慢散去，他脸上的神情渐冷："迟小姐真是豁得出去，你不爱惜羽毛倒也罢了，只是，不知道温屿舟在不在乎自己女朋友的名声。"

一个信封被送到迟梨的手里，她看了一下将它装进手提包里，转身走之前，又厌恶地看了曹存风一眼："坏人，你会遭报应的！"

整整一个晚上，迟梨都在研究那些照片，纵然在别人看来，照片上衣衫不整甚至有几张一丝不挂的女人跟她长得一模一样，但作为当事人，她一看就觉得不对劲，虽然照片主角的脸是她的，身材也跟她很像，但她还是果断地认定这些所谓的"裸照"是合成的。

最简单的区别是，她的右胸外侧有颗痣，而照片里的女人身上并没有。

另外，她还找出了很多证明照片不是自己的地方，她把这些一一记录下来，准备第二天去找曹存风，如果他不承认自己造假，她就报案。

可是，第二天一早，她再去那家医院，却根本见不到曹存风，门口的保镖连通报都不肯，直接将她挡了回去。也就是说，曹存风明知照片是假的，却故意不肯销毁。

迟梨异常气愤，直接打车去了派出所。

她要报案。

在报案之前，她在派出所里遇见了上次找到的那位警察，恰好听到一个戴眼镜的中年男子与他说着什么。

迟梨忙走上去，听到“温屿舟”三个字，便竖起耳朵仔细倾听。等两人交谈完毕，都转眼看她，她才赶忙招手问好：“王警官好，我是《玉市晚报》的迟梨。”

“哦，想起来了！”王警官笑道，“你是来看温屿舟的？不过，不巧，今天的探视时间已经过了。”

“迟小姐，你好，我是温屿舟的律师，如果方便的话，我可以和你聊聊吗？”王警官身旁的中年男子忽然道。

看他神情严峻的样子，应是有比较要紧的事情，迟梨只好先把报案一事搁回肚子里，点了点头。

“我叫章之文，你可以叫我章律师。”

“章律师，这个案子怎么样了？温屿舟他有没有事，什么时候能出来？”她迫不及待地发问。

章律师做了个停的手势，眉头微蹙：“现在有点不大顺利，我觉得他有什么瞒着我。据我所知，屿舟和曹存风的矛盾不是一两天的事，这次不过是争一块地，他怎么会冲动至此？一定还有别的原因。”

迟梨胸口一沉，心里五味杂陈：“原来他没告诉你……”她慢慢垂下头，羞愧与难堪如潮水般将自己淹没，她低声道，“是为了我。

我喝醉了酒，被曹存风带走，温屿舟把我救了出来，曹存风却拿我的裸照勒索他。”

他们是站在派出所外的小花园说的话，高大的五角枫树上随风飘下落叶，迟梨根本不敢抬眼。章律师沉默了半天，道：“这样就解释得通了。现在曹存风已经提起诉讼，迟小姐，如果开庭，你愿意出来做证吗……也就是说，那些照片要成为物证。”

迟梨满脸通红，无助地看向律师：“我看了，照片是假的，除了我的脸，身体部分都是别人的……”

章律师啊了一声，做思索状，忽然抬眉：“最好找专业人士出份鉴定报告，我是指从 PS 技术上，你可以自己找人，需要的话，我也可以帮你推荐。”

迟梨想起自己的表姐就是做这方面工作的，便说不用了。

章律师又道：“你说温屿舟开枪打曹存风是因为曹存风拿你的裸照威胁他，你有什么证据没，比如录音什么的？”

“有。”迟梨拿出手机，“昨天我找曹存风要照片时全程录了音。不过，章律师，据我所知，温屿舟并没有开枪啊。开枪的人不是姓白的那个人吗？”

章律师叹了口气：“原本是这样的，案发时目击者也说是白东野开的枪，但没想到温屿舟跑来自首，说开枪打伤曹存风的是自己。他们关系很好，我猜温屿舟是要保白东野。”

迟梨顿时气得要炸：“他疯了，他活腻了是吗！为什么自己去找死……”说着，她的眼泪便唰唰地流下来。

章律师忙道：“你别急，现在不是有转机了吗，好在白东野那边坚持称是他开的枪，与温屿舟无关。有了你的证据，再加上目击者的证词，我要为温屿舟做无罪辩护。”

“把握大吗？胜算多少？”迟梨紧盯着章之文。

“三四成。”

还不到一半的胜算，迟梨刚扬起的心又跌坠下去。

晚上，迟梨就联系了她那位表姐，表姐叫焦扬，是很有名的人像修图师，获得过许多国际大奖，跟国内许多一线明星都有过合作。

不过，焦扬常年在外奔波，跟家里亲戚走动得少，迟梨这才敢把照片的事跟她说了。

迟梨把这段时间发生的事情在电话里大概讲了一遍，焦扬听后，久久不语，好半天才长叹一声：“我给你个私人邮箱，你把照片发过来，我给你出份鉴定报告。”

“谢谢姐。”

“小梨——”焦扬欲言又止，最终还是说道，“本来，你老大不小了，不该听我说这些的，但作为你的姐姐，我很担心你。你从小到大被小姨和姨夫保护得太好，所以认识不到人心的险恶，这样很容易吃亏，这次的事不就是个教训吗？”

迟梨默默地听着。

电话那头又道：“还有，那个男人，童年不幸福会影响人的一生，我认为你不适合跟他在一起。他身上的戾气太重，一个心怀怨恨的人即便事业再成功，他的内心也不会感觉幸福。你和他在一起没多久就惹上这么多麻烦，接下来还有很多很多平凡的日子，你能保证让自己，也让他生活得幸福吗？”

焦扬顿了一下，道：“如果两个人在一起仍不能感到平静和幸福，那么，在一起还有什么意义呢？”

“我们在一起时，很幸福。”迟梨轻声道。

“那只是假象。短暂的快乐，一时的激情，过后会怎么样呢？他要面对的，你要面对的，都还有很多，对不对？如果他内心痛苦的根源未除，你们即便在一起，也不会幸福，除非你有能力帮他拔掉那痛苦的根源，你能做到吗？”焦扬再次轻叹，“另外，我得提醒你，一旦这些照片被公布，不管是真的，还是假的，都会对你、对整个家庭带来不可避免的影响……你考虑清楚了吗？”

面对一连串的质问，迟梨忽然崩溃似的哭出声来，她想到自己身为大学教授的父母，一生最惜声誉，还有外公……她一边捂着嘴，一边抑制不住从喉咙发出声音：“姐，我真不知道怎么办好了，我是个罪人，害了温屿舟，也害了全家人，我现在觉得我还不如去死……”

她抽泣着挂断电话，可是能怎么办，怨天尤人也不过是自作自受。

焦扬一大早就把鉴定报告给她发到了邮箱，她将它打印出来和照片一起装进一个牛皮纸袋封好，然后洗脸，化妆，换好衣服。

王海屏突然打电话过来：“迟梨，你还好吧？人事部刚才来查岗，你好几天没来上班了。”

他说话时小心翼翼，倒提醒了迟梨工作上的事，其实，她也想过，一旦这些照片公布，虽然会对温屿舟的案子有所帮助，但对她的影响是不可挽回的。

家庭、事业、爱人……

所以，在做这件事前，她要把一切准备工作都做好。

“王总，我要辞职。”迟梨对着手机说，“辞职报告随后交给你。”

电话那头的王海屏还错愕着，迟梨已挂了电话，她突然想到，该以怎样的方式和温屿舟道别了。

晨光熹微，太阳没有升起，整座城市包裹在一片灰茫茫的雾霾之中，她扭开台灯，坐在书桌前，摊开了纸。

她要给温屿舟写一封信。

屿舟：

见信安。

上一次去见你，看到你瘦削憔悴，我心痛难忍，恨自己……

刚写了几行，迟梨唰地将这页纸撕掉，为什么要写“心痛难忍”，分手信，应该写得决绝无情，让对方一看就死了心的那种，千万不能让他对自己的离开产生一点内疚和留恋之情才对啊！

她伏在桌子上，刚化好的眼妆被泪水濡湿，提笔再写：温屿舟……

反反复复好像只会写这三个字、只能写这三个字，从初见惊鸿到两相依偎再到派出所里面面相对的伤感，如电影一般在脑海里放映着。

她发了疯似的想念他，想他看自己的眼神，想他温柔的抚摸，想他拥着自己说：“从今往后，我不会再让任何人欺负你……”

她哭得不能自已，精心化好的妆花得一塌糊涂，手机在桌子上震了一次又一次，也根本无暇去管。也不知过了多久，她终于爬起来，重新咬牙握住笔：“温屿舟，我已不再喜欢你了，也希望你不要再喜欢我。如果要问原因，我想，你我并非一类人，从一开始，便是错的——迟梨。”

她迅速把这页纸撕下折起来，然后拿手机去打快递的电话。

手机里有未接来电，是妈妈打来的，还有一个是焦扬打来的。

迟梨没有理会，叫了快递员上门，把刚刚折好的信和之前整理好的鉴定报告及照片都寄到了派出所，收件人为温屿舟。

然后，她又坐下敲了一封辞职信，发送到王海屏的电子邮箱。

做完这一切，还不到中午，迟梨收拾了一些随身用品和衣物，在网上订了一张高铁票。她也不知道该去哪里，只是想暂时躲开这一切，到一个谁也找不到她的地方。

拖着箱子离开这座城市前，她又去了一个地方——东哥的搏击俱乐部。她是从七婶那里得知这家俱乐部的，然后从地图上搜到位置。

她打车过去，发现俱乐部已暂停营业，玻璃门半开着，里面只有一个三十多岁的女人在收拾一些零碎的物件。

见她探头张望，阴晦着一张脸的女人说：“对不起，我们不营业了。”

迟梨小心翼翼道：“你是东哥的爱人？”

她只是猜测，那女人抬起头来，眉目带了不悦：“你有什么事？如果还是要我给东野传话的话，抱歉，有什么话，请你们自己去说，请不要再来骚扰我和我儿子！”

女人带着敌意地瞪她。

迟梨抿抿唇：“对不起，我只是路过，来看看。”

女人瞥了她一眼，砰地关上门并上了锁，然后转身离开。

迟梨只好向着那消失的背影，发自内心地、认真地说了句“对不起”。

她亏欠这个世界很多人，然而无法弥补，于是只好离开。

坐上高铁后，妈妈又打电话过来，迟梨接通，尽量换上欢快的语气：“妈，有什么事？”

“小梨，你在哪里？”妈妈的口气里带着焦灼。

“我要出差一段时间，嗯，出省了……”

“你不要骗我！到底在哪儿，快告诉妈妈，出了这么大的事，你这个孩子……”妈妈的声音带着哭腔，“你表姐说你遇到点事，怕你想不开，我马不停蹄地赶到玉市，谁知道你已经走了……赶快回来吧，孩子，天大的事，还有爸爸妈妈呢，回来咱们想办法一起解决……”

迟梨的眼眶酸痛起来：“妈，我没事，真的，我不会做傻事的，我只是……想一个人静静。你别管我，过一段时间，我就会回来的。真的，你别担心，别让外公知道，你们好好的……”

“小梨，你告诉妈妈你在哪儿，妈妈……”

妈妈还没说完，迟梨迅速挂了电话，然后关机，将手机塞进了背包的底部。

列车已经开动，她正在离开这座城市，往南方一个陌生的地方去，在那里，没有人认识她，也不会有人威胁勒索她。

当然，也不会有人喜欢她，爱她。

这是一场过于潦草的离散，迟梨并不知道，当她的快件到达派出所时，温屿舟已经离开了那里。

他被释放了，原因是，原告曹存风主动撤诉。

命运的车轮似乎重蹈上了当年的车辙。

来接他的是叶弥，小满也在，但是不见迟梨。他掩藏不住失望，上了车，叶弥递给他一杯热咖啡，说：“辛苦了。”

温屿舟淡淡地看她一眼，接过咖啡，垂下睫毛，还好，这一次，他看她时没有厌恶。

他知道是谁把他弄出来的，如果不是得到了某种巨大的好处或者被掐到了某个死穴，曹存风不可能对他轻饶。能有这个本事的人，除了叶芷云，没有别人。

“叶总让你先回去休息，晚上我开车来接你到家里吃饭。”叶弥看着他的脸，语声柔软。

“不用了。”温屿舟将脸扭向车窗，“我下午还有事……你告诉她，我改天去看她。”

虽然他拒绝了邀请，但最后一句承诺还是多少令人感到了欣慰。这些年来，叶芷云以时而高傲、时而卑微的姿态在儿子面前游走，强大的外表下，其实也包裹着一颗易碎易痛、渴望与自己的骨肉温柔和解的心。所以，当叶弥把原话转达给叶芷云时，她表面冷冷的，还生气地发了几句牢骚，转身却长长地舒出一口气。

如果让出股份能换来儿子的善意和谅解，她甘愿付出一切。

下午五点十分，是幼儿园放学的时间，温屿舟着一袭深色风衣，早早地等在幼儿园的门口。

降了温，风很大，落叶不断从树上跌至脚旁，来往行人个个缩着头，咒骂着这突然变脸的天气。

视线终于有了着落点，温屿舟站直身子，只见东哥的妻子牵着一个胖乎乎的小男孩走出幼儿园的大门。风太大，女人拿出一个小猪图案的口罩帮孩子戴上，又拉起外套上的帽子扣到孩子圆乎乎的脑袋上。

门口有卖玩具和零食的小摊，小男孩指着一个擎天柱的塑料玩具喊着要买，女人像是有急事，直直地扯着他走。

孩子不肯走，哇哇大哭起来，女人一气之下在孩子的屁股上拍了一下，这下，小家伙哭得更厉害了。

温屿舟禁不住走过去，买下那个玩具，蹲下身子道："别哭了，童童，擎天柱在这里呢。"

母子俩一时都怔住，童童没有接玩具，只是脸庞挂着眼泪地看看温屿舟，又看看自己的母亲。东哥的妻子却已变了脸色，颤着声道："你出来了……东子呢？"

温屿舟的手指紧抠着玩具冰凉的表面，眼神飘忽不定，却半天说不出话来。

"嫂子，对不起。"

童童试着伸手去触碰擎天柱的腿，看他的眼神是真的很喜欢，温屿舟于是递过去。

啪！玩具被一巴掌扇到地上，塑料做的擎天柱被摔得头和四肢分了家，童童哇的一声号啕大哭起来。

“擎天柱，我要擎天柱……爸爸，我要爸爸，我要爸爸给我买擎天柱……”童童一边哭，一边喊，女人用力将孩子扯起来，眼泪从憔悴的眼眶里跌出来，风吹乱了头发，也顾不得去整理。

她拽起孩子，忽然手指向依然半跪在地上的温屿舟：“你爸爸回不来了！就是因为这个人，你爸爸不知什么时候才能回来……”

她骂着孩子，自己却又哭起来，温屿舟叫了声“嫂子”，女人发狠似的将孩子抱起来，流着眼泪，沉重却又快步地离开了。

温屿舟在秋风中站了很久，直到那母子俩的身影消失，他的心像提前入冬，冷得缩成一团，兜里的手机响起来，是小满打来电话。

他叹了口气：“小满，继续让人照看东哥家里，别让母子俩受欺负。”

小满应了：“温总，有位女士来公司找你，自称是迟小姐的妈妈。”

温屿舟一愣，赶紧道：“请她在办公室稍等，我马上就到。”

温氏集团的总裁办公室里，温屿舟见到了迟母，她五十岁开外，戴着一副眼镜，看起来朴素而知性。他从外面回来，进门的瞬间便与对方的目光对接。

迟母目光犀利，他竟感到一丝紧张，是面对未来丈母娘的原因吗？

他暗笑自己，神经稍微松弛了一些，进了门，彬彬有礼：“伯母好，我是温屿舟。”

迟母起身，点头回应，眉目间却不见一丝舒展：“如果不是出了这么大的事，我还不知道迟梨在和你交往。”她开门见山，目光带着怀疑，“倒没想到你这么快就出来了……你是怎么？”

“原告撤诉了。”温屿舟淡淡道。

迟母笑笑，带着几分不屑：“也是，你们这样身份的人想做什么不容易，想追什么样的女孩子不容易？如果你不是温氏集团的总裁，如果你父母健在、家庭幸福，我自然是同意你和迟梨交往的。但我家迟梨是个普通家庭出身的孩子，她胆小乖巧，心思单纯，在你这种人面前，只有被玩、被甩、被伤害的份儿，我今年五十六岁了，我请求你，能不能放过我女儿？她不会是你想娶的那种人。”

空气凝滞了片刻，温屿舟挺直的脊背一动不动，过了一会儿，他抬起头，迎上迟母的目光，微微笑了笑：“伯母，你想错了，迟梨正是我想娶的女人。”

“你别做梦了，我决不会让女儿嫁给你这样的人！我们迟家诗书传家，不拜金、不求权，只看人品正直、家世清白，现在迟梨因为你惹上一堆麻烦，照片的事……”迟母想起这件事便气得发抖，嘴唇也有些青紫，“总之，我女儿现在丢了，你把她还给我……”

话音越来越弱，突然她身形猛晃，温屿舟忙上前扶住，而她已面色发白、浑身颤抖：“包里……药……”

迟母原本有心脏病，不过不是很严重，平时也很少发病，这次是一路从棠安赶来，旅途奔波加上情绪波动过大才突然犯病，幸亏包里带有救心丸。温屿舟动作极快地给她喂了药，她这才转危为安。

温屿舟刚安排小满送迟母到医院做全面检查，派出所就打来了电话，说有一个寄给他的快递，让他赶紧去拿一下。

第九章 爱你的歧途

张爱玲爱上胡兰成时给他写："见了他，她变得很低很低，低到尘埃里，但心里是欢喜的，从尘埃里开出花来。"

而当她决定不再爱他与他分手时，她又写："我已经不喜欢你了。你是早已不喜欢我的了。"前半句带着骄傲的宣告，后半句幽怨，藏着委屈。

温屿舟看到迟梨写给他那封只有寥寥数语的短函时，一时说不出是什么心情。

他的第一反应是生气：从一开始，便是错的？

他冷笑一声，抛掉那张纸，又拿起那些照片和附带的一份鉴定报告，他哭笑不得地摇头：这个傻瓜，以为这样就是在帮他吗？

她一定以为，只要和他分手了，那么，不管照片是真的，还是假的，即便有一天曝光了，他温屿舟也可以避免受到影响，可她难道不知道，他在做这一切的时候根本没有考虑他自己，而是都在为她着想吗？

他想起迟梨来派出所看自己时痛哭流涕的样子，她说：你一定要出来，万一出不来，我等你，不管多久都等……

她信誓旦旦才几天，这就反悔了？

温屿舟继续拨迟梨的电话号码，依然关机，他现在已经明白迟母为何登门来问他要人，想必这姑娘不堪重负，一个人逃离了……傻瓜，他生出细微的心疼来，再想到她会不会想不开做傻事或者万一遇到什么意外，心便忽然一下提起来，他从沙发靠背上直起身，大喊：“小满！”

小满刚刚从医院回来，正准备进门，就听到他的喊声，于是推门而入，抹了把额角的汗：“温总。”

“医院那边怎么样？”

“检查结果显示还好，不过，医生说，为了保险起见，建议今晚住院观察，手续我已经办好了。”

温屿舟点点头：“你让七婶帮我收拾几件衣服，晚上我去医院守着。”

小满忙道：“还是我去吧……”

温屿舟摆摆手：“迟梨不在，我应该去的。小满，迟伯母有没有透露迟梨会去哪里？”

小满摸摸头，习惯性地皱皱鼻子：“我跟她聊了一会儿，好像迟伯母也不知道，只说最后和迟小姐通电话时，迟小姐在高铁上。”

温屿舟思索片刻，随即拿起办公桌上的签字笔在纸上唰唰写下两个电话号码，然后把那页纸撕下递给小满：“拿去交给技术部，追踪定位这两个电话号码的具体位置，一旦查到，立刻给我订票。”

“好的。”

温氏集团虽有董事会，但温屿舟不在这段时间，依然积压了很多事情，尤其他被带走的消息虽没有面向社会公布，却在坊间传得飞快，不过，由于极少有人知道他与曹叶集团的曹存风和叶芷云的真正关系，所以，他忽然出来，也让不少人既感到意外，又觉得在意料之中。

处理各种文件到傍晚，温屿舟不断接到一些电话，都是一些平素关系还不错的人邀请他吃饭压惊。

温屿舟一一推了，其中一个电话是祁少恭打来的，缠磨的劲头很大，非说要陪他好好放松放松，连地方都订好了。

温屿舟只好道出实情："朋友的妈妈住院了，我要去看一下。"

"什么朋友这么有面儿？不会是女朋友吧！"祁少恭忍不住以关心的口吻八卦起来，"听说这次的事跟一个女的有关？不知是哪位天仙有这么大的造化，竟让我们温总动了凡心？"

温屿舟沉默了片刻，觉得没必要再隐瞒，便道："她，你也是认识的。"

"我认识？"电话那头的祁少恭惊得嘴巴张大，脑子里走马灯似的过了一遍他认识的那些漂亮女孩，忽然定格在一个身影上，心头突然升起闷闷的疼："哥，你说的不会是迟梨吧？"

温屿舟回答得毫不犹豫："是她。"

可是……可是，可是，祁少恭一口气憋在心口吐不出来，那边传来温屿舟悠悠的声音："你和吴小姐的婚事什么时候办？"

一句话把祁少恭所有的不甘、愤懑堵了回去，他讪讪道："明年春天吧，他们选的，我无所谓。"

"到时别忘了给我送喜帖。"

"当然。"

"那再见，预祝新婚快乐。"

"啊……谢谢，也祝哥和迟梨……幸福。"祁少恭艰涩道。

"我们会的。"

温屿舟挂断了电话，望向窗外，不觉间天已黑透，城市里车水马龙、霓虹闪烁，她此刻又在哪里呢？在做什么呢？会不会他在想她的时候，她也正好在想他？

他拿了外套穿上，出门赶往医院。

迟母打了药水后睡得很安稳，温屿舟到医院病房隔着门看她睡着，便没有进去打扰。

偶尔迟母醒来要喝水或上洗手间，都有护工在里面照顾，温屿舟一直坐在病房外的走廊上，直到天亮。

小满把机票和早餐送过来时，温屿舟靠着墙壁睡着了，小满不忍打扰，敲了病房的门，把早餐送进去。迟母休息了一晚，气色已经大好，本就不是蛮不讲理的人，看小满和护工照顾得周到又精心，态度也缓和许多。

女护工四十来岁，从昨晚温屿舟过来询问病情到他在走廊上守了一夜，她看得清楚，于是，一边给迟母盛饭，一边称赞："大姐，您可真有福气！儿女这么孝顺！外面那小伙子是您的儿子，还是女婿？想必是担心你晚上有情况，在走廊上坐了一夜冷椅子。欸，孩子，你去护士站借条毯子给他盖上，他这会儿睡得香，可别感冒了。"

迟母闻言惊讶："谁在外面？"

说着，她走到门口，一看竟是温屿舟，脸色变了变，半天没说话，却折身回来把床上的薄被拿了起来，迟疑了一下又递给小满："你去给他盖上。等他一会儿醒了，让他回去。我没事，一会儿迟梨的爸爸会来接我。"

也许是几人的说话声有点大，温屿舟醒过来，他搓了一把脸想站起来，脚却是麻的，缓了好大一会儿才站起身。这时，迟母已经站到了他的面前。

"伯母。"

“温先生，谢谢你昨天救了我。即便如此，你和我女儿的事，我还是不会同意的。”

小满给温屿舟订了当天下午去厦门的机票，因为据当天凌晨的追踪定位显示，迟梨的位置在厦门思明区一家酒店。

温屿舟匆匆登上飞往厦门的飞机，除了小满，没有人知道他的去处。

他到达那家酒店时，天已经擦黑了，海风很大，像是要下雨的前兆。

酒店算不上高档，但管理很严，温屿舟跟前台服务员沟通了半天，人家也不肯告诉他迟梨的房间号。

一气之下，温屿舟在大厅找了个角落坐下，从包里取出笔记本电脑，连上酒店的无线网络，重操起了丢掉多年的旧业。

他手指灵活地在键盘上一阵操作，噼里啪啦便黑进酒店的管理系统，果然，不一会儿便在住宿的宾客名单里，查到了迟梨的房间号。

许是方才拒绝他的次数太多过意不去，抑或是他长得太帅，前台女服务员给他端了杯热咖啡过来，笑容甜甜的：“你好，先生，这是送您的咖啡。”

温屿舟关上电脑冲她一笑：“谢谢。可以帮我开个房间吗？我要 8205。”

8205 是迟梨隔壁的房间。

“好的，我去查一下。”女服务员嫣然一笑，娉婷地转身回到前台，没过几分钟，她又走了过来，面带歉意，“不好意思，先生，8205 几分钟前刚被预订了，要不，给您换到二十二楼？我可以为您免费升级到豪华间。”

温屿舟摆手拒绝了服务员的好意：“那就 8204。”

“好的。”

他把证件和卡给服务员拿去办入住手续，刚端起那杯咖啡喝了一口，忽然一对男女的交谈声不轻不重地飘进他的耳中。

“我觉得跟做梦似的，不真实，居然下飞机遇到的第一个熟人就是你！蘩蘩，我真的开心死了！”

“我也没想到……”女声轻软温柔，“陈泰，我已经到了，你也赶快回酒店吧，明天一早，你不是还要陪父母出海玩吗？”

温屿舟顺着声音的方向看去，果然，发出声音的女子正是迟梨，只见她长发披肩，穿着件白色风衣和九分休闲牛仔裤，整个人清瘦孤冷，连脸上的笑也仿佛是勉强挤出来的。

送她回来的是个高个子、脸庞微黑的男人，温屿舟自然也认得，是陈泰。

温屿舟没有说话，拿起一份杂志放到眼前，脸庞微微转向墙角，耳朵却竖得老高。

接着，他听到陈泰有点不好意思地笑道：“刚才吃饭时，你去洗手间，房卡从包里掉了出来。看到你住这家酒店，我就在网上也订了个房间。8205，就在你隔壁。”

迟梨轻轻啊了一声，却也没再说什么，微微一笑，径自要去电梯间。

陈泰看她没有要等他的样子，只好道：“那你先回房休息，我办下手续，马上上去。”

迟梨步入电梯，摁了楼层号和关门键，眼看两扇门就要合上，突然一个身影杵到眼前，门再次打开，一个身形挺拔的男子走了进来。

迟梨低头想着心事，只看到地板上一双做工精良的深棕色牛皮鞋，再往上是两条笔直的大长腿，再往上……

一双黑沉的眼睛静静地看着她。

迟梨慢慢地瞪大了眼，一瞬间仿佛傻掉，她甚至以为自己是在做梦，所以眨了眨眼，掐了下自己的手心。

“不认得我了？”他看着她轻笑，嘴角微微上扬，她的眼眶里也慢慢蓄积起两团水光，呼吸和心跳不自觉地加快。

过了半晌，她才艰难地开口：“你怎么在这里？”

“我为什么不能在这里？”温屿舟的目光没有片刻挪移，像要一直看进她的心里，然后在里面生出根来，“看到我，你不高兴吗？迟梨，我出来了。”

“你没事了？真的……没事了？”迟梨的嘴唇颤抖，声音哽咽着，像要哭出来。

温屿舟上前轻轻地拥住她，胸口漫起一阵酸涩：“真的没事了。你看，我不是来找你了吗？”

迟梨忽然哇地哭出声来，双臂紧紧地抱住温屿舟的脖子，声音凄楚而委屈：“可是，可是……可是，温屿舟，我们已经分手了。”

她猛地松开手，这时电梯门恰好打开，迟梨转身跑了出去。

房间的门被他轻轻敲着，不急不慢，砰，砰，一下又一下，像敲打在迟梨的心上。

迟梨背抵着门，脑袋里乱得像锅粥，不，她必须冷静下来。

她必须好好理一理两人的关系、利害轻重以及想一想各种后果。

她反锁了门，急急地钻进卫生间，扭开花洒，把热水开到最大，然后一边脱衣服，一边站在了水下。

哗哗的水声淹没了外面的敲门声，仿佛这样的她才能不被干扰地进行一次正常又深刻的理性思考。

她爱温屿舟吗？

她问自己，然而，答案无疑是确定的。如果不爱，她就不会有现在的痛苦挣扎。可是，她觉得自己很无能，除了深深的爱意，她给他带来的仿佛只有麻烦，而且裸照这件事让她对自己充满了鄙视和痛恨。以她从小形成的道德标准，出了这样的事，即便不是她主观所为，也是败坏了她的名声，也败坏了温屿舟的名声。她决不允许和他相爱的是这样的迟梨。

除此之外，他们还有什么矛盾？家庭、出身、往事……至今他仍有很多故事不愿给她讲，而她甚至连把他介绍给自己父母的勇气都没有。两个隔着栅栏相爱的人，会爱得深吗，会有结果吗？

水流不断冲刷着，迟梨的思绪浮浮沉沉，终究还是想不出个所以然来。也不知过了多久，卫生间的玻璃门竟然被敲得砰砰响，迟梨关掉花洒，听到一道女声："女士，你还好吗？我是酒店的服务员。"

迟梨松了一口气，忙应声："谢谢，我没事。"

服务员退了出去。

她慢慢擦干身体，在身上随意裹了件浴袍，外面已经安静，想必温屿舟已经离开。她说不出是轻松还是失落，低头出了卫生间，刚走了两步，便感到一个人影扑面而来。下一刻，她被裹进一个怀抱，再接着，她看到那双闪烁着深情和温柔的眼眸，他的唇落下来。

吻又急又深，像春雨细密，又如夏雨暴烈，温屿舟低头倾身，迟梨重心不稳，被他一下压倒。

身后是床，是绝佳的缠绵之地，他覆了上来。

目光微醺，似饮了陈年佳酿，眸底星辉沉浮，映着迟梨绯红如花的脸，她盯着他，欲说还休。

他却轻笑，带一丝薄薄的恼怒："从一开始便是错的？你告诉我，哪里错了，错的是谁？"

迟梨渐渐平复刚才的意乱情迷，慢慢调整好呼吸，刻意避开他的视线："错的是我，我一开始，便不该对你动心。"

"动心又如何？后悔爱上我，是因为我没有你想象中那么好吗？"他逼得近，鼻息相闻，有淡淡的失落。

迟梨苦笑："自然是我的问题。我曾以为，无论你的心里有多少阴暗的角落，我都可以做你的太阳，把你照亮。可事实证明，我根本没那么大的能量，我看似镇定，其实脆弱，在爱情里，也不过是一只纸老虎，遇到困难便只想逃。"

他的手指抚上她的下巴，缓缓而温柔地摩挲着，目光专注热烈："能逃到几时呢？你知道你逃不过我的手心，我也不会让你逃。迟梨，若说从一开始便是错的，我宁愿一错到底。"

"如果我们连一起面对现在的勇气都没有，又如何一起面对未来？"温屿舟的声音动听而魅惑。

迟梨踟蹰："一起……"

"对啊，你和我。无论现在、未来发生什么，没有什么可怕的，因为我会一直在你的身边。有我在，你还怕什么？"

"温屿舟……"她开口，泪湿睫毛，他的嘴唇落上去，吻干她的泪水，舌尖微咸，胸口起伏，他抑制不住内心的激动，手掌再一次抚遍她的身体，像有人燃起一把火，室内温度升高，彼此喘息急促而交融。

迟梨迟疑而温顺地接受着他的抚摸，浑身抑制不住地微微战栗，他眼中的星光蔓延成野火，将她烧得片甲不留。

夜里果然下起雨，南方的雨下得缠绵，躺在床上能听到远远传来的海浪声和风声，迟梨醒来时正是半夜，枕畔的人似乎睡得正沉。

她想翻个身，刚动了下身子，腰便被温屿舟勾住拽回了怀里，她的脸被迫贴在他的胸口，耳朵能听到他稳健有力的心跳声。

"曹存风的事，真的了结了？"她轻轻开口，她知道他已经醒了。

风吹得玻璃啪啪响，温屿舟拍了拍她的后背，几不可闻地叹了口气："他得了更大的好处，只能先放过我。"

"什么好处？你同意把地皮转卖给他了是吗？"迟梨挣出他的

怀，眼睛扑闪着如夜里的星辰。

温屿舟摇头，眼中某种情绪一闪而过：“叶芷云放弃了曹叶集团的股份。要知道，玉南新区的地皮跟这些股份比起来，根本不值一提。”

“叶芷云……你的母亲？”迟梨惊讶地坐起来，“她为了让曹存风放过你，不惜放弃股份吗？”

温屿舟抬起双臂枕到脑后，自嘲般轻笑起来：“是啊，真是讽刺，我们水火不容，偏偏每一次我身处绝境，都是她拉我出来。”

“她很爱你。”迟梨很认真地说，手指一下下地抚弄着他蝶翅般的睫毛，“恨不会让人感觉快乐，只有爱才会，对吗？屿舟，你有没有试着从你母亲的角度去想一下，为什么她当初会抛下你……也许她有不得已的苦衷，也许她早就后悔了，这些年，她不是一直在帮着你吗？”

“她不止帮我，还想控制我。”温屿舟的语气忽然变得不耐烦，“我曾经也像你这样想过，感激她在我危难的时候拉了我一把，但事实证明，过不了多久，她就会以此为筹码，对我指手画脚，妄想控制我的人生。把我送出国后，她给我入了美国国籍，为我找了导师和实验室，要我永远留在那里。后来我执意回国创业，她虽给了我资本，却非要我的公司做她的线下产品，这一回她出了这么大的血，接下来指不定又该让我做什么呢……”

“温屿舟，我觉得你不该这么想她。”迟梨语气严肃，“你被带走接受调查时，我见过她一面，她看起来虽严苛，但对你的那颗心绝对和天下任何一位母亲的没有区别。”

“你为什么跟她见面？她跟你说什么了？”温屿舟捕捉到这句话的关键，立刻追问道。

如果让温屿舟知道，叶芷云来找她不仅羞辱了她一番，还咄咄逼人要求她离开，那么，一定会让温屿舟对叶芷云更加反感，于是，她遮掩过去："没说什么，大概只是想见见儿子的女朋友究竟是怎么样的吧。"

温屿舟看她一眼，表示根本不相信："她曾经骂我不懂爱，不会爱，也不会被人爱。现在看来，女巫的咒语已经解除了。"他笑着刮了一下她的鼻尖，眼眸黑亮地问，"怎么样，她喜欢你吗？"

迟梨垂下眼帘："当然了……我这么知书达理。"

温屿舟吻了吻她的额头，眼睛里有璀璨的光："我答应过她，回玉市后，会到她那里去吃一顿饭，到时你跟我一起去，好不好？"

"啊？"

犹豫和拒绝在迎上那双充满希冀的眼眸时全部消散隐退，迟梨说了句"好"，温屿舟将被子提起来在她的身上裹了裹，拍拍她的后背："乖，再睡一会儿。"

天亮的时候，有人来敲门。迟梨从梦中醒来，天光已经大亮，身边的床榻是空的，浴室里有水流声，温屿舟大概在洗澡，她爬下床拾起浴袍裹紧，赶忙上前开门。

"早安，蘩蘩。"站在门外的是笑容灿烂的陈泰，只见他衣衫整齐，头发也似精心打理过，"昨晚你休息得可真够早的，我上来敲门，也没人应，想着你睡着了，就没敢再打扰。"

"呃……昨晚……"迟梨脸红起来，想起昨晚隐约听到过敲门声，但那会儿她已沦陷在温屿舟的怀抱里，哪里还顾得上其他。

"迟梨，外面是谁？"身后响起一道男声。

紧接着，半开的门被人拉开，温屿舟顶着一头湿漉漉的头发，腰间裹了条浴巾便站到了门口。

迟梨回头，目光投到他赤裸精壮的上身和隐隐露出人鱼线的腰间，耳根唰地热起来，而他的眼神带着戏谑和挑衅，这分明就是在展示自己的雄性魅力……

尴尬惊呆的人是门外的陈泰，只见他嘴巴微微张开，一双眼睛充满了怀疑、不解、羞恼和愤懑，然而，门里那个满面春风的男人笑着冲他道：“原来是陈主任，您高升调回玉市了？”

陈泰回过神来，压下情绪，讪讪地笑着回应：“原来是温先生。你这是……”

“我们在度假。”温屿舟顺势把手搭在迟梨的肩上，笑容潇洒勾人，“她来得早些，我因为忙，昨晚才赶到，怎么样？待会儿请你吃早茶？”他瞥了一眼自己和迟梨的装束，故意笑道，“不过，你得稍等片刻，我们换好衣服就来。”

“不必了，温先生。”陈泰面色涨红，幽幽地看了迟梨一眼，“说好了今天陪家人出海，就不做你们的电灯泡了……蘩蘩，祝你幸福。”

“谢谢……陈泰……”

陈泰逃跑似的消失在走廊的尽头，温屿舟脚一勾关上了门，拦腰将迟梨抱起扔在了床上。

“又解决一个。”吻向她的脸庞时，他喃喃地说。

“蘩蘩这个名字真的很烦，你以后别再叫这名字了。”温屿舟忽然道。

迟梨：“哪里烦了？我觉得很好啊。《诗经》中有一首诗《采蘩》不是这样写的吗——于沼于沚。于以用之？公侯之事。于以采蘩，于涧之中。再说，这个小名是大学同学给我取的，代表着我的青春记忆啊。”

“那就更不能再叫了。”他赌气似的说道，“采蘩，采蘩，你是我的，谁也别想采走，什么青春记忆，你有我还不够？总之，这名儿我不喜欢，别再叫了。”

迟梨：霸道总裁？

手机开机后，迟梨便先给家里打了电话，因为她听温屿舟说了母亲犯病之事。

她心里愧疚不安，一是因为照片风波，二是因为和温屿舟的交往瞒了家里，还导致母亲生气犯病。电话是父亲接的，他听她说一切安好后，长长地叹了口气，说：“回来看看你妈吧，她现在还生着你的气。另外，如果方便的话，我希望见见那个小伙子。”

“我爸想见你。”挂断电话，迟梨忧心忡忡地对温屿舟道。

彼时两人正在海滩散步，温屿舟风衣的一角被风吹起，干净好看的五官在大海的映衬下更似一幅赏心悦目的画。他笑容温柔，长眉微挑：“好啊，没问题。你先陪我回叶家吃饭，然后我们一起回棠安。迟梨，我趁这个机会向你爸妈提亲如何？”

迟梨啊了一声：“你别太冒失！我妈还病着呢。”

温屿舟笑着，一口洁白的牙齿在迟梨的眼前晃动，她上前搂住他的腰，呢喃道：“说实在的，我很担心……如果不是担心妈妈的身体，真想就待在这里，每天看看海，什么烦心事也不用想。”

他摸摸她的头顶：“傻瓜，等攻下所有碉堡，我们可以再来啊。马尔代夫、巴厘岛、毛里求斯……地球上美丽的海岸多得是，我们慢慢地看，有的是时间。”

“去叶家的时间已经约好了，明晚七点。我们今晚的飞机回玉市。”

返回玉市的航班上，迟梨心中始终忐忑不安，她一来担心曹存风会继续拿照片说事，把它真的散播到网上，二来则担心她和温屿舟都过不了彼此父母那一关。

飞机上，迟梨想起一事，便开口对身边人道：“温屿舟，我辞职了。”

他看了她一眼，并不意外的样子：“辞就辞吧，有那样的上司，待着也没什么意思。”

迟梨有点惭愧：“也不能一棒子打倒一片，这几年领导和同事们都对我挺好，王海屏那人……算了，不提他。我是怕一旦出了什么事，给报社抹黑。”

温屿舟歪头笑她：“你倒仗义，写分手信也是怕给我抹黑？就不怕我恨你抛弃了我？信誓旦旦说要等我一辈子的话呢，转眼都被狗吃了。”

他痴痴地笑着，迟梨的笑中却带着忧愁：“我自保不能，除了父母不能抛开，恨不得跟周围的一切脱离，唯恐一旦被曝出丑闻，连累了大家。”

“你太在意别人的眼光，活得太累。”他安慰似的握紧她的手，“我从小到大被人欺负辱骂，甚至身价过亿也被人骂被富婆包养、吃软饭，要都跟你似的有点风吹草动就寻死觅活，那还不得死几百回了……”

迟梨瞪他一眼，却觉得他的话不无道理，于是轻叹一声，眉心微蹙。

温屿舟捏捏她的脸颊：“我已决定与曹存风和解。你说得对，仇恨并不能使人快乐，我想试着放下仇恨，平心静气地与他谈谈。叶芷云给他股份是她的事，而我，我打算把地无偿让给他，前提是，他保证销毁所有底片，一旦照片有泄露，要立即澄清并归还该地皮所有收益。我会在合同里写清一切，他是商人，最看重利益，一定会答应。你就把心放回肚子里吧。”

“可是，无偿让地……”迟梨简直不敢相信，“你会损失多少？温屿舟……”

他用手指抵住她的嘴巴，情话绵绵入耳：“富可敌国不及美人一笑，想不到我温屿舟也有这一天。迟梨，我大概是中了你的蛊。”

飞机落地时是拂晓，温屿舟想让迟梨到自己家里睡一会儿，她碍于脸面不肯，因为上午还有不少事情处理，他只好先把她送回家，然后自己回去收拾一番，再到公司准备和曹存风和解的事。

临别时，他笑着冲她招手："下午六点我来接你，别忘了穿漂亮点。"

命运是一双翻云覆雨的手，改变一个人或一群人的轨迹，也不过是一瞬间的事。

与曹存风的人反复电话沟通到合同最终敲定后已过了午饭时分，温屿舟草草吃了几口由生活秘书送来的午餐，便准备叫司机载自己回家洗漱换衣。

叶弥打了电话过来，确认他是否能准时到。

温屿舟语调轻快，对叶弥的态度也温柔许多："她喜欢吃什么？我让七婶做了带去。"

叶弥笑："不必了，为了招待你，这边已是满汉全席的标准了……不过，方便的话，你带一束花吧，曼陀罗，不好买，但她喜欢。"

"好，我知道了。"

"那晚上见。"

"叶弥……"

他第一次主动唤她，叶弥的心一软："什么事？"

"晚上我带迟梨一起过去。"

叶弥的心无声地坠入谷底。

最终，迟梨还是决定在陪温屿舟到叶家赴宴前私底下见一见叶芷云。

当然，迟梨需要通过叶弥来联系，人家愿不愿见她还不一定，但为了这次难得的母子和解的机会，她愿意去尝试。

她打给了叶弥，电话接通了，对方的口气似乎并不怎么友善："迟小姐找我有什么事？”

“我想见一见叶阿姨，能不能麻烦你，帮我安排一下？”

“她不一定想见你。”叶弥语带嘲讽，后一句话又裹着酸味，“再说，几个小时后，你不是就可以挽着温屿舟的手臂，堂而皇之地以准儿媳的身份登门了吗，何须我来安排！”

迟梨顿一顿，语气真诚：“我知道你在怨我，也自然知道在叶阿姨的心中，我根本配不上温屿舟。但今天是他们母子冰释前嫌的好机会，如果不提前……”

“你的意思是，叶总和自己儿子吃顿饭，还需要你在中间做好人，对吗？”叶弥的口气此时已经十分辛辣了。

迟梨叹一口气：“你知道我不是那个意思。”

“我可以替你转告，但肯不肯见你，要看叶总的意思。迟小姐，如你所言，叶总非常看重这次见面，希望你……好自为之，如果搞砸了……”

迟梨明白叶弥话里的意思，大概最不希望在今晚见到她的，就是叶弥吧。可她真的只是想提前与叶芷云沟通一下，以免到时温屿舟犯起倔脾气来，弄得大家不欢而散。

“下午三点半，我还在上次见面的咖啡馆。叶小姐……”

那头咔的一声挂了电话。

迟梨递交辞呈的事报社里不少同事已经知道，但因为她一直没去办理离职手续，大家对她辞职的事还是半信半疑，但关于她是不是出了什么事的流言蜚语早已在报社里传开。

下午三点半时，迟梨走进咖啡馆，没想到恰好碰见刚刚在这里和客户谈完事情的广告部的同事。

两个女同事见了迟梨，热情不已，问东问西，关心背后自然也藏着掩不住的八卦之心："你不会是要结婚了吧？听说你在跟一个富豪谈恋爱？"

"啊，哪有的事，我只是……想休息一段时间。"

"那也不至于辞职嘛！女孩子家在报社编编稿子多好，嫁人了也可以继续干嘛。"一个道。

另一个则撇嘴："人家小迟要是嫁进豪门，还用天天待在咱这，起早贪黑地爬格子、见客户？"

迟梨头痛不已，只好抬腕看表："不好意思，我还约了人见面，改天请姐姐们吃饭好吗？"

"好啊，好啊，记得一定要叫我们哦！辞职了，大家还可以是好朋友嘛！"

终于送走了两个中年女人，迟梨赶忙进入包间坐下，看看时间还早，外面天色阴沉，似乎又要下雨，抑或是要下雪。

她要了杯咖啡，慢慢地喝着。

风呼呼地拍打着玻璃，天色越来越暗，咖啡店外的地中海式铁艺壁灯亮了起来，映着路面，竟好似落了层薄雪般。

已经下午四点了，叶芷云并没有来赴约。

杯里的咖啡也彻底冷掉，温屿舟打来电话，问她准备得怎么样了。

迟梨笑，用汤匙搅着冰凉的咖啡："看你紧张的……不过，我很欣慰，毕竟如果你能放下过去敞开心扉，这世上便又多了一个值得你深爱，也深爱着你的人。"

"我有你就够了。"他用富有磁性的嗓音撩着她。

她嘿了一声："别给我灌蜜，说你妈妈的事呢……屿舟，你愿意叫她妈妈吗？"

温屿舟沉默，过了片刻，道："自有记忆以来，我从没喊过这两个字，所以……恐怕很难。"

“没关系，我相信，总会有那一天的。”迟梨抚慰道。

温屿舟忽然道：“我小时候看过她的照片，唯一的一张，是和我爸的结婚照，我爸白白净净的，是那种文弱书生的样子，而她则高挑美丽，有种令人过目难忘的惊艳之美。听爷爷说，我爸对她一见钟情，到死都放不下她……而她……我想，她一定是不爱我爸的，不然，怎么会连我也狠心抛弃，一去不回头？”

“那你……打不打算原谅她？她这次为了你……”

“迟梨，错过了就是错过了，再多的补偿也只是补偿，而不能挽回。何况，发自内心的爱是不能用任何东西来交换的。”

“所以……”

没有所以，温屿舟转换了话题，她的耳畔响起他轻柔的声音：“你看窗外，下雪了！今年的初雪。迟梨，我现在来接你好不好？”

迟梨猛然意识到自己还在咖啡馆，忙婉转拒绝：“啊……我在外面买衣服呢，六点，你六点到家等我。”

“好的。”

“迟梨！”刚刚放下手机，就听到一个熟悉的声音，迟梨抬头，看到咖啡馆的门口走进来一对中年男女。男的穿灰色羽绒服，戴着围巾，女的则穿着白色的羊绒大衣，系着红色丝巾，虽都已年逾半百，但他们穿着得体，气质儒雅，只是脸色都阴沉着，进门发现迟梨，便噔噔地往她的方向走。

“妈妈？”迟梨惊讶地站起身，随即高兴地拉住母亲的手，“您好点了吗？”

啪！一记响亮的耳光落在迟梨的脸上。

身后的迟父迅速按住妻子的手将她拉进怀里，柔声劝道：“不是说见到女儿好好说话吗，怎么又发火了？小梨，快来扶住你妈，这前几天刚犯一次心脏病……还愣着做什么？门口有车，先把她扶过去啊！”

迟梨放下捂住脸颊的手，也顾不上火辣辣的痛感，咬咬唇，上前扶住母亲，低头出了门。

迟父拿起她放在沙发上的包和手机，快速跟上去。

门口果然停了辆出租车，迟梨把母亲扶上车，只见父亲帮她关上门，就坐到了前排副驾驶座。

“爸妈，我晚上约了人……”

“什么人比你妈还重要？没看你妈正难受着呢。”迟父低斥一声，迟母忙配合地哼哼了几声，眉头紧皱着，手捂着胸口。迟梨悻悻地闭嘴。

车子开了一会儿，雪倒是一直没停，飘飘洒洒地落在挡风玻璃上，轻柔如梦。

迟梨习惯性去摸手机，结果包在父亲那里，她拍拍他的肩膀：“爸，手机给我。”

“要手机干吗？”一向温柔的父亲绷着脸。

“当然是打电话啊，取消约会也得跟人说一声吧！”她伸手去父亲的腿上拿包。

“不许打！”这时，母亲拉住了迟梨的手，“肯定是跟那个姓温的联系，迟梨，你给我听好了，妈妈不允许你再和他有任何来往！你要是敢打这个电话，就是要活生生把妈妈气死！听到了没有？！”迟母动了怒气，脸色变得苍白。

“妈！我就打个电话，约好了的事情就算不去，也要让人知道吧！”迟梨也来了脾气，难得地顶起嘴来，并硬生生地从父亲那里把包扯了过来。

结果，她刚将手机翻出来，电话还没拨出去，迟母便从她手里夺过了手机，并啪的一下扔出窗外。

车正好行驶在过江大桥上，紧接着，迟梨的另一部手机也被迟母找出来毫不犹豫地丢出了窗外，以抛物线的姿势坠入桥下的江水里。

“迟梨，我告诉你，今天爸妈专程跑来，就是要把你带回家去！从小到大，你都没让爸爸妈妈操过心，但是，最近你做的这些事，实在让爸妈太过伤心、失望！你不仅丢了自己的脸，还丢了全家人的脸，我和你爸当了一辈子教师，育人无数，绝对不会让你跟那个姓温的一起走上歧途！”

真心爱一个人，就是走上歧途吗？

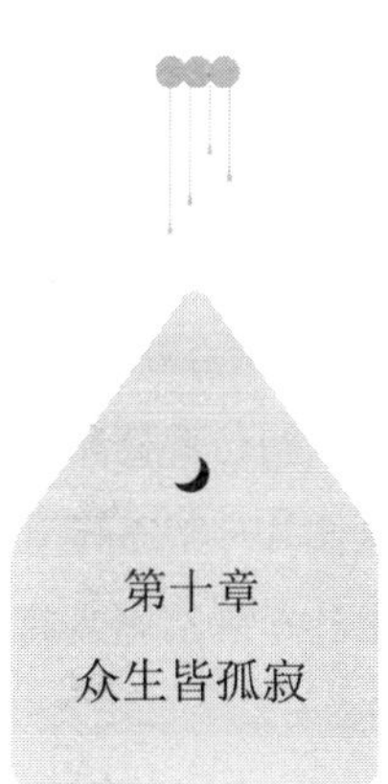

第十章 众生皆孤寂

入冬第一场雪，纷扬无声，飘飘洒洒。

地面的温度不够低，雪落地即化，消融的速度像一场猝不及防地到来又转瞬即逝的爱情。

雨刷不停地刮去挡风玻璃上的雪水，暖融融的汽车内，车载广播播报着当地新闻："据本台记者刚刚从前方发来的消息，玉南新区立交桥附近发生一起严重车祸，一辆玛莎拉蒂与一辆货车相撞，造成一死一伤。目前玉南立交桥附近车辆拥堵比较严重，请各位司机注意绕道……"

又是车祸，温屿舟抬腕看了下手表，已经下午六点十分了，车还堵在路上如蜗牛，司机不时探头出去张望，可前面汽车的尾灯在已经降下的夜幕里亮成一条长龙，也不知何时才能出去。

说好的下午六点去接迟梨，看来要迟到，他拿出手机给她拨打电话，准备让她耐心地等会儿，结果拨了几次，得到的回答都是"您拨打的电话暂时无法接通"，打了她另一个电话号码，也是同样的结果。

这倒奇了怪，难道是逛街没回去，手机没电了？

他正疑惑着，手机装载的某个 APP 推送了一条新闻，内容正是广播里那则交通事故，不过配有几张图片，他一眼看到玛莎拉蒂的车牌号，心中一个激灵，忙用手指点开。

接下来的十几秒，他的大脑仿佛停止了运转，轻颤的指尖只是下意识地滑动着页面，现场图片应该是围观市民拍的，并不清晰，但被撞瘪的车头和掉在地上的车牌清晰入目。那一串数字，他无比熟悉。

温屿舟是随着车辆的一阵颠簸清醒过来的。前方路通了，司机一脚油门踩得猛了些，赶忙回头带着歉意地看了他一眼，坐在后排的他却没在意，目光从身侧用纸包着的曼陀罗花束上掠过，终于下定决心似的，用手机拨通了一个电话号码。

他从来没主动拨打过却烂熟于心的十一个数字。

电话拨通了，里面传来一首悠悠的歌曲，一个淡淡的女声在唱：

“你睡着了，手掌紧握，

脸颊上有浅浅酒窝。

在这一刻，我看着你，

好多话想说给你听。

如果明天你就长大很多，

我会不会觉得不知所措。

你不再想让我牵你的手，

每天盼望从我掌心挣脱。

你也会爱上一个人，付出很多很多，

你也会守着秘密不肯告诉我。

在一个夜晚依着我的肩，

泪水止不住地流了一整夜。

和你一样，我也不懂未来还有什么，

我好想替你阻挡风雨和迷惑，

让你的天空只看见彩虹，

直到有一天，你也变成了我。”

他听着那些歌词，忽然生出些许恍惚之感，他从不知道像叶芷云那样在商场上叱咤风云、在情场上游走自如、像女金刚一样的人，会喜欢什么，柔情的歌曲？哀艳的曼陀罗？

她是他的母亲，是把他带到这个世界上的人，而无论是他，还是她，他们都从未享受过人世间正常母子该有的骨肉之情、天伦之乐，而总是用冰冷、横眉、指责与怨恨来对待彼此，仿佛是前世的宿敌。

音乐消失，连单调的嘟嘟声也终止，他看了看无人接听的手机，换了个电话号码又拨了出去。

天空乌云堆积，夜色密不透风，雪像暮春被摇落的梨花，零零落落地飘散下来。

叶弥的电话也是响了很久才打通，温屿舟刚喂了一声，就听到那头传来凄楚的哭叫：“阿舟，你快来！妈妈她，被车撞了……”

“你在说什么？”过了很久很久，温屿舟才艰难地开口，轻轻说出这几个字，他还有点生气，因为他特别讨厌叶弥管他的母亲叫妈妈，虽然他从来没叫过，但他也不希望“妈妈”这个专属称呼被别人抢走。

“阿舟……”叶弥只是哭哭啼啼，通话背景很乱，似乎有救护车的鸣笛声和许多人的说话声。

温屿舟感到脑海一片空白，但他还是沉声道：“不是说好等我过去吃饭吗！她这个时候又出来做什么？不可能，我不相信！”

“阿舟，是真的！一辆闯红灯的货车撞了我们的车……我们现在在救护车上，你到医院来，快，我们要去附近的……”

啪。是手机滑落到脚下的轻响，他感觉自己正处于一个巨大的梦魇当中，周围的一切都是假的，刚才的通话是假的，车里的广播是假的，连此刻身处何方，大脑也产生了极度的不确定感……目光从他跑了七八条街才买到的鲜艳如血的曼陀罗花上掠过——

“温总，温总……”车不知何时停了，司机的声音将他扯回现实。

他蓦地回神，听到司机说：“小满来电话，让我马上带您到第二医院……”

货车是从玛莎拉蒂左侧直接撞过来的，司机当场死亡，后排左侧位置的叶芷云重伤昏迷，唯一幸运的是副驾驶座上的叶弥，仅胳膊和脸受了点轻伤。

温屿舟赶到医院时，抢救室外已经站了一大堆人，一名医护人员正在给执意要守在抢救室门口的叶弥清理着脸颊上的伤口，有碎玻璃被清理出来，年轻的女子痛得面无血色，把嘴唇咬出白印来，却没有掉泪。

直到温屿舟的身影出现，叶弥的脸刚被护士用纱布包好，抬头看到那人匆匆奔来，仿佛顷刻找到依靠，眼泪也顿时流了出来：“阿舟！”

温屿舟只是看了她一眼，便脸色煞白道：“她呢？”

抢救室门上的灯亮着“手术中”三个字，他一把抓住给叶弥包扎的护士：“里面的人怎么样？她会不会死？”

护士被吓了一跳，禁不住生气道：“你干什么！里面正在抢救，不要大声喧哗！”

叶弥赶忙拉开温屿舟的手，小护士收拾好器皿快步离开。

温屿舟正要说什么，这时门口的灯突然熄灭，过了一会儿沉重的门被缓缓拉开，一名医护人员摘下蓝色口罩道：“哪位是病人的女儿？”

叶弥赶忙站起身。

“病人要见你。”

“大夫，她怎么样？”

“待会儿主刀大夫出来，你再问吧。赶快进去，病人可能撑不了多久。”

叶弥有些忐忑地看了温屿舟一眼，这一刻的他反而很安静，目光沉沉地站在那里，像一棵挺拔的树，却又隔着距离。

过了一会儿，叶弥拉开门，温屿舟蓦然抬头，眼中露出星光，然而，很快，那点光芒暗淡下去，因为他听到叶弥在喊律师：“张律师，叶总叫你。”

温屿舟静静地坐在长椅上。

夜渐渐深了，走廊上寒气甚重，小满不知何时也赶了过来，看看浑身散发着沮丧气息的温屿舟，也不知该怎么安慰，忽然想起那个叫迟梨的女孩，如果她在的话，大概会好很多吧。

叶弥又回到温屿舟的身旁坐下，轻声说：“她在立遗嘱。”

温屿舟不置可否地看了她一眼，目光依然阴沉，什么都没说，却让她感到一股莫名的压迫感。

“在她心中，你才是她的孩子。”他忽然道，嘴角似有一抹凉薄的嘲讽。

叶弥低下头去，拼命摇头，有泪从眼里涌出：“阿舟，不是的，她只是……”

“没关系，毕竟，比起我来，你更像她的孩子。”温屿舟靠向椅背，疲倦至极似的闭了闭眼，“你们为什么会出现在玉南立交桥？”

出租车一路从玉市驰骋至棠安，迟梨被带回家关了起来。

她一个大活人，迟父、迟母想要将她彻底囚禁起来，自然是不可能的，但他们有撒手锏，那就是迟母的病。

就在迟梨家这套一百多平方米的房子里，迟母负责看管，迟父负责做饭买菜以及满足女儿提出的一切合理范围内的要求。但只要迟梨找借口要出去，迟母必定捂着胸口犯心绞痛，这么一来，迟梨是真的寸步也离不了家门。

她尝试着跟母亲沟通、谈心，讲事情的真相，可迟母根本不听，也不为所动："反正你也辞职了，正好在家陪妈妈一段时间。"

"你担心他到处找你？既然你说他知道咱家的地址，怎么不见他找上门来？几天过去了，也不见他的人影，说不定他身边早就换了女人……哼，那种有钱人……"迟母的唠叨听得迟梨耳朵疼，可是，三天来，家里的确静悄悄的，除了迟父定时买了菜回来做饭，连门都不响一下。

"说不定他来了，却被我爸赶走了呢？"迟梨恨恨地拍着靠枕道。

这时，正在厨房做饭的迟父探出头来喊冤："天地良心，我连那人什么样都没见过，更别说赶人走了！"

一家人正吵嚷着，门铃破天荒地响了起来，迟梨噌地从沙发上跳起来，但被母亲一把按回去："你待着，我去！"

迟梨愤愤地翻了个白眼，悻悻地撕开一包薯片，自暴自弃般往嘴里塞。

"啊呀呀，知繁来了呀，真是好久没见了……快进来！"

迟母的声音甜得像刚喝下二两蜂蜜。把乔知繁请进门后，转眼看到自己女儿捧着薯片、穿着睡衣、盘腿坐在沙发上的样子，迟母的脸色瞬间晴转多云，声音也带了怒气："小梨，知繁来了！"

"哦。"迟梨淡淡地转脸，继续低头吃薯片，间或看一眼电视上的综艺节目，跟着哈哈笑两声。

迟母一脸怒其不争，还是隐忍着没发火，忙不迭地去厨房洗了水果、泡了茶送上来，语气亲热道：“还不到周末，你怎么回来了？”

乔知繁依旧衣冠楚楚、笑容和煦：“替一位客户来向叔叔求幅墨宝，听姑姑说，阿姨身体不大好，便过来看看。您好多了吧？”

“好多了，好多了！唉，还不是被这丫头气得……”迟母笑着，又瞪向迟梨，见乔知繁的目光不住地往女儿身上瞟，猜他可能是有话要说，于是起身去厨房叫了自己的丈夫，“老迟，知繁过来了，再加道菜吧，时间还早，咱们去超市转转，让年轻人在一起聊一会儿！”

“好、好！”迟父摘下围裙，同乔知繁打了个招呼，老两口挽着手出了门。

防盗门砰的一声关上时，迟梨啪地扔掉薯片袋子，一把攥住乔知繁的胳膊，双目晶亮：“救我出去，我被他们软禁了！”

乔知繁好整以暇地盯着她抓住自己手臂的根根玉指，眯起眼笑：“我为什么要救你？你又不是我女朋友。”

迟梨倒吸一口凉气，松开手：“你这就没劲了。”

“怎么没劲了？”他笑得清浅，好看的脸凑得近了些，根根睫毛分明。

迟梨身子往后退了退：“你不喜欢我，我也不喜欢你，说这些可不就没劲吗。”她拿了个靠枕抱在胸前，眉眼低垂着。

乔知繁叹了一声：“你不喜欢我，我早就看出来了，可我从没说过不喜欢你啊！”说着，他摆出一副含情脉脉的样子，双眼柔情似水地盯着她，“你看我这眼神，像是不喜欢你吗……”

回答他的是迟梨的一个抱枕。

砰！软软的枕头砸到乔知繁的脸上，他的戏演不下去，噗的一声笑了起来："得了，你抓紧时间洗把脸，在你爸妈回来之前，我得带你走。"

鉴于迟母对乔知繁这个理想型女婿百分之百的信任，迟梨终于得以逃脱。

二十分钟后，她坐在乔知繁的车后座上，一边打开化妆包化妆，一边问："你是怎么知道我在家里的？"

"焦扬告诉我的。"后视镜里，迟梨看到乔知繁的嘴角浮起一丝微笑。

"哦。没想到你还认识我表姐。"迟梨在心里其实有些怪焦扬，如果不是她把照片的事告诉迟母，也不会有后面这些事。

她正这么想着，乔知繁却道："她说你肯定心里在埋怨她，不过，那晚听到你情绪崩溃大哭的声音，后来又联系不到你，她着急了，才告诉了你妈妈的。今天也是她让我来搭救你的。"

迟梨停下刷睫毛膏的手，忽然想到什么似的："我记得她不久前刚和一个海归分手，你这么了解她，不会……"

车在有红绿灯的路口停下，乔知繁微微转头，道："对，我就是那个前男友。不过，就在昨天，我们复合了。"

见迟梨惊讶得半天合不上嘴，乔知繁笑笑把车开向高速收费站："温屿舟那边出了点事情，这会儿，他可能需要你。"

迟梨刚刚将化妆包盖住，听他这么一说，手一松，化妆包掉到了脚下："他怎么了？"

"曹叶集团的副董事长出车祸去世，把所持股权全部留给了温屿舟。我一直以为温学长是孤儿，没想到他生母竟是这么厉害的人物，也难怪……"

"你说什么？谁车祸去世……"

“叶芷云。大家都在传，她临终前立了遗嘱，股份全留给亲生儿子温屿舟，曹叶集团现在已经炸锅了。”

叶芷云，温屿舟的妈妈……她怎么会死？

迟梨借用乔知繁的手机搜索浏览了关于叶芷云车祸的所有新闻，对照和自己相约的时间、地点之后，她颓然地靠在座椅上，双手深深地插进头发里。

车已经到达玉市，乔知繁在一条马路边停下，回头看她，她瑟缩成一团，原本描画得极美的脸庞毫无血色，像一张失了魂魄的空壳。

她瑟瑟发抖地抬头看他，目光呆滞，语无伦次：“我大概……犯了一个永远也不会被温屿舟原谅的大错……”

如果她不打给叶弥约叶芷云出来见面的话，也许就不会有这场车祸；如果她选的见面地点是叶芷云家附近而不是上次见面的咖啡馆的话，或许也不会有这场车祸；如果……

迟梨幻想着无数个假如，然而，残酷的世界没有时光机，也没有任意门，没有什么可以让她穿越回去，重新选择和改正错误的机会——发生了就是发生了，失去了就是失去了。

有时，这个世界坚硬如铁、冷酷似冰，你再痛哭流涕、捶胸顿足，也无法使它打开一条宽容的裂缝。

她不知道温屿舟会在哪里，更不知道她不在的这几天里，他是怎么过来的。

迟梨找了很多地方，从家到公司再到叶家，最后终于在小满的指引下找到了温屿舟。

到达墓园时，已近黄昏，雪花混着小雨湿淋淋地打在身上，令人浑身发冷，迟梨没有带伞，匆忙离家时，衣衫也穿得不够暖和，脚上是一双浅色的细跟皮鞋。

一路泥泞，她的身上、脚上已被泥水弄得不成样子，好在就在鞋子快要报废时，她看到了他。

松柏森森中，他一袭黑衣，撑一把黑伞，雨雪横飞，夹杂着山间的雾，没多久，他的身影便被掩映得绰绰不清。

迟梨走了过去，才想起两手空空，来祭拜亡者，至少应该献一束花。

墓碑前有花，是殷红的曼珠沙华，又名彼岸花。佛经记载："彼岸花，开一千年，落一千年，花叶永不相见。情不为因果，缘注定生死。"

雨雪打在伞上犹如低语。

他应该是知道她来了的，只是没有转身，冷峻而挺拔的身影立在那里，也似一株沉默的松柏。

迟梨在他的身后，轻轻地唤他："屿舟。"

滴滴答答，是天地山间给予她的回答。

风裹着雨雪，是刺骨的冷，迟梨的衣服很快湿透了，她伸手扯扯他的衣袖，伫立如雕像的人终于转过头来。

雨雪打湿眼睛，她抹了把脸上的水，仰头再次唤他："温屿舟！"

温屿舟把伞缓缓移至她的头顶，这一刻，他还是爱着她的吧，她心里一暖。只是，他的神情哀伤到令人绝望，那曾如星海般温柔注视过她的眼睛变得暗淡无光。她听到他呓语般的低喃："就在几天前，我还幻想着我们两个并肩站在她面前的样子……没想到，你和我一起出现……是在她的墓碑前。"

迟梨咬紧了下唇，不让自己哭出来："对不起，那天我父母突然过来……"

"你为什么约她见面？"他并不听她解释，忽然盯着她，目光森然。

迟梨愣住，一时不知该怎么开口："我……我只是想……"

嗫嚅了半天，她还是无法将本意表达清楚，温屿舟看着她，渐渐地，目光变得失望和受伤。他别过头，望着远方被云雾遮挡的山峦，语气沉痛：“迟梨，我真的宁愿相信你和这件事没有任何关系，可是，为什么，偏偏你要在那个时间约她？而出事之后，你又销声匿迹？那个晚上，你可知道，我有多绝望、多无助……我给你打了无数个电话，告诉我，那个时候你在哪里？

“也许，比起我，你更爱的是自己。”他低头苦笑，见她眼角有泪，他蜷起手指轻轻地擦去，嘴角温柔地上扬，眼神却慢慢地失去了温度，“约她出来见面，不会是曹存风的主意吧？”

“你在胡说什么？”迟梨身子猛地一震，抬头迎上他阴沉宁静的脸，声音止不住地颤抖，“为什么要牵扯到曹存风，我跟他有什么关系！”

“什么关系，大概只有你自己清楚。”

啪！迟梨恨极，一个耳光打到他的脸上，他白净的脸颊很快泛起红印，他凝了眉，手一松，雨伞随风离去，两人面对面暴露在阴森寒冷的雨夜里。

“你怎么能这么说我……”迟梨捂脸大哭，“我约她只是想和她聊聊你……你那么在意她，我不过是想帮你！”

夜幕就要降临了，隔着触手可及的距离，两个人却感觉那么遥远，温屿舟心头剧痛，却咬牙道：“那么，我还应该感谢你了！”

迟梨难过地蹲下身子，只是一味地摇头流泪。

只听温屿舟又道：“钻石良宵那晚，从你被曹存风带走，到我把你带出来，这中间至少有一个小时，曹存风如果真要对你做什么或者拍照的话，时间应该是绰绰有余，可为什么你寄给我一沓照片，说鉴定过全是假的？在我被带走审问期间，你自己去找曹存风，又和他说了什么？你们达成了什么协定，让他给你一沓假的照片？是不是真的照片还握在他的手里，而你，担心自己名誉被毁，不得不受曹存风的控制，听他指挥……”

迟梨疯狂地摇着头：“你疯了，温屿舟，你真是一个疯子，为什么会臆想出这么多故事来？！我如果真像你说的那样……”她缓缓地站起身，用流着泪的眼睛深深地看着对面的男人，“这就是你眼中的我吗？温屿舟……你太让我失望了。”

她转身欲走，忽然听到发狂似的怒吼：“是你害死了她！迟梨，如果不是你打那个电话，她不会匆匆出门，不会被车撞死。是你，让我彻底失去了她！”

迟梨回过头，红肿的眼眶里分不清是雨水还是泪水。她忽然冲到墓碑前，扑通一声跪在泥水里，重重地磕了三个头，然后起身，缓缓地看向温屿舟，看向这个让她爱到痛心又绝望到痛心的男人，一字一句道：“所以，我会付出代价。”

付出这辈子最沉重的代价，那就是，失去你。

“温屿舟，我们分手吧。”

雨雪霏霏，黑沉沉的夜幕，一瞬间便压了下来。

第十一章 曾经沧海深

迟梨再次见到温屿舟，是在东哥的庭审现场。

迟梨坐在最后一排的角落，隔着几排座位，遥遥地看到他的背影。

他注视着庭审席，后背挺直如雕像般，在整个审判过程中几乎一动不动，然而，没有人知道，当被告席上的东哥冲他咧嘴一笑时，他的眼泪差点汹涌而出。

最终东哥被判了三年，主审官木槌落下的一刻，迟梨听到东哥妻子的哭声，紧接着是他儿子童童的。

迟梨看到温屿舟站了起来，视线始终追随着东哥那高大却憔悴的身影，直到那道身影彻底消失，审判大厅里的所有人离开，他仍如一棵树般，孤零零地站在那里。

此时此刻，或许他也需要一句安慰、一个拥抱，而她就在离他不远的身后，却再也没有了安慰和拥抱他的资格。

迟梨转身离开法院，走到街上，发现到处都挂上了红红的灯笼，原来，寒冷的冬季就要过去，春节就要到来了。

路上，她给表姐焦扬打了个电话，想拜托她帮忙卖掉自己在玉市那套小公寓。

“你疯了，这时候卖房？你那地段现在房价疯涨，过两年只怕要翻一番。”

“等不了两年了，我想春节后就离开玉市，不卖房，我哪有资金申请出国？”

“你要出国？干什么，旅游散心？”她和温屿舟分手的事，焦扬已经听说了。

“我申请了到英国留学，所以最近要专心复习，赶快拿到offer，房子的事，就辛苦你了！”她淡淡地笑着。

焦扬顿了一下，道：“你不是来真的吧？小姨和姨夫就你一个孩子，他们允许你一下飞那么远？”

迟梨道：“二十几年来，我都按照他们的意愿生活，现在，我也想听从自己的内心活一回。再说，现在航班很多，从玉市到伦敦，十个小时就能抵达，他们来看我或者我回来都很方便。”

焦扬叹息：“什么时候走？”

“如果顺利拿到offer，应该明年三月出发。”

“他知道吗？”

迟梨当然知道焦扬口中的“他”是指温屿舟，顿了片刻，她轻轻地笑：“我们没有再联系，大概也不会再见面了……姐，你说忘记一个人需要多长时间？”

“我不知道。”焦扬如实坦言，语气沉沉，“曾经沧海难为水，除却巫山不是云。我的经验是，假如真的深爱过，无论多久，也终难忘掉……小梨，如果你出国只是为了逃避……”

“我只是厌倦了这里，厌倦了这种生活。姐，你快点帮我卖掉房子，价格低一点无所谓，我要尽快筹到钱。”她不愿过多地提到那个人。

焦扬道了声“好”，又说：“不过，春节后我结婚，到时要请你来当伴娘，在我举行婚礼之前，你可不许走。”

迟梨惊喜地呀了一声：“真的啊？是和乔知繁吗？”

“还能有谁？”焦扬大笑，“我也没想到，兜兜转转，最后还是他，听他说了，小姨和他姑妈还介绍你俩相亲，我快笑死了！”

迟梨道：“你还笑，我现在尴尬死了，改天你和乔知繁一块去我家吧，看我妈到时候什么表情！”

“得了，别又把小姨的心脏病气犯了……”

和表姐一阵嘻哈打趣，多少驱散了迟梨心中的一些凄惶感，天冷得出奇，她穿着厚厚的羽绒服，仍觉得鼻尖、耳郭冻得生疼。

看到路边有家甜品店，迟梨停住脚步，想到里面买杯热饮，谁知一停步，身后有个人影似乎没刹住脚，一下竟撞上前来。她忙闪到一边，那个男孩稳住身形，一副羞涩斯文的模样，竟是温屿舟的助理小满。

“你？”迟梨惊讶。

小满面色通红：“不好意思，我眼神不大好……迟小姐，我不是故意撞你的！”

迟梨抿抿唇，正要说声没关系，眼前的男孩已经拔腿快步跑开，冲向了远处路口一辆深色的汽车。

那车……迟梨还没看清，车子便已经启动，转眼消失不见。

接下来的时间，迟梨都待在棠安，每天勤学苦读，专心准备出国留学的事。

不过，对于这件事，她的父母也没有过多干涉，只是在她申请报哪所大学时有了分歧。父母的意见是申请美国的一所名校，而她则选了英国一所历史悠久的学校，并且坚决不肯妥协，因为，她知道，父母选的那所学校，恰好是温屿舟的母校。

而她既然选择与他分了手，就不愿再听到或者见到和他有关的一切，以免睹物思人，更加伤心。

是不是每段爱情的最终结局都是伤心再伤心？

爱情真是个千古难题。

除夕夜，迟梨一家三口与外公还有大姨一家一起热热闹闹地吃了顿年夜饭，宴席散后，焦扬拉住准备跟父母回家的迟梨挤眉弄眼："到外面跨年去？"

"乔知繁约你了？"

"嗯！还有其他朋友，你也去透透气，大过年的，回去看春晚啊！"

"过年当然看春晚。"迟梨笑，"你去吧，我想早点睡。"

"孤家寡人的，睡什么睡，跟姐玩去，我跟小姨说——"迟梨来不及阻拦，焦扬已跑到前面扯住迟梨的母亲嘀嘀咕咕、又摇又扭地撒了阵娇，只见迟母笑着点了点头，焦扬跳起来抱了迟母一下，雀跃着向迟梨跑来。

"你家太后恩准了！走吧，咱们到前面路口，知繁在那等着呢。"

虽是小小的棠安市，除夕夜里却分外美，宽阔洁净的道路两边，高大笔直的行道树上缠满闪烁如星的彩灯，楼宇、桥梁也都闪烁着七彩霓虹，澄净宽阔的河水安静地流淌，映着城市霓虹的星星点点，仿佛梦幻秘境。

"如果再下一场雪，就更完美了！"趴在车窗边欣赏夜色的迟梨喃喃道。

"没雪也不要紧，我们去河边放烟花，比下雪更美！"焦扬兴奋道。

夜晚临河路上车辆本就不多，呼啸着从车畔奔驰而过并放肆地按上两声喇叭的几辆车上，也都是焦扬和乔知繁约出来玩的朋友。

没多久，车就开到了远离市区的河畔空地，这里人烟少，地方空旷，又没有易燃物，是放烟花的绝佳场所。

来了三四辆车，迟梨瞟了一眼，都是价值百万以上的车子，再看看车上下来的男男女女，一个个衣着光鲜，笑容肆意，想必不是富二代，便是事业有成者。

有人从车里搬出一箱箱烟花在河滩放好，有人拿出啤酒、饮料，甚至还有一把吉他。

一切收拾妥当，大家三三两两地在河边找了地方坐下，等待两个小伙子下河滩将烟花点燃。

咻！第一朵烟花蹿入半空，然后嘭的一声炸裂成一张绚烂的笑脸。

大家欢呼起来，紧接着，更多的烟花不断欢叫着升腾入空，映亮了清澈的河水和河畔围坐欢笑的一群人。

迟梨原本是和焦扬一起靠在车门上坐着的，但因为乔知繁在河滩放烟花，焦扬自然按捺不住，便撇下她跌跌撞撞地奔到河滩去，和乔知繁一起点烟花。

有人递给迟梨一罐啤酒，她道了声谢接住，仰头看着那些烟花，慢慢地模糊了双眼。

她想他，想那晚凤泉山上，她与他并肩看的一场烟花。

迟梨并不知道那场烟火的燃放者是谁，只知道那些星火将她的心彻底烧成一片荒原。

温屿舟，你还好吗？

现在的你，还在恨着我吗？

“这么美的烟花，的确会让人流泪。”一道声音传入耳中，迟梨回神，泪眼模糊中看到一名相貌俊秀的年轻男人递了张纸巾过来。

她道了声谢，低头擦掉眼泪。

“你好，我是知繁的朋友南柯。”男子穿着白色羽绒服，年轻干净的一张脸还有着青春的余韵，迟梨觉得他一定比自己年纪小。

“是南柯一梦那个南柯吗？”她轻声问。

男子笑了，露出洁白的牙齿：“是的！你呢，怎么称呼？”

耳畔传来一阵喧哗，间或夹杂着掌声、口哨和欢呼声，迟梨转头去看，原来是河滩上的乔知繁和焦扬正在烟花的背景下拥吻。

一对幸福的人。

看来，今晚迟梨要自己回家了。

见迟梨起身裹好围巾，南柯也站了起来，高高瘦瘦的，像一棵春天的小白杨：“怎么，你要走吗？待会大家一起跨年，多热闹！”

迟梨摇摇头，热闹是他们的，她什么也没有。

南柯继续挽留：“无聊的话，我陪你喝酒？看你一脸愁容，喝点酒，什么烦心事就都忘了。”

迟梨仍摇头：“谢谢，我戒了。”自打上次那件事后，她发誓再也不碰酒。

南柯一脸惋惜的样子，见她执意要走，忽然道：“我弹首曲子给你听，待会儿你如果想走，我开车送你，我看知繁他们可能要玩到很晚。”

原来，吉他是他带来的。

迟梨重新找了块地方坐下，南柯抱着吉他，柔软的黑色头发遮住一半眼睛，修长的手指随意拨了几下琴弦，一串婉转的音符如水流出，他轻轻地哼唱：

“清清的河流，

静静蜿蜒在你的双眼。

你的微笑牵动着涟漪，

荡漾在湖面。

青青的山脉，

缓缓起伏在你的眉间。

你的沉默，牵动着晚风，

轻轻吹过我耳边。

你是深山百合花，

默默绽放不说话，

摇摆山风最轻柔的抚慰。

仰望满天的星光，

深山的百合花沉睡在我梦境远方，

伴着思念最遥远的飞翔，

还有今晚的月光。”

南柯的声音很好听，清越中充满柔情，一曲终了，迟梨禁不住轻轻鼓掌：“真好听！”

“我和几个朋友组了个乐队，偶尔会在酒吧演出，纯属玩票性质，你有兴趣的话，到时请你去看。”南柯笑起来，两眼弯弯似新月，他放下吉他起身，“走吧，送你回去。”

迟梨本想跟焦扬说一声再走，但看她正跟乔知繁难舍难分地缠绵着，迟梨只好作罢，在微信上给她留了言，坐上了南柯的越野车。

车里很干净，音响里放着一首温婉忧伤的歌，迟梨恰好听过，是任素汐的《我要你》。她一言不发地听着，胸腔被满满的情绪充斥着，身畔的人时不时投来一眼，她并不为之所动。

可是，谁知道她越是这样沉默忧郁，偏偏越是有了引人入胜的气场，年轻的南柯一眼眼瞥过去，忍不住看她的眉眼、头发、神情，哪怕她一动不动地坐着发呆，他也觉得美好得就像一场梦。

“你想找个地方再玩一会儿吗？”他试探性地发出邀请。

迟梨仿佛从梦中清醒，哦了一声："你说什么？"

南柯笑笑，望向前面的道路："你家快到了，我的意思是，如果你不想一个人回去待着，我可以陪你。"

"不用了。"见车在路边缓缓停住，迟梨解开安全带，伸手去触门把手，"今天谢谢你。"

"喂——"一只手忽然覆上迟梨落在车门上的手，南柯的呼吸有些急促，白皙的脸上泛着羞涩的红，"你还没告诉我名字。"

迟梨僵了一下，轻轻抽出手："我叫迟梨……不早了，你回去吧。"

她打开门，正欲下车，身侧那只手猛地抓住她的手，湿热的触感从指尖传来，紧接着，她听到这个认识不到一个小时的男孩用极轻的声音道："迟梨，我可以追你吗？"

除夕夜里，雪花竟然真的飘了下来，凉凉地扑在迟梨的脸上，她慢慢地转身，脸上泛起一丝微弱但明亮的笑意："谢谢你，南柯。"

她再一次毫不犹豫地抽回了手，淡淡道："我刚和男朋友分手，所以可能很长时间内不会再谈恋爱。另外，明年三月，我就要出国了。"

"再次感谢。"迟梨转身，冲车里浑身散发着失落气息的男孩微微颔首，然后大步离开。

雪从天空飘下来，悠悠地打着旋儿，落在她的肩上、头顶。她低头慢慢地走，待要步入小区大门时，忽然瞥见一抹熟悉的身影。

脚步渐渐近了，她发现那个身影就是他。

爱到入心入骨的，有时仅凭一个影子就认得出，那是他。

温屿舟直直地看着她，灯影里，英俊的脸躲在黑色高领毛衣里，瘦了些，却更显五官凌厉，黑而深的眼眸像要看穿她似的，一寸也不肯偏移。

没有办法无视，没有办法假装若无其事地走过，她发现双脚像生了根，紧紧地扎在地面上。

雪花飘下来。

他插在黑色大衣里的手拿出来，不知何时，轻轻地触到了她的脸颊。

“迟梨。”

迟梨一动不动，太久没有听到这个声音，她恍惚以为是在做梦。

温屿舟的唇轻轻弯了弯，眼中像坠入了一万年的星河，满是璀璨的亮光，令迟梨禁不住想起方才的漫天烟火。

“我很想你。”指尖缓缓抚触在迟梨的脸颊、耳畔，她浑身像蹿过细小的电流，微微战栗着，但很快，她清醒过来，扭开了脸。

“温屿舟，我们已经分手了。”她不带感情地说完这句话，忽然闻到他身上有浓浓的酒气，“你喝醉了。”

担心他是酒驾过来的，迟梨抬头看向四周，不远处的路边停了辆黑色的车，驾驶位上坐着司机。

看样子，他在这儿有一会儿了，刚才南柯送她回来，想必他也看到了吧。

温屿舟摇头：“我没醉，只喝了一点点。”他用手比画着，样子有点可笑。

“今天去山里看了爷爷。”他自顾自地道。

“他老人家……还好？”

“嗯。一下就认出了我，还叫了我的名字。”温屿舟的声音暖暖的，又温柔，迟梨在想，如果不是之间隔着那些龃龉，他和她就这么平静而温馨地聊聊天、说说话，该有多幸福。

“那挺好。”迟梨匆匆道。

温屿舟不知道，在他们分手后的日子里，迟梨也曾去寺里看过迟爷爷。她一个人爬上那座山，空相寺里的神佛依旧安详，而山上的野花都已败落，她独自在半山腰的亭子里坐到日落，后来迟爷爷找了上来，把哭得眼睛通红的她带下山，临别时还送了她一个红红的大苹果。

那苹果她只咬了一口，真甜，仿佛用蜜做的，大概是迟爷爷看到她心里苦，所以才给她那个苹果吧。

而迟梨也不会知道，今天的温屿舟是如何像个孩子般抱着迟爷爷的肩膀失声痛哭。

“我告诉了他有关叶芷云的事，爷爷在寺里为她供了盏灯。”他低低地说。

“那很好。”迟梨道。

接下来，似乎便没有什么可说的了，空气沉默，唯有城市上空不断升起别人点燃的绚烂焰火。

“我要走了。”始终低着头不肯与他对视的迟梨终于在此时缓缓抬眸，眼中有泪，却不肯流，像星光蕴在眼底，衬着她浅浅的微笑，“温屿舟，新年快乐。”

“新年——快乐。”

等他说完这四个字，迟梨已经从他面前走过，纤弱的身影像一阵风飘过他的生命。

她从他眼前消失。

而他的胸部突然无比疼痛，是心脏，还是胃，他说不清，只觉得痛感不断蔓延，像藤密密麻麻地将他包裹了起来。

直到他单手扶墙慢慢地弯下身子缩成一团，远处车里等待的司机才察觉。

司机快步下车冲过来，惊慌地叫道：“温总，温总！”

惊叫声令迟梨猛地转身。

晚上接近零点，从病房里传来春晚主持人熟悉的声音。

迟梨站在医院的走廊上给母亲打电话请假，她骗母亲说，晚上和焦扬在外面跨年，可能要第二天才回去。母亲数落了几句，也拿她没办法，几个月后她就要出国了，母亲也不忍心管得太严。

打完电话准备返回病房，迟梨听到司机在跟温屿舟说话："叶小姐刚上高速公路就遇上了堵车，她说可能要晚一会儿才能赶过来。"

"谁让你跟她说的？多事！"温屿舟不悦，再想发脾气，体力却不允许，声音也弱下来，"她呢？"

"好像在打电话。"司机刚回话，迟梨推门走进来，温屿舟的心顿时放下，使了个眼色示意司机出去。

输液管里的液体滴滴答答，迟梨盯着那滴滴坠落的液体，轻声道："既然有人照顾，我就先走了……胃不好，以后少喝点酒。"

"迟梨！"温屿舟霍地坐起，忘了手背有针头，伸手便去拉她。

"呲——"果然针头被扯掉，殷红的鲜血顿时从针眼处冒了出来。

迟梨回头一看，吓得啊的一声，冲上去伸手按住针眼，大叫："护士，护……"

声音被吞没，因为他突如其来的吻。

不顾手背上鲜血不断往外冒，也不顾掉下的针头里药水汩汩地洇湿衣衫，他紧紧地揽着她，发了疯似的吻她。

他想她，思念如刺，日夜辗转在他的身体里，痛至四肢百骸，却无法自拔。

所以，此时此刻，他只想紧紧地拥抱她，跨越那些恩怨，再也不放手。

一旁的护士虽然尴尬，但看那些血不住地流出，终究忍不住喊出了声："哎呀，这……血流得太多了……不好！"

当然不好，当着不相干的人的面被突然强吻，迟梨也感觉非常不好！

她用力推开缠着自己的手臂，顾不得管他那只被血染红的手，逃也似的跑出了门。

病房里，小护士面色复杂地给温屿舟止了血、缠上了纱布，并给他的另一只手重新扎了针。

“小心点，别再弄掉了。”小护士柔声叮嘱一句，转身出门碰到另一个小护士，顿时变了个人似的压着嗓子拍胸口道，“哎哟，妈呀，我的男病人霸道极了，老娘的少女心……”

躲在角落里的迟梨简直没脸转身。

过了一会儿，司机走出来：“迟小姐，不好意思，今晚辛苦你了。”

“你要走吗？”迟梨赶忙走过来。

“是啊，温总好心，让我赶回去和家人一起过年。叶小姐大概天亮才能到，温总这里，还请你……”

司机四十多岁，正是上有老、下有小的阶段，迟梨体谅道：“没关系，我会照顾好他的。”

仅限于叶弥赶到棠安之前，一旦她到来，迟梨绝不会在这里多待一刻。

过了一会儿，她回到病房，温屿舟正闭目安静地躺着。

迟梨走进卫生间，打了盆热水，把毛巾放进去浸透又拧干，然后走到床边，轻轻抓起了温屿舟的手。

从手腕到手背上纱布的外缘，迟梨用热毛巾轻轻地擦拭着，擦完手背再擦手指，所有沾有血迹的地方，她都细心而轻柔地擦了一遍。不知何时，他睁了眼，目光沉沉地看着她，温热的手指蓦地收拢，将她的手握在掌心。

迟梨动作僵住，末了，淡声道：“还想再流血吗？”

他慢慢放开手，开口，声音嘶哑：“你还在怪我。”

迟梨哂笑，拎着毛巾起身，眼睛并不看他：“我没那个资格，你若不恨我，我便该烧高香了。”

他微微叹息：“别说气话，迟梨……我那时太冲动，说了许多伤你的话。”

还是想牵她的手，温屿舟坐起来，试探着用缠着纱布的手去碰她的指尖，却被她甩开。

她道：“我是看在除夕的分上才留下来，等天一亮，我就走……你好好休息，我在外面坐着。”

“外面很冷。”温屿舟道。

“我会去护士站要毯子，管好你自己就行，药水快打完了，就按铃。”她拿起外套就要出去。

温屿舟语气柔弱道：“那我睡着了怎么办？我睡着了，是没办法自己按铃的。”

“那我隔一会儿进来看……”她语气弱下来。

“不行。我不舒服。”

“哪里不舒服？”迟梨皱眉，凝神看他。他眉眼舒展，方才苍白的面色也已经恢复正常，澄澈的眼里似有星光，一点点地漫进她的心里。

“你一出去，我便哪里都不舒服。”

这是情话吗？真是够了，迟梨心里一阵烦躁，索性把外套扔到床上，拉了张凳子在床头坐下，没好气道：“行！我就在这儿坐着，你赶快睡吧！”

温屿舟得逞般抿唇浅笑，刚准备躺下，又想起什么似的挣扎着坐了起来，喊了一声“迟梨”，然后用手拍拍自己的旁边，轻声道：“坐一夜会很累，这床很软，要不要上来？”

迟梨瞪他一眼，气鼓鼓地把凳子挪到墙角，面壁而坐，只留了个背影给他。

温屿舟兀自扬唇，不再强求，心情是许久以来难得的舒畅。

零点钟声敲响时，耳畔远远传来钟声和烟花绽放声，见迟梨的身形动了动，温屿舟低低地道：“迟梨，新年快乐！”

迟梨转过身，正想说什么，忽然瞥见输液瓶里的药水已经滴完，忙冲过来按下床头呼叫器：“护士，麻烦换药！”

很快，门被推开，还是刚才那位小护士，拎了一罐花花绿绿的糖果进来，笑意盈盈地道：“新年快乐，这是医院给大家送的新年礼物，祝您早日康复！”

迟梨接过糖果道了谢，小护士一边给温屿舟拔针，一边笑道：“正好病人输完液可能会口苦，你剥颗糖给他吃。”

剥——颗——糖给他吃？说得那么容易，你倒是来剥啊！迟梨腹诽，拿眼去瞟温屿舟，正好撞上他温热含笑的目光。他道：“我要吃薄荷味的。”

薄荷味的……迟梨拧开糖罐盖子，低头翻找，半天没找到薄荷糖，随手拈了颗巧克力递过去：“只有这个。”

爱吃不吃。

他蹙眉、耷拉着脸，可依然好看得很：“手疼。”他哼道，随即微微张嘴，这是……要她喂？

小护士笑得一脸宠溺是怎么回事？

迟梨翻了个白眼，慢慢剥掉糖纸，把巧克力递到他的嘴边，他微微低头，张口，竟连她的手一起咬住。

轻微的刺痛像电流，迟梨猛地缩手，狠狠地瞪回去。他盯着她，却只是笑，眼里浮动着浅浅的欲望，围观了好一会儿的小护士终于看不下去地转身离开，临走还不忘体贴地关上了门。

又一瓶药水打完，拔了针，他该安生休息了吧。迟梨帮他把被子掖好，忽然想到什么，便红着脸道：“要上洗手间吗？”

黝黑的眼眸盯着她，他慢慢笑开，点了点头。

她只好扶他起来，去洗手间要到对面，她打算陪他，被他拦住：“我自己去。”

洗手间都可以自己上，吃颗糖倒需要别人喂？

过了一会儿，他回来，看样子用冷水洗过脸，发梢也湿漉漉的，迟梨将毛巾递过去，他接过来擦了擦脸，看起来神清气爽许多。

见他拿起衣架上的外套要穿，迟梨站起来：“你干什么去？”

温屿舟笑起来：“大过年的，窝在病房太没情调，我们出去走走。”说完，他连她的羽绒服也拿了起来。

“走吧。”

迟梨深吸一口气：“既然你已经没事了，恕我不再奉陪。”

她扯过衣服草草地穿上，拎起包就要出门，温屿舟快步上前，从身后将她抱住，声音绵软：“我只是觉得，除夕夜不该让你待在医院这种地方……迟梨，我刚刚问过，隔壁的酒店有间总统套房空着……”

迟梨冷笑，转身从他的怀里出来，目光里透着失望：“温屿舟，我们已经分手了，你觉得我还会跟你去总统套房吗？你把我当成什么了？”

温屿舟不说话，长长的睫毛低垂，快三十岁的人了，此刻竟像个做错事的孩子。

“医院里气味不好闻。”他低声道。

迟梨无语：“忍一忍就天亮了，你如果坚持住酒店，我也管不着，反正我马上打车回家。”

她又作势要走，没想到温屿舟很快坐回床上，三两下脱掉鞋和衣服躺倒，然后悄悄地拿眼看她。她生气地站了一会儿，看他真的闭上眼乖乖睡了，只好再次把门关好，拉过凳子坐下。她本来准备关灯，手放到开关上时，想起他睡觉时似乎怕黑，于是作罢。

谁知，灯却倏然熄灭，温屿舟的声音在黑暗中散开："认识你以后，我已经不再怕黑。"

空气归于寂静，入耳唯有远远的爆竹声和近在咫尺的呼吸声。

天光初亮时，叶弥的车终于驶出高速公路收费站，看看时间才六点，她便让司机找了家口碑不错的港式早茶店，按照温屿舟的口味喜好，买了几样粥和茶点，细心地用保温袋装好，放进车后座上。

等她补好妆，车也到了棠安市人民医院，叶弥按照温屿舟的司机给的楼层房号找上去时，走廊里还是一片安静。

尚不到查房时间，大多数病人都还睡着，她的高跟鞋敲打在地板上，发出噔噔的声音。快到温屿舟的病房门口时，她刻意放轻了脚步，门虽关着，但并没锁死，她轻轻地推开，侧身进去，一眼瞥到床上，顿时僵在原地。

狭窄的单人病床上，温屿舟修长的身躯弓着，胸前用双臂撑出的偌大空间里，一个女子依偎在他的怀里睡意正酣。叶弥脑中像有一列火车碾过，冒着火星的痛从太阳穴直抵心尖，手指狠狠地收拢，保温袋发出咔嚓的声响，床上的人动了动睫毛，随即醒了过来。

看到叶弥时，温屿舟的脸上并没什么表情，微蹙的眉头在垂眸看向怀里的人时却瞬间变得温柔。

动作极轻地起身下床，他把被子掖好，瞧她依然睡着，便拿起外套，轻轻出了房门。

走廊里，他背抵着墙，头也不抬，黑发遮去部分眉眼，却伸着手向叶弥要烟——平时香烟都放在车里，也许是心情烦躁，他忽然想抽一支。

"医院里不让抽烟，再说，你身体不舒服……"叶弥柔声道，"先吃点东西，我和司机跑了大半个棠安，才找到一家开门营业的早茶店。”

“烟。”他重复一句，不耐烦起来。

叶弥住了嘴，缓缓从包里取出一盒白沙烟。

温屿舟抖出一支香烟，习惯性地摸了摸衣兜，没带打火机，抬头去看叶弥，对方摇摇头：“我戒了。”

他只好作罢，把烟重又还给她：“我没事，你回去吧。”

“你先进去把早餐吃了，我待会去见医生，问下你的情况。”她不理会他的话，径自走向病房，打算进去把早餐打开。

“叶弥！”他大步上前，原本是怕她进去吵醒了迟梨，没想到伸手抓她那一下过于用力，她身子一歪，便径直往后仰，结果恰巧落进他的臂弯里。

门被打开，不知何时醒来的迟梨站在那里，三个人目光碰撞。

空气沉默，但在女人眼里，此刻的情形完全是剑拔弩张。当最先反应过来的叶弥看到迟梨的视线落在两人接触的肢体上时，她无声地一笑，颔首敛眉，风情万种地将脸做不经意状往温屿舟的胸口又贴了贴。

不过，她很快便被松开，温屿舟主动撤出一段距离，身子立得笔直：“你醒了？”

本来迟梨只想问，为什么一早醒来自己会在床上……可是现在，她觉得没必要再啰唆什么，瞧叶弥那眉眼含情、一身娇软的模样，若说叶弥跟温屿舟没什么，她定是不相信的。

迟梨垂下眼睫，淡声道：“麻烦让让，我要走了。”

温屿舟喊了她一声，她站住，微微偏头：“昨晚我不过是乐于助人，麻烦今后别再来找我，我不想与你再有任何瓜葛。”

新年的街道除了到处可见的喜庆的大红色，并没有显得多么热闹，好在太阳慢慢地跳出地平线，驱散了城市里的寂寥和清寒。

迟梨走在街上，看看时间，还来得及赶回家吃大年初一的头顿饺子。

焦扬的电话打过来，刚睡醒时的嗓音十分性感："可以啊，小妞，夜不归宿，跟哪个男人在一起？"

迟梨忽然想起对母亲撒的谎，便叫起来："你没揭穿我吧？我妈一大早就查岗了？"

"那可不！"焦扬打了个呵欠，"我在丽景酒店 707，你现在过来，咱们一块回家。"

"那个……乔知繁也在的话，不方便吧。"迟梨低低地笑道。

焦扬呸了她一声："装什么纯情，他早起来了，正在联系饭店，说中午请咱们家人吃年饭。唉，你要不把那小帅哥也带过来？"

焦扬声音里莫名带了点猥琐，迟梨笑得心虚："什么小帅哥？"

"南公子啊！"焦扬嗷嗷叫得夸张，"那可是咱们棠安首富南家的小公子南柯啊，麻省理工毕业，长得帅就罢了，还特别有才！欸，他给你唱歌了吧，我听一块儿来的姑娘说你坐人家的车走了……"

"打住，打住！"迟梨连忙澄清，"我根本没任何非分之想，那个南公子不过只是送我回来罢了。"

焦扬不相信地叫起来，迟梨叹了口气道："我昨晚和温屿舟在一起。"

并不是要复合，见到焦扬之后，她还是一再解释，温屿舟昨晚来找她，也并没有让她看到两人复合的希望。

虽然看着他时，她还是会心动，但心动之后心又更痛。

他们之间隔着跨不过去的东西。

"那，你要不要跟南公子试试？"和迟梨并排坐在乔知繁的汽车后座上，焦扬很认真地问，“忘记一段感情的最好方法是投入一段新的感情。再说，并不是所有的富二代都是草包，据我所知，南柯是很难得的好男孩，特别纯情。”

“可我并不是好女孩。”眼看车子在迟梨家的小区门口停住，她苦笑着推了一下表姐的肩，“我还是别祸害人家了。你赶快走吧，我妈还等着我回去吃饺子。”

“中午别忘了和小姨、姨夫一起到饭店。”

“嗯。”迟梨忽然失笑，“我还得提醒她带救心丸。”

迟梨走后，温屿舟就让叶弥替他办了手续离开医院。原本这次棠安之行，他也不过是为了看她一眼，只是没想到，最终竟难以自持到这般地步——看一眼便想拥抱，拥抱过后想要的就更多——甚至连那些恩怨过往，都想一并抛弃，只想牢牢地守住眼前这个人。

只是，可以吗？

呵气成霜，整座棠安城显得宁静又美好。

“今天高速公路免过路费，路上可能比较堵，我们尽早出发。”也学温屿舟给司机放了假，叶弥把车从停车场开至温屿舟的面前。

温屿舟坐上了车：“反正没什么事，我想回母校看看。”

叶弥很意外：“你是说棠安一中？”

她认识他这些年来，也曾一起回过棠安，但从不曾见他踏足过那个地方，甚至从他口中听到那个名字的次数也少之又少。

叶弥知道，那里有他不愿回忆的过去，于是，她把车开得很慢，仿佛这样才能配得上他在棠安那段缓慢沉郁的时光。

放了寒假，平日里喧闹的学校附近变得冷清，上次和迟梨来过的莲语茶馆倒开了门，叶弥把车停在店门外，问温屿舟是否要进去喝杯茶时，他摇头拒绝。

学校大门紧锁，但隔壁的公共体育场与学校的操场相邻着，中间的隔离网破了个大洞，温屿舟从洞里钻进去，进了学校。

路过一排排五层高的旧楼，哪些是男宿舍楼，哪些是女宿舍楼，哪几间是实验室，哪几间是电脑室，还有哪间是他曾经待过的教室，这些都从记忆的深处鲜活了起来。

脚步在一间破了两块玻璃的教室窗外停住，温屿舟的目光透过窗户落在满是灰尘的教室里的第五排第二个座位……

他轻轻地说："当时我就坐在那个位置，不知为什么，那天傍晚，教室里只有我一个。我在看书，突然门响了一声，几个黑影冲进来，我根本没看清那些人的样子，头上和身上便落满了拳头……有人用布蒙住我的头，我被拖走了，不知道什么地方的门响了一下，那些人便开始狠狠地踢我、踩我。到处是黑的，只有疼像一道光刺激着我的神经……我醒来的时候，天黑透了，我躺在操场上，刚下过雨，到处是湿的，我的衣服也湿透了……回到家，她正准备出门。那天，她穿得特别漂亮，红色的裙摆像云一样……当我一身血、一身泥地站在门口时，她骂了我一句'整天闯祸，怎么不去死'，然后就头也不回地坐车走了……后来我才知道，那天是曹存风的生日，他们在酒店举办了盛宴。"

叶弥很珍惜此刻的时光，阳光温暖，落在身畔男人的黑发上、肩膀上、大衣第二颗纽扣的钻面上，让她忍不住想把这些阳光收集，把和他在一起的每一分、每一秒都风干贮存。她低头看地面，两个影子亲密地挨着，是她和他这一生都从未抵达过的距离。

这些年来，她不声不响地生长，像一株野草、一朵野花，名为叶芷云的养女，其实更像叶芷云的丫鬟、仆从，谁会在乎一个仆从心酸又卑微的爱情呢？

习惯了收起心思替别人考虑的叶弥道："当年那场生日宴，我也在场。你可能不知道，宴会上，她和曹存风吵了起来。我第一次见他们爆发那么激烈的争吵，她砸了一个女明星送给曹存风的和田玉，曹存风掴了她一巴掌。”

脚步停下来，温屿舟的声音很轻：“也许是争风吃醋。”

“才不是，叶总……”她知道温屿舟不喜欢她叫叶芷云妈妈，便改口称“叶总”，她继续道，“叶总和曹存风与其说是夫妻，不如说是商业伙伴，谁也离不开谁，但谁也不管对方的私生活。曹存风在外面花天酒地，她从来不管，也不生气，她只在乎曹叶集团，那里面凝聚了她一生的心血。”

说到曹叶集团，叶弥的神色难以察觉地暗了一下：“现在，你应该明白，她在乎的只有你，她那么拼命，就是为了把曹叶集团留给你……如果不是出了意外，也许用不了五年，整个集团都会被她掌控。”

叶弥说这些，温屿舟倒有些不敢相信，但遗嘱的事，他还是觉得有些愧对叶弥。他曾以为叶芷云那么器重叶弥，应当会将集团的股份交给叶弥，没想到，临终前她立下遗嘱，曹叶集团所有属于她的股份由儿子温屿舟继承，留给叶弥的，只有她住的那套别墅和几辆车。

不过，温屿舟把曹叶集团的事务依然交给叶弥打理，一来是替母亲弥补对叶弥的不平等待遇；二来，叶弥本身就在曹叶集团任职，对那里的情况十分熟悉；第三，温屿舟看得出来，曹存风对叶弥似乎没有敌意，相反，倒有几分信任，这让他不得不对这个女人刮目相看。

她也许并不像他想的那么简单。

逛到曾经的电脑教室时，温屿舟脑中像有什么东西闪过，他忽然想起迟梨问了自己多次的问题：“你还记得我吗？”

时光迅速倒退至那个夏天的课堂上，一台台电脑在教室里嗡嗡作响，座位旁边的女生忽然手忙脚乱地握着鼠标一顿狂点。他不过是随意地瞥了一眼，便看到一些少儿不宜的画面。十七八岁的少年心口一跳，紧接着看到的是女孩白皙光滑的手臂和一张粉嫩如花的脸，他忽然记起她的样子，像湖水一样清澈的眼里充满紧张不安和求助，线条柔和的脖颈下，粉白色的连衣裙覆盖着隐约的曲线……

他记得自己替她关了电脑，屏幕一片黑暗时，那张饱满新鲜的小脸露出羞怯明亮的笑意。她有没有说谢谢？他不记得了，只记得自己第一次向女生自报姓名：

“你好，我叫温屿舟，温暖的温，岛屿的屿，归舟的舟。”

原来是她。

笑意不自知地就爬上了嘴角。

叶弥的声音打断他的回忆：“本来我不该问的，但是，阿舟……看样子你要和迟小姐复合？”

温屿舟看了她一眼，敛去温柔：“这与你无关。叶弥，记住你现在的身份。”

叶弥无声地盯着他，略深的眼窝里透出两道光，像利刃，却只是冰凉的伤心。

“我不是叶芷云，不用你打理一切事务。”也许是意识到语气过重，他放轻声音，“你料理好曹叶集团的事就好，没有如愿拿到股份，曹存风是不会轻易罢休的。”

“知道了。”叶弥垂眸，“只是，你别忘了，叶芷云是怎么死的。”

七天假期很快就过去了，焦扬要回玉市，顺路来带上迟梨——她的房子有了买家，约好了年后双方到玉市办理相关手续。

迟母见了焦扬这个外甥女很冷淡，焦扬提着大包小包的礼物给她，也没换来一副好脸色。

迟梨冲焦扬耸了耸肩，姐妹俩相视苦笑，把东西搁下就准备出门。

“这次待几天回来？”出门前，迟母问。

焦扬道：“要看手续办得快，还是慢，估计至少也要一周。”

迟母[illegible]对迟梨道：“好好复习，不要去见不该见的人，办好了就回来，知道吗？”

“小姨，别担心啦，我最近不出差，在玉市会照看[illegible]小梨的……”

焦扬话音没落，迟母就冷笑道：“谁敢劳烦你啊，好[illegible]男朋友都被照看跑了……”

迟梨笑起来，抱住母亲的脖子：“要我再说多少遍，乔知繁和表姐早就认识了，人家本来就是男女朋友……”

“都怪那个乔雅芬，不清楚状况，乱当什么红娘！气死我了……”无奈接受现实的迟母只好将责任推到乔知繁的姑姑身上。

嘀嘀，楼下响起车子鸣笛的催促声，迟梨抱了下母亲，扯着焦扬匆匆离开。

他们依旧是坐乔知繁的车，焦扬自然坐在副驾驶座，迟梨准备坐进后排时，车门从里面被打开，一张清爽浅笑的年轻男子的面容映入眼帘：“你好，迟梨。”

没想到南柯会坐在车里，像他这样的身份，无论如何也不会搭别人的顺风车，除非他自己情愿。

原来，得知迟梨和乔知繁他们一起回玉市，他就主动提出一起走。

迟梨看得出，乔知繁和焦扬在撮合她和南柯，尤其是焦扬，恨不得她立刻将这个小鲜肉扑倒。

“我们的婚期定了，二月十四日情人节，南柯，到时你来给知繁当伴郎吧——迟梨是伴娘。”

“哦，好啊。没问题。”迟梨瞥见身畔的男孩低头笑了一下，真如焦扬所说，他又羞涩又纯情，眼睛里的光像星星，如果不是曾经爱过温屿舟，她说不定真的会心动。

这便叫“曾经沧海难为水，除却巫山不是云”吗？

没想到，人还没到玉市，迟梨就接到公安局打来的电话：“请问是迟梨女士吗？关于叶芷云车祸一案，目前有了新的进展，请你务必到玉南新区分局来一趟。”

第十二章 心爱的疯子

“怎么？需要帮忙吗？”见迟梨脸色有变，身旁的南柯问道。

“没，没事。”迟梨不想透露过多。

副驾驶座上的焦扬却似乎猜到了什么，忍不住转头问：“是不是上次的车祸案？”

迟梨没有作声，过了一会儿，说：“把我放到前面的路边吧，我有点事先去办一下。”

“方便的话，我跟你一起吧。”南柯道。

“你就让他跟你一块嘛！遇到点什么事情，还可以商量一下。”

这时，乔知繁也接话道：“你要去哪儿，我们可以送你过去，都是自己人，不要客气。”

迟梨想了想说：“那好吧，麻烦你把我送到玉南新区分局。”

第二天就要上班，乔知繁公司一堆事务要办，焦扬的公司也不停地打来电话，像是有了急活需要她回去处理。只有南柯，垂眸安静地陪在身侧，似乎笃定了她去哪里就要跟到哪里。

焦扬临走前悄悄问："是不是出了什么事儿？"

迟梨小声道："我也不太清楚，只是说叶芷云的车祸案有了新进展，大概是要我去录份口供吧。"

"你要小心呀！"表姐嘱咐她，"有什么事情就让南柯去办，需要的话，也可以来找我和知繁。"

"好的，谢谢姐。"

焦扬和乔知繁离开了，迟梨冲身旁站着的男孩微微一笑，刚说了声"谢谢"，一抬头便又看见一个熟悉的身影。

颀长挺拔的身材、亘古不变的黑衣，加上如玉般无瑕的脸和乌黑浓密的短发，温屿舟像一道浓墨重彩的风景，从一辆黑色宾利上走了下来。

紧接着出现的是另一道窈窕的身影，迟梨刚刚狂跳起来的心，又重新落了下去，她转过脸去。

"你认识他们？"南柯在她的耳边低声道。

迟梨没回答："我们进去吧！"她扯了下南柯的衣袖，径自匆匆步入玉南新区分局。

身后的温屿舟目光如刀地盯着那两道身影，一股怒火在他的胸腔燃烧。

那个人是谁？为什么和她的举止那样亲密？对了，他想起来了，不正是除夕夜里送她回家那个小子吗？

叶弥在耳边轻笑："真没想到，迟小姐这么快就交了新男朋友。"

"胡说什么！"温屿舟冷冷地瞥过去，怀着一腔隐怒也进了大门。

警察只把迟梨一个人叫了进去做笔录，南柯坐在外面的长椅上等着，耳朵里塞着耳机，看上去乖巧安静，一抬头却收到一束目光，又狠又冷，还带着一丝轻蔑。

很快又一个警察走了过来，把温屿舟叫了进去，叶弥也被一名女警带走进行了一番谈话。

约莫一个小时后，迟梨出来了，脸色很难看的样子。

紧接着，温屿舟也走了出来，目光阴沉沉的，像窗外乌云密布的天空。

“进去这么久，肚子该饿了吧？我们去吃点什么呢？”南柯故意用轻快的语调缓和着气氛。

迟梨本想说没胃口，但是，看着温屿舟像猛兽似的目光，反而坦然起来，有些刻意地挽住了南柯的胳膊。

“天气冷，我们去吃火锅吧。”

“好。”南柯受宠若惊地笑了起来，反手将迟梨的小手握在了自己的掌心。迟梨的身体僵了一下，手却没抽走。

温屿舟胸腔的怒火已经熊熊燃烧起来了：“迟梨，你站住！这个人是谁？”他的眉头狠狠地皱起。

“你管得着吗？跟你有什么关系？”迟梨冷冷道，像是报复般，故意往南柯的身边靠了靠。

“你以为分手了，就和我撇干净了吗？别妄想了！别忘了……你还欠我一条人命！”

“哈，欠你一条人命……”迟梨苦笑，“温屿舟，如果你母亲真的是因为我打了那个电话而遭遇意外，今天警察又为什么让我们来这里？你心里明明清楚，她不是死于横祸，而是阴谋！”

“阴谋……当然——”温屿舟神情悲怆，口中喃喃，望着她的眼神带着挣扎，“是有人害了她，我也希望……跟你没有关系。”

“真是疯了！”迟梨气得发抖，声音喑哑道，“我有什么理由去害你母亲？我跟她无冤无仇！温屿舟，我已经说过很多次，之所以打那个电话，是因为我担心她因为对我的态度而导致你们母子翻脸！叶小姐——”迟梨转头看向刚刚出来的叶弥，“我为什么约她，你不应该最清楚吗？”

叶弥皱了皱眉，做出一脸悲伤状：“我当然愿意相信你不是故意害她，可现在警方怀疑这是一起蓄意制造的车祸案，在有证据证明你的清白之前，迟小姐，我也无能为力……”

“那你们让警察把我抓起来好了。”迟梨气极反而冷静下来，她用清冷澄澈的眼睛注视着一旁默默站立的温屿舟，嘴角浮起凄凉的笑意，“我现在对你感到非常失望，温屿舟——原来你是这样的人。”

这人暴戾、无情且愚蠢。

她感觉全身凉透，身侧的人轻轻握了握她的手，掌心的温度很快传到她的指尖。

“我们走，不要理这些疯子。”南柯的声音又宠溺又温柔，他伸出胳膊，将脸色苍白、瑟瑟发抖的女子揽进怀中，有些不屑而厌恶地冲对面的一对男女投去一瞥。

温屿舟一直紧绷着的那根弦突然断裂，满腹的醋意涌上来，使他失去理智般大步冲过去，一拳打在了南柯的脸上。

“温屿舟，你干什么！”迟梨大叫一声，转身张臂护住了南柯，恨恨的目光火一样蔓延到温屿舟的脸上。她咬了咬牙，最终没再说什么，而是扶住冷不防被打得踉跄的南柯，关切地察看他被打到的下颌。

“原来，他就是你的前男友。”南柯低头擦了擦嘴角的血，安慰似的轻笑道，“没关系，如果这一拳能让他不再纠缠你的话，值了。”

迟梨的心中充满了愧疚和不安，她冷冷地看向温屿舟：“这个案子我会配合到底。不管事情的真相到底如何，我都希望你记住，人心碎了，就再也补不回来了——温屿舟，我们不会再有将来了。”

说完，她就挽起了南柯的胳膊，毫无眷恋地毅然离开。

“对不起，不该把你扯进来。”在河边一家西餐厅里，迟梨一脸愧疚道。对面的年轻男子却一副不以为意的样子，虽然嘴角出了血，牙根也有些酸痛，但并不影响他看她时温柔而帅气的模样。

“没关系。其实……挺高兴的，至少，你没有把我推得更远。”南柯轻轻地说，看她的眼神认真又温暖。

想起那个人也曾用这般温暖的眼神注视过她，她的心酸了一下，眼泪险些掉下来：“还疼吗？还是去医院检查一下吧！”

“不用，已经不疼了。”南柯微微笑着，给迟梨面前的水杯添上了一点水，忽然又轻声道，“我认真想了一下，就算你明年三月就出国，我也可以和你一起出国。我问了焦扬，她说你要去伦敦，正好那里也有我公司的业务。迟梨，如果你不讨厌我的话……”

“不要给我压力好吗？我现在心里乱得很。”迟梨举起杯子，一口气把温水灌进了肚里。

“好，我可以等。”

迟梨放下杯子，看到南柯眼里晶亮的光芒，心里却更乱了。

新年伊始，温家别墅的院子里，红通通的福字和窗花映衬着修建得整齐别致的花草，门外挂着两盏亮堂堂的红灯笼。七叔、七婶夫妇总是喜欢按棠安的老习俗来收拾房子。每逢过节，院里院外更是花团锦簇、绿植繁茂。用七婶的话说是，家里太冷清，养些花花草草总感觉热闹些。

“阿舟什么时候娶位太太回来，这房子才像个家。”

温屿舟醉醺醺进门的时候，恰巧听到七婶正与七叔话家常。

冷风吹得他一阵头痛，脚步踉跄了一下，他扶住铁栅栏的门，却被靠着铁门生长的玫瑰刺到了手指。

并没有多疼，却见了血，他抬起手指，月色下血丝蜿蜒如虫，咬得他心口疼。七叔这时跑过来，看到他手上的伤口，忙冲七婶道："快去帮先生拿药箱！早说过让你别种那么多花花草草，这玫瑰又娇气又多刺，养它干什么！明天铲了它！"

温屿舟笑了笑："无妨，七叔，玫瑰很好……留着吧。"

他说完就进了客厅，脱掉大衣、鞋子，家里洁净如常，只是冷清了些。他坐在沙发上，望着手指上的伤口出了一会儿神，白天的一幕又在脑海里重放。

"我现在对你感到非常失望，温屿舟……"

"人心碎了，就再也补不回来了——温屿舟，我们不会再有将来了。"

他都干了些什么？彻头彻尾的挫败感将他紧紧笼罩，他感到胸口憋闷，心中隐隐作痛，找不到可以纾解的出口。

怎么会说出那样混账的话？怎么会当着她的面动手打人？

她说得没错，他真的疯了，丧失了冷静、理智，连自己的本心也看不清楚了。

为什么会变成这个样子？

他越想越头痛，五指狠狠地抓着头发，晚上他喝了酒，很多，却仍不足以醉到忘记这一切。

几天前，他忍不住跑到棠安去找了她，那时他想，也许可以试着淡忘那件事，和她重新来过，因为他发现自己对她的感情没有丝毫减弱，反而是分开得越久便越发浓烈，他思念她，想她想得发狂。

刚刚粉饰的平静被陡然打破，警方通知他说，车祸案有了新发现，叶芷云的司机陈某的尸检报告出来了。事发前，陈某服用了未知剂量的致幻药物，而据警方调查，陈某生前身体健康，没有任何精神类疾病，也无不良嗜好，很有可能是在不知情的情况下服下的。

这样一来，一场看似平常的车祸，就成了一场有预谋的杀人案？

被怀疑的第一对象自然是曹存风，叶芷云与他的夫妻关系早已名存实亡，两人在曹叶集团各据一方，势力不相上下，都想独吞集团，一人掌权。可是，这也说不通，在车祸发生前，因为温屿舟的事，叶芷云已答应将股份转让给曹存风，反而是这场猝不及防的车祸让叶芷云殒命，导致股权转让合同尚未生效，曹存风到嘴的肥肉却没吃着。

客厅的大灯未开，只有墙角落地灯幽幽地亮着，映着灯下沮丧而落寞的人影，领带松垮地挂着，黑色衬衫解了几个扣子。他从酒柜里拿出一瓶洋酒，随手打开，也不用酒杯，仰头就灌了几口。

辛辣的味道刺激着肠胃，他又跌坐在沙发上，眼前不断闪现的仍是迟梨的脸，最初相遇那张禁欲又干净的脸，藏式民居里躁动难安的夜，棠安深山里月色下的无尽纠缠……

不知何时，他彻底醉了，睡了，月光在窗外流淌，灯光漫溢，静悄悄的院门处一双脚踏进来，推开门，视线落在醉得深沉的男人身上……也许是晚上陪他喝了几杯的缘故，第一次见他在自己面前毫无防备地睡着，叶弥的心跳得厉害。

卧室离客厅不过几步之遥，床上应该更舒服，她弯腰蹲下，膝盖轻轻半跪于地面，帮他脱掉拖鞋和袜子，手指落到他的脚踝，却不由自主地沿着黑色裤管无声地抚了上去。她的手心湿热，隔着布料亦能感觉到那紧绷的线条，她呼吸加快，手在攀到他腰间的皮带上时停了下来。

她的脸微红灼热，虽早已不是未经人事的小姑娘，但如此细致亲密地抚摸男人——尤其这个男人还是温屿舟，她还是忍不住浑身颤抖，克制不住内心叫嚣的欲望。

手指终于下定决心般落在男人的皮带扣上，没想到下一刻，她的手便被死死地按住。沙发上的男人睁了睁眼，有些烦躁地将近在咫尺的女人拂开，摇摇晃晃地站起了身，径直往卧室走去。

他看她了没有？似乎是看了吧，醉眼微红迷离，仅仅一瞥，也许认出了她，也许并没有。

叶弥木偶似的站在沙发边，过了不知多久，卧室里听不到一丝声音，她静静地踢掉高跟鞋，然后脱掉大衣，接着是毛衣、丝袜、内衣……月光和朦胧的灯光照在她光洁而赤裸的身体上，她赤脚踩在地毯上，缓缓走向那间没有关门的卧室……

天光大亮，窗帘拉得严实，唯有一条缝透进些光来，打在温屿舟紧闭的双眼上。

浓密的睫毛微动，头痛、口渴让他不情愿地缓缓睁眼，阳光很烈。大概已是上午光景，他动了动身子准备起来，忽然感到腰间被一只手臂缠绕。

那是一只女人的手臂，瘦而白皙，小指根部文着一圈淡青色的荆棘王冠，温屿舟的神经跳了一下，猛地推开那只手臂下了床。女人却仍睡着，浅棕色的头发散落在被子上，精致的脸上似有隐隐的泪痕。

那是……叶弥？

这是……在做梦？

他唰地一下拉开窗帘，床上的人被惊醒，睁眼的瞬间抬手遮住脸。

清冷至极的声音从头顶落下来：“你为什么在这里？”

温屿舟面色阴沉，双手微攥成拳，似用了极大的耐心在等待一个解释或答案。

叶弥低头滑进被窝里，将脸扭向一旁，声音清淡无波：“能帮我拿一下衣服吗？”

温屿舟瞥过去，被掀起的被角隐约可见起伏的身体曲线，他霍然转身，大步走向门外。目光投向客厅时，他的脚步却顿了一下，呼吸也微微一滞：女人的衣衫、丝袜散落一地，沙发边是他的鞋袜……难道……他不相信。

他开门出去，却叫了七婶：“帮叶小姐把衣服送进去。”

“叶小姐……阿弥？”七婶一脸发蒙，“她什么时候来的……”她竟然忘记何时给过叶弥大门的钥匙。

温屿舟没有答话，随手在门厅衣架上拎了件外套，出门直奔车库。

叶弥下床穿衣服时，透过窗户只见他开了一辆黑色路虎揽胜绝尘离去。

没想到是这样的结局，也只有他，永远不会对她有一丝怜惜。

温屿舟把车开得很快，一开始并不知道要去哪里，他只是想找一个地方纾解心中的压抑，没想到，停车之后，才发现自己竟然来到了迟梨家的那条小巷外。

他将车熄了火，头靠在头枕上，长长地舒了一口气，一早起来便焦躁不安的心，终于有了一点平静。

巷口停着一辆轻卡，写有某某搬家公司的字样，车上载了些家具货物，想必是小区里面有人搬家。

他点了支烟，摇下车窗，将烟灰弹出窗外，脑袋仍是昏昏沉沉的，昨晚的记忆模糊一片，不过，他坚信自己并没有碰她，因为自己的衬衫、裤子都在……懊恼和烦躁再次涌上来，他开门下车，将烟头丢在地上狠狠地踩灭。这时候一辆白色的卡宴从巷子旁的地下车库缓缓驶了出来。

坐在车里的迟梨听到南柯的声音：“你前男友来了。”

温屿舟斜靠着一辆高大的路虎，修长的身姿逆光而立，看不清他的目光，但迟梨想象得到，那双眼睛里会布满怎样浓重的阴云。

“别管他。”她轻声说，“让搬家的车跟着你的车走。”

她垂下眼帘，眼睛盯着自己的膝盖，听到南柯开了窗跟搬家的工人说话，过了一会儿，轻卡发动，南柯也松了手刹，可是很快，两辆车都又停下来，紧接着都熄了火。

“我晕。”南柯低骂一声，拉开车门下去。

迟梨这才抬头，只见温屿舟坐在路虎里，高大的车身横在巷口，彻底堵死了出去的路。

迟梨怕两个人再动起手来，连忙解开安全带开门下了车。

“我们在搬家，麻烦让一下好吗？”南柯嘴上客气，脸色也不怎么好看起来，两条清秀的眉毛不满地拧在一起。

温屿舟也不下车，耷拉着一条胳膊在车窗外，宿醉难解，一副慵懒落拓的模样。

“搬去哪儿？”他又拿了支烟，低头点燃，仰头猛吸一口，氤氲的烟雾中迟梨看到他眼里一片猩红，“是搬到他家吗？”

他在问她，波澜不惊的语气，风平浪静下有多少暗涌，或许只有迟梨知道。

她扭头看向一边：“是又怎么样，请你让开，不然，我要报警了。”

温屿舟看着她，一刹那也不肯错开地凝视着她，过了一会儿，他的嘴角浮起一抹难以察觉的笑：“好，谢谢你让我死了心。”

车窗缓缓上升，然而车里的人没有丝毫要挪车的意思，高大的人从车上下来，哔的一声，车子落锁，而他目不斜视，大步往马路对面走去。

虽已立春，但街头仍是一片萧条景色，灰蒙蒙的天空下，阳光稀薄无力，迟梨愣在那里，南柯叫道：“喂，喂——”

那人早已穿过马路，挥手拦了辆出租车坐进去，竟很快消失在城市的车水马龙里。

温屿舟回到家时，叶弥已经离开了，他回到卧室拿衣服准备洗澡，看到被收拾整齐的床，却依然觉得刺眼。

“七婶，把床单、被子全部换掉！”他喊了一声，径自进浴室洗澡，出来时发现床铺焕然一新，又觉得空气里还有女人的香水味，于是打开所有窗户，又开了空气净化器，直到房间里通透清凉，他才慢慢穿好衣服走了出去。

小满在客厅等他，见他出来，忙起身，一脸哀怨道：“交警队把那辆路虎拖走了，温总，您这是跟谁堵气呢？”

他竟然做出这么幼稚的举动。

然而，这句话，小满只能腹诽，温屿舟瞥了他一眼：“拖走就拖走，这事还用跟我说？那边怎么样？收购计划什么时候能做好？”

自打温屿舟接管了曹叶集团的股份，他名义上安排叶弥担任负责人，私底下却把自己最信任的助理小满派过去任职，职务并不高，却是核心部门，在拉拢客户、收集舆情方面起了很大作用。

“财务总监说月底可以完成计划书，曹叶集团那边……曹存风自打年前出国到现在也没回来，据说被东南亚的人盯上了，因为早些年的恩怨，这阵子他自顾不暇，正是温氏集团并购曹叶集团的好机会。”

“多行不义必自毙，让赵总监抓紧时间。”温屿舟神色清冷地扣着灰色衬衫的袖扣走到餐桌前，七婶送来热腾腾的早餐，小满虽已吃过，但还是在他对面坐下。

七婶又端了碗粥过来，冲小满使了个眼色，小满会意，过了一会儿，踟蹰着开口："温总，叶小姐那儿的人，是不是可以撤了？"

他问得太委婉，正吃早饭的温屿舟停了筷子，蹙眉看他："为什么撤？"

"啊。"小满赶快低头，用汤匙扒拉了一下粥，小声道，"看来是我多想了，以为……"

小满不再说话，温屿舟却搁了筷子："能不能一次把话说完？想说什么就说，像个女人似的。"

小满听到这个比喻严重不满，于是抬头大无畏道："我听七婶说叶小姐昨晚在你房里过的夜……难道你们还不是那种关系？"

他以为，既然叶弥和温屿舟在一起了，大概就不必再派人暗中盯着她了。

哐当，是汤匙落进碗里的声音，温屿舟一记冷眼扫过去："把嘴给我闭紧！"

这声音不小，窗外正在修剪花枝的七婶听得浑身一哆嗦。

温屿舟很丧气，也很恼火，他不能逢人就解释，叶弥虽然脱光光了睡到他的床上，但他并没有脱衣服，也没有动她。关键是，谁信呢？

如果迟梨知道了，她会信吗？

想到迟梨，温屿舟烦恼更甚，她不会真的搬到那个男的家里了吧？

"你去找人盯着迟梨，她住在哪里，跟谁在一起，每天都要向我汇报。"温屿舟有些不耐烦道，今天是监狱探访日，他待会儿还要去看望东哥。

小满赶快放下碗，应了声"是"，虽然不理解，还是只能照做。

临出门，又想到什么似的，温屿舟回头道："南区化工厂的地出了点事，你让原本负责这块地的经理去住建局把情况说明一下。"

“温总，地都转给曹存风了，咱们又何必去蹚这浑水。”小满不解道。

温屿舟冷笑一声：“地转给的是曹叶集团，并不是曹存风本人，好好去办，用不了多久，这曹叶集团就要姓温了。”

折腾了整整一天，才算是把房子腾空，回想这一天的经历，迟梨只能用“无语”二字来形容。

天色渐暗，夕阳落山，焦扬的屋子里暗暗的，客厅又到处堆放着她搬过来的家具用品，置身其中，她只觉得无比疲惫、挫败。

光是为了挪开那辆路虎，她和南柯就耗费了大半天光景。

想起温屿舟……算了，她不想再想起这个人。

她给焦扬打了电话，让焦扬约上乔知繁和南柯，晚上她请大家吃顿饭，今天搬家的事多亏了他们帮忙。

焦扬很快订好了地方，然后发微信告知迟梨。

迟梨接到焦扬发来的微信的时候，南柯的电话也打了过来。

“我到楼下了，你下来吧。”

不过一两天工夫，两人的关系似乎近了许多，不得不说，这是一个非常有分寸的男孩子。他话不多，心细，又体贴，不该问的事情绝不多一句嘴，至少他的每个举动都没有让迟梨感到讨厌。

焦扬对此非常欣慰，不仅提前订了餐，还把娱乐节目也一条龙地做了精心安排：吃饭、K 歌、泡温泉……还有情侣大包房！

地点是市郊一家知名温泉酒店，高端大气上档次，最重要的是，可以感受一把挥金如土的快感……反正有南家小公子在！

南柯在车上等迟梨，她上了车，他俯身过去要帮她系安全带，有一瞬两人的身体挨得特别近，他的脸几乎与她的脸相碰。她轻轻别过头：“谢谢，我自己来吧。”

男孩缓缓撤离，扶住方向盘，坐直身体，微红的脸上带着一丝尴尬："说出来可能比较丢脸，迟梨，我之前没有谈过恋爱。"

迟梨有些惊讶地扭头，过了一会儿，苦笑道："除夕那晚我真不该跟焦扬出去。"

"我是认真的。"他的眼睛黑而纯净，幽幽地看着迟梨，声音也很轻，像花落在地上，"不管你肯不肯接受我，都无所谓，我只是觉得，我遇见了一个让我感觉到爱情很美好的人。"

对视片刻，迟梨错开视线，鼻腔有些酸楚："不过，我可能只会让你伤心。"

南柯笑笑，清秀的五官在白色高领毛衣的映衬下犹若少年，他启动车子，看向前方："我不在乎。"

可是，我很在乎好吗？迟梨心中哀号着，温情脉脉的聊天就此终止，她别过头，一路无话。

本来迟梨打算做东的，谁知道焦扬这个坑妹的搞这么大的排场，不过就四个人，却订了个金碧辉煌的大包间。

迟梨瞄一眼菜单，随便一道凉菜的价格都让她心头一跳。她只好胡乱点了两道，被焦扬夺过去这个那个点了一堆。

南柯和乔知繁低声聊天，一副稀松平常的样子，迟梨不由得又想起温屿舟，想起他无论出席什么场合，都是一副笃定安然的样子……算了，真讨厌，像她这样平凡的人，为什么非要和这些社会精英做朋友！

席间，她借口上洗手间到前台结账，却被告知这里都是凭卡消费，不是会员身份，连钱都花不出去。她顺便查了一下，他们那桌的账都是记在南柯名下的。

这样一来，她吃得更不安心了，焦扬从包间里跑了出来，一把搂住她的脖子："干吗呢，酒喝得差不多了，去唱歌吧，给你去去晦气，祈祷你别再惹上那个人！”

这地方邪性，怕什么来什么，焦扬话音未落，迟梨的手机便嗡嗡地响了起来，是个本地陌生号码，她犹豫片刻，抬手接起。

“你是迟梨吗？你男朋友喝醉了，在临江路和上古路交叉口南两百米的马路边坐着，这会儿车来车往，挺危险的，你过来接一下吧！”

“我男朋友？”迟梨道，“您打错了吧，我没有男朋友。”

那头的人对身旁的人重复了迟梨的话，紧接着，迟梨又听到对方说：“我只是个过路的，他身上钱包、手机什么的都没有，我问了半天，只问出这个名字和电话号码。他好像还受了点伤，你要是不认识，那我也没办法了……”电话里车子鸣笛声四起，打电话的男人似乎在阻拦什么，“先生，那里危险，你别走了……有车，喂……”

在对方挂断电话的前一秒，迟梨叫道：“你问他是不是姓温？”

片刻后，她得到了肯定的回答。

在一旁听到电话内容的焦扬瞪向她：“不许去！你们已经分手了！今天他怎么对你的，你都忘了？”

迟梨握紧手机的掌心里满是汗水，心口也莫名地发慌：“他最近总是喝得烂醉，手机、钱包也丢了……我只去看一眼，确保他没事就回来。”

“你一去还回得来？”焦扬压低了嗓音，抬眸瞥见南柯高高瘦瘦的身影走过来，“南柯还在这儿，人家帮了你那么多，今晚我特意安排的……”

“不行，姐。”迟梨心慌得厉害，仿佛已经看到温屿舟跌跌撞撞冲到车流当中的身影，“他受伤了，我去去就来，对不起啊！”

为了结账，她是随身带着包的，这会儿也顾不得跟南柯打招呼，抬脚便往门外跑。南柯还没来得及赶上去，她的身影已消失在酒店水晶灯迷离的光影里。

打车到那个地方至少要三十分钟，她不停地催着出租车司机，在分手以后，头一次主动地给温屿舟打了电话。

只是，那边一直无人接听，她又打给方才那位路人，也一直打不通。

迟梨心急如焚。

出租车司机是个年轻小伙儿，被她催得来了劲，脚下大力踩着油门，又抄了近路，一路狂飙，到达临江路和上古路交叉口时仅用了不到二十分钟。

隔着车窗就看到马路边的绿化带旁坐着个黑黢黢的人影，低垂着头，背靠着一株掉光了叶子的银杏树，迟梨忙叫司机停车。

开了车门，她直奔过去，那身影仍一动不动，雕像似的，她心头发颤：不会……出什么事了吧？

“温屿舟？”她轻轻地唤，见对方没有反应，于是上前，在他面前蹲下，手握住他的肩头，男人终于有了一丝动静。

“嗯。”他抬起眼，黑漆漆的瞳孔失了焦点，目光迷离，眼底微红，她知道他醉得不轻。

记起他受了伤，她忙拉过他的手低头细看：“伤到哪里了？”

“你来了。”低低呓语，他反手将她的手握紧，灼热的掌心几乎把人烫伤。

她一滞，没有挣扎，低头道：“有哪里疼吗？”

花朵状的路灯灯光昏黄，像调得过浓的油彩，黏腻着化不开的夜色，落在男人如玉一般温润立体的脸庞上。忽然，他绽出一抹笑，像孩子似的纯粹。她被那笑容晃得心头一乱：“到底伤到了哪里？

怎么会一个人醉成这个样子？你的司机呢！”

扑通一声，她的话没问完，眼前的人已直直地朝前倒下来，扑了她一个满怀。

她不断地喊叫、拍打，他也没任何反应。她咬牙，打算将他扶起来，可他一个大男人，凭她的小身板的确无能为力，所幸刚才送她来的出租车司机把车停在路边，跑了过来，道：“需要帮忙吗？”

“太好了！”迟梨感激不尽，在小伙子的帮助下连拖带扶地把人弄进了出租车。待被问到去哪时，她却犯了难：她家已经搬空了，而他家里，还有七婶他们，她不想被人看见她再去那里。

“前面找一家干净的酒店，能帮忙送到电梯里吗？我付双倍的车费。”

司机点头答应，半个多小时后，迟梨总算把他弄到了酒店房间的床上。

看看时间已接近晚上十一点，好不容易给他脱了外套和鞋子，迟梨已经累瘫在地上。手机嗡嗡响个不停，她舒了口气，接通电话，焦扬的担心隔着屏幕传过来：“处理完了吧，在哪儿，我现在过去接你。”

“在酒店。”迟梨背靠床沿盘腿坐在地上，回头看了眼床上睡得昏沉的人，叹了口气，“他醉得不成样子，身边得有人照顾。”

“那也不该是你！”焦扬很无语，“我说，妹子，你是不是对他还抱有希望？”

啪嗒，迟梨耳边的手机被什么打落，床上的人挣扎着要翻身，迟梨赶忙回身，看到他脸色煞白地扶着床边，便问：“是不是想吐？”

跌到地毯上的手机归于平静。

她拿来垃圾桶，他却不肯用，摇晃着站起来磕磕绊绊地找到了洗手间的门。

紧接着是痛苦的呕吐声，迟梨想跟去看一下，他却从里面把门锁死了，她抬手敲门，里面的人毫无回应。

她只能等。

迟梨靠在门边，不由得想起小时候父亲偶尔大醉的样子，也是吐，一个人趴在马桶边或者像雕塑一样抱头坐在沙发上，一坐就是一整夜，任谁也拉不起来。

她倒了水晾在桌上，自己倚靠在床边，却不知不觉地打起了盹儿——她这一天太累了。

温屿舟是什么时候出来的，她根本不知道，只晓得醒来时已是半夜，房间里一片幽暗，唯有几丝灯光从窗帘缝隙漏进来。

她躺在床上，如那晚在医院般，明明睡前是在地上，醒来却和他同床共枕、呼吸相闻。

夜色深沉，平稳而均匀的呼吸声自身后传入她的耳中。迟梨大气不敢出地僵住身体，察觉没有动静后，轻轻掀起被子一角准备下床，可上半身刚刚坐起，身后的衣角便被扯住。她回头，只瞧见隐隐的光线下，一双黑曜石般的眼睛闪烁着晶莹的光泽。

“你……醒了？好点了吗？”她的声音涩涩的，像墨在水中晕开，床上的人不作声，黑暗中的手指却用力一扯，她冷不防，砰的一声仰面倒在床上，砸在了那具极富荷尔蒙气息的男性身躯上，隔着棉被，亦能感觉到那紧绷坚硬的肌肉。

黑暗之中，温屿舟的呼吸忽然大乱。

迟梨挣扎着要起身，温屿舟伸手去拦，仓促中指尖触及一团柔软，他脑中的某根弦顿时断裂，手掌下意识地、缓慢而轻柔地将那团柔软包裹。

玲珑香软，不盈一握，渴望被悄然唤醒，他低低地呢喃一声，整个人倾覆下来，将迟梨压在了身下。

迟梨抬起手推他："喂！温屿舟，你别耍流氓！"

"迟梨……"他的声音发颤，眼眸亮得骇人，隔着衣服亦能感到掌心那滚烫的温度，"我等了你好久啊，这一生，我好像只等过一个人。"

"不过二十分钟而已。"迟梨皱眉，被压得喘不过气来，"你身边那么多人呢，助理、司机、保姆、情人……喝醉了，叫谁不好，非打电话给我？我要是不来，你就打算睡一夜马路吗？"

"是啊。"他凑向她的脸，目光如星闪烁，"别人，我都不稀罕，只想见你，我知道，你一定会来。你爱我——迟梨，你还是爱我的。"说罢，他俯身来吻她。

迟梨偏头躲开："所以，温屿舟，'我爱你'这件武器，用起来还顺手吗！"

上方的人顿住，压住她手臂的力道有一瞬的松弛。

"迟梨，难道我们已经不能用语言来正常交流了吗？说话非得句句带刺？"他不满地拧起眉。

被男人两条大长腿压制着，腰难受地扭了两下，迟梨道："你先把我松开行不行？"

"不行。"温屿舟声音沙哑，线条动人的脸庞忽然低下来，"不要乱动。"

迟梨察觉到他的异样，顿时面红耳热，更用力地挣扎起来："你快起来，放开我……好不好？"

"不好。"他低头吻住她的唇，一番碾磨辗转后低声耳语，"看来，我们得试试用身体交流……"

夜里三点，万物安睡，从窗缝洒入的残光正映照着此刻的一室疯狂。

先疯的人是温屿舟，也许是酒精点燃了骨子里的疯狂，他不顾一切，像个残暴的君主，攻城略地、寸步不让，迟梨在他强大的攻势下，节节败退，步步沦陷，终至一败涂地。

她问他：“温屿舟，你究竟是怎样一个人？”

他回答：“一个疯子，一个心中有爱的疯子。”

第十三章
怕你飞远去

第二天上午，温屿舟回到家刚洗完澡换好衣服，得了消息的小满便火急火燎地跑来，最终还是将找了他一晚上就差报警的满肚子的抱怨压了回去。小满斟酌了半天才道：“曹存风回来了——差点没被人在国外给弄死。”

温屿舟有些意外：“知道是什么人吗？”

小满头摇得像拨浪鼓，脸色也变得郑重：“不过，据内线说，姓曹的怀疑是你在背后指使……温总，你可要小心了，这次他回来，肯定还会针对你，要不要派两个保镖跟着。”

“派什么保镖。”温屿舟神态如常地穿好西装，对着镜子把衬衫领口紧了紧，对听到的事仿佛不以为意，眼睛忽然瞥见颈下一抹红痕，他不自觉地勾起一抹微笑。

这时他又听小满道：“对了，温总，还有一件事……迟小姐的确是卖了房子，不过并没有搬进南小公子家，她的东西都放在一个叫焦扬的女孩家里，那个焦扬是乔知繁的未婚妻。”

温屿舟转身，一脸神清气爽的笑意："我已经知道了，焦扬是她表姐。"

"那您和迟小姐……"

小满本来想说"难道你们就这么算了吗"，谁知道，温屿舟淡淡又不失得意地道："我们已经和好了。"

"江边那套房子装修得怎么样了？"他忽然想起这事，问道。

小满意外地啊了一声："这不刚过年吗，停了几天，可能差不多就该收尾了。"

"可能？差不多？"温屿舟不满意地挑眉，"小满……你变了。"

小满缩了缩肩膀："好吧，月底前保证一定完工。"

这下，大BOSS才算露出一丝认可的神情，紧接着，他又吩咐道："你帮我搜集一些向女孩子求婚的方法，比如，具体要准备什么东西之类的，忙不过来的话，将手头的工作先放一放，毕竟，你的第一职业是我的私人助理。"

求……求婚？向谁？

迟小姐吗？

离开温家别墅的时候，小满凌乱了，那么前一晚还在他房里过夜的叶小姐又算什么？跟他以往那些女朋友一样？

玉市南郊一栋不起眼的三层别墅里，胳膊上打着石膏的曹存风正冲刚进了院子的一个年轻女人发脾气。

他扔了一把大师制作的紫砂壶，碎片散落在女人的脚下，深棕色的茶水溅得女人洁白的西裤裤脚上斑斑点点，甚是难看。

但女人的脸上没一丝恼意，反而赔着笑越过满地碎片，走了过来："干爹别气坏了身子。玉市是你的地盘，谁想动你，哪有那么容易？"

“哪有那么容易？！”不过短短数日，曹存风的头发竟悉数白了，脸色也明显憔悴，一双如鹰般的眼睛，下眼袋浮肿着。

他用手拍着那条被绷带吊在胸前的手臂，又指向院子墙角里的一团黑影，嘴唇有些颤抖道：“阿弥啊，你看看这是什么？我的手臂被打断一次又一次，连狗都被人给毒死了，如果再坐以待毙，那小子就该来要我的命了！”

“你怀疑是阿舟做的？”叶弥神色深沉。

曹存风转身回了房，客厅装修得富丽堂皇，与别墅低调的外观形成巨大反差，他走到一把太师椅前坐下，冷哼一声，抬眼看着跟进来的人：“除了他，还能有谁？阿弥啊，听说你现在很讨阿舟欢心……要不是之前你在叶芷云身边时帮了我不少，我还真怀疑这事跟你有关。”

叶弥袅袅走向曹存风的脚步微顿，旋即浮出笑意：“干爹开什么玩笑？我怎么舍得害你？俗话说，大树底下好乘凉，干妈不在了，阿舟……”她顿了一下，一副悲凉到自暴自弃的神情，“姓迟的那女人才是他心尖上的人……这些年来，谁是真心对我好，阿弥我心里门儿清……”说完，她换上一副委屈娇嗔的模样袅袅地走过来，粉拳轻握，一下下敲在曹存风的肩头，媚眼如丝道，“干爹说这样的话，是故意要阿弥伤心吗？这些年，我侍候得怎么样，您都忘了吗？是不是因为我接了集团的事务，您不高兴了？您要是不乐意，就直说，大不了，我给干爹您当助理去，谁愿意插手这些破事！到头来，温屿舟恨我，连您也开始防着我……”

说罢，她又是跺脚又是咬唇，眼看着眼眶变红，眼泪都要坠下来，曹存风忙用完好的那只手臂搂她入怀，大手在她的脸上捏了一下，大笑道：“看我只说了一句，你就这么委屈！好啦，好啦，我家阿弥最乖啦，来，快让干爹疼疼……”

曹存风的手从叶弥的脸上一路下滑，最终落在她窈窕柔软的腰肢上，指尖用力掐了一下，她低呼一声，顺势跌进他的怀里。客厅里没有别的人，两人便腻在一起纠缠了一阵子。

过了一会儿，曹存风若有所思道："你刚才说姓迟的那女人……温屿舟还跟她在一起？"

叶弥懒懒地抬眼，盯着自己涂画精致的指甲，嗯了一声，叹气道："干妈刚去世时，他跟那女人分开了一段时间，但没多久，他就又主动跑去找人家……以前他从来不吃回头草的。"

"瞧你这口气多酸。"曹存风摸着她的手背，眯着眼睛笑，"那他有没有吃过你这棵草啊……"

"干爹！"叶弥佯装恼怒，从他的怀里站起来，"别再开这种玩笑了，我现在刚取得他一点信任，你不会想让他把我从曹叶集团赶出去，然后亲眼看他把温氏与曹叶合并吧？曹叶集团可是你一生的心血。"

曹存风拍拍木椅扶手，哼了一声："他想得倒美！你干妈车祸的事调查出什么结果没？我总觉得这事蹊跷，她为人一向谨慎，很少结仇家，怎么就在要签股份转让合同时出了事？"

提起车祸，叶弥心有余悸："我也险些没命……温屿舟曾怀疑是你干的。"

"放屁！"曹存风因生气激动得脸庞上的肌肉抽动，"阿弥，你想想，叶芷云死在股份转让前，最大的受益者是谁？是温屿舟！他母亲一死，他理所当然地继承了属于叶芷云的所有股权……这小子……"他说着，不由得站起来，在叶弥面前转了两圈，"这小子从小心狠手辣，没想到，对自己亲生母亲也下得去手！"

叶弥抿唇不语，恰巧包里的手机响了起来，她拿出来看了一眼屏幕，随手挂掉，嘟囔了声"烦人的推销"之后，便要起身告别。

“手底下的人换得怎么样了？”曹存风问道，“我推荐给你那几个都安排好职位没有？”

“阻力当然是有的，那群人跟了干妈多年，我人微言轻，自然是有人不服。”

“不服就让他们滚蛋！你如果收拾不了，我来收拾他们，再怎么说，我还是曹叶集团的董事会主席。”

“有干爹在背后撑腰，阿弥底气自然更足了。”叶弥微笑着拎起了自己的手包，忽然想到什么，于是道，“一周后召开股东会议，秘书都告诉您了吧。”

曹存风一愣，被石膏牢牢禁锢的胳膊忽然一跳一跳地疼，他皱眉道：“我回国的事，公司可能还不知道，阿弥，你要竞选董事吗？”

叶弥一笑，颇有些失落哀怨的意味：“外人都当我是叶董的女儿，却不知我连一丁点股份都没有，说到底，不过是替人打工的，哪有资格竞选什么董事？”

曹存风沉吟片刻，幽深的眼眸在她的身上打量片刻，道：“曹叶集团的情况，你是知道的，我持股百分之三十五，叶芷云持股百分之三十，剩下的由其余股东控制。没有股权，也不影响你成为董事，当然，你想要入股的话，干爹绝对支持……你去找温屿舟，让他分一些股权给你，最好在百分之十以上，这样一来，他就不再是第二大股东，曹叶集团将继续被咱们掌控在手里。”

叶弥听完他的话，笑了出来，带着嘲弄：“温屿舟给我股份？我凭什么呢？”

曹存风闲闲地靠在座椅后背上，手指轻轻敲打着木质桌面，神色复杂地凝视她：“你不是已经上过温屿舟的床了吗？以你的风格，肯定不会白白浪费这次机会。”

叶弥怔了一下，随即嘴角扯出尴尬的弧度：“干爹……您从哪得来的消息？该不会你派了人跟踪我？”

“我跟踪你干什么。”曹存风说着，拍了拍桌面，有年轻的小保姆提了个泡好茶的新紫砂壶上来，倒了两杯茶后悄然退去。

曹存风又道：“我不在国内时，手下的人搞了套设备，能连接温家的摄像头，以便随时掌握温屿舟的动向。令人失望的是，没发现什么有价值的东西，倒是你，令我大吃一惊。”

“不过，想想也不意外。”曹存风低头吹了吹茶杯，小啜一口，又抬起头来，“上次的事，要不是你提醒，我还想不到留那丫头的照片。遗憾的是，你打电话晚了一点，那时温屿舟已经把人领走了，只好上网找了些图合成……”想到这件事，曹存风依然很郁闷，“如果不是这些照片，我和阿舟的矛盾可能不会激化至此……”

“干爹是后悔了吗？”叶弥眼神犀利地盯着他，“您真是年纪越大，心肠越软了，可以我对温屿舟的了解，他从来没有忘记十几年前您对他做的事，所以，即便您愿意跟他握手言和，他也绝对不会放过您。”

“温屿舟持股后，曹叶集团绝不会再是三分天下的局面。以他的个性，曹叶定会像温氏一样成为私有化企业。曹董，您如果想急流勇退、安度晚年，那么，这次董事会就可以……”

“好啦，好啦！”曹存风摆手示意她止住，有些懊恼道，“你就不用再使激将法了，我即便急流勇退，只怕他也不肯放我一条生路。为今之计，只有放手一搏，阿弥，你只管去要股份，我见机行事。”

叶弥淡淡一笑：“好的，曹董。”

迟母每天打好几个电话来催迟梨回棠安，但她以备考要用到的很多复习书籍到省图书馆去借阅比较方便这个理由，婉拒了母亲的要求。

“再说，焦扬已经搬去了乔知繁的新房，我一个人住她的房子很安静，很利于复习。”说这些话的时候，迟梨耳边夹着手机，手却飞快地翻动着一本菜谱——温屿舟最近喝酒太多，她要炖些汤给他养养胃。

迟母在那头絮絮叨叨地说着，迟梨刻意把书翻得更响了些：“妈，我快考试了。”

果然，这招很奏效，迟母叹了一口气挂断电话，迟梨赶忙放下书去厨房。她厨艺不怎么精，不过，好在如今科技发达，焦扬家里有台破壁料理机，她按照食谱，把鲫鱼、豆腐、葱、姜等都放进去，半个多小时后，又浓又香的鱼汤便做好了。

迟梨把汤装进保温桶，换好衣服，出门前给温屿舟打电话。

电话无人接听。

过了一会儿，她再拨过去，是小满接的电话。

“迟小姐，温总在和警察谈话，手机没有带进去。”

“怎么了？他又出什么事了？”迟梨心头一紧。

“没有。还是叶董的案子，警方调取叶家监控时发现了一些信息，可能对案情有帮助……抱歉，不能和您说了，曹存风也来了。”

小满匆匆挂了电话，迟梨愣怔了一会儿，有些奇怪这次警方居然没给她打电话，不过，想来也是没有必要。这件案子唯一牵扯到她的便是叶芷云出事那天下午，她给叶弥打电话约叶芷云见面，但她给警方的解释合情合理，至今也没有其他有力证据证明她与车祸直接相关，于是她的嫌疑大概也就被排除了吧。

不过，一听到曹存风的名字，迟梨还是忍不住心头一颤，温屿舟和他直接见面，她忍不住有些担心，决定亲自过去看看。

迟梨拎着保温桶打车前往玉南公安分局，没想到，刚下车就看到温屿舟挺拔的身影从分局大门口走出来。

她便站在原地等他，他身穿白色羊绒大衣，含着浅笑的样子还真像极了淡淡雅致的梨花。

“你怎么来了？”他略显惊讶，原本紧绷冷峻的脸上绽放出柔和的光彩，话音未落，已上前牵住她的手，“拿的是什么？”

迟梨把保温桶举起来：“鱼汤，还是热的。”

“正好饿了。”他笑，眼里溢出光芒，他一只手接过保温桶，一只手牵她欲走，“我要去趟办公室，你跟我一起去吧。”

他的脚刚迈出去，迟梨就扯了扯他的手，他回头，看到几个人依次从分局门口出来，为首的人个子不高，但气势最足，斜吊着一只胳膊，自然是曹存风。

“阿舟啊，我刚刚跟警察同志说了，我既然回来了，这个案子你就不用参与了。反正她生前你也不肯承认你们之间的母子关系，现在她死了，你也没有必要这么辛苦地扮演孝子了，看你谈恋爱这么忙，就不用再为这件事费心了。”

曹存风好整以暇地打量着眼前的一对男女，忽然冲迟梨挑了下眉，露出莫名的笑意：“迟小姐越来越漂亮了。”

温屿舟几乎是下意识地上前一步，将迟梨护在身后。

“演不演孝子、女朋友漂不漂亮，我看曹董就不必费心了，有时间的话，还是多雇几个保镖吧，毕竟性命最重要。”

他说罢，拉着迟梨转身即走。

曹存风被戳中痛处，自然气急败坏：“别以为我不知道是你搞的鬼！信不信我报案再抓你一次？”

温屿舟已坐进车里，隔着车窗笑得施施然：“曹董以为公安局是你家开的吗？不说了，祝您身体健康、长命百岁，咱们股东会上见。”

黑色宾利倏然消失在视线中，曹存风气得恨恨地咬牙，招手唤人上前：“刚才那女的看到没有？”

手下人连连点头，然后听到曹存风闷声闷气地道："把上回那些照片传到网上，花点钱，什么论坛、贴吧、网站，能发的都发，老子才不在乎什么真假，只要把她的名声搞臭，就够温屿舟那小子喝一壶的……"

车里，温屿舟始终紧紧攥着迟梨的手，脸却扭向窗外，似乎陷入了沉思。

"小满说，监控里发现了线索，是什么？"迟梨轻声地问。

温屿舟正在思考的，也是这个问题，他回想着警察给他看的视频片段，心底越发想不明白，叶芷云究竟接了个什么电话，以至于那么匆忙地出门，而司机走进餐厅喝下的那瓶水，又是谁给他的？

由于此案发生后并未被定性为刑事案件，所以叶家并没有被查封，视频中显示的那间餐厅也早就被打扫多次，警察上门调查取证，也没多大收获。

而据迟梨的证词和通话记录，叶芷云出门前接的那通电话并不是迟梨的，连迟梨也说，她只是给叶弥打了电话，并没有直接与叶芷云通过话。

肇事司机已经被全方位调查过，警方得出的结论是，交通肇事致人死亡，嫌疑人没有任何主观故意的谋杀倾向。

所以，案件如果牵扯谋杀，便一定是被人精心设计过的，比如，要了解药物对司机起效的时间，车辆何时会失控，失控的后果……

温屿舟呼了口气："有人在叶家给司机下了药，但现在还查不出是谁。另外，事发前她在家接了一个电话才出的门。"

迟梨疑惑："不是说因为要见我才出的门吗？"

"你约她三点见面，而她接到那个电话出门时已经五点。我猜她根本不是去赴你的约。"温屿舟淡淡地说，眼睛注视着她，流露出歉意。

“所以，之前是我错怪了你。”他的手抚上她的头顶，怜爱地摸了摸，又吻上去，低低道，“对不起，让你受委屈了。”

迟梨鼻子一酸，偏头躲开：“没事，都过去了。”

瞧她那样子，分明红了眼圈，他越发怜爱地搂她入怀：“我们回去喝汤好不好？”

迟梨手机铃声大作，拿出来看了一眼，赶忙挂断，抬起头看到温屿舟正幽幽地看着她，一副烦恼不已的模样：“南小公子？”

电话号码并没存名字，但她如果记得没错，应该是培训中心的，可能是通知她参加雅思考试的事。

迟梨不置可否地笑了笑，如果这时候告诉温屿舟她要出国留学，不知他会是什么反应。

纠结之后，她决定暂时不说。

见她没有回应，温屿舟的脸色不太愉悦，原本要开往公司的汽车突然被他要求调改变路线去了江边。

迟梨一心想着下车找个机会回电话，没想到，车子转来转去一直到江边新建的一片小区里才停了下来。

温屿舟下了车，刚弯腰去扶她下来，那侧的车门已被打开，她急匆匆地冲下车道：“我去回个电话！”

见她跑到离自己老远的小亭子，才开始打电话，温屿舟的眉头不由自主地拧在了一起。看到保温桶还在车上，他拿下来，索性在小区草坪旁边的石桌前坐下打开。

他拧开桶盖，一股浓香扑鼻而来，鱼汤白而细腻，上面浮着青菜末和葱花，虽不能与家里大厨的手艺相比，但也算是不错了。

温屿舟往小碗里倒出一点，试试味，还不错，于是一会儿工夫，大半桶鱼汤已被喝得只剩下一点点。迟梨打完电话走过来，他正拿纸巾擦着嘴巴，坐在太阳底下的长椅上，一副懒洋洋的样子。

“打完了？”他笑着说，眼神却如针芒似的盯着她，“不会真看上那小子了吧？”

迟梨依然没作声，看到石桌上一片狼藉，她把保温桶盖好拧紧，又掏出纸巾擦净被滴了汤汁的桌面。

“好喝吗？”她随口问。

“好喝。”

“喝好了就走吧。你不是还要去公司吗？我也得赶快回家了。”迟梨的语气带着掩不住的小小急躁，培训中心通知明天一早考试，考点还在邻省的省会安市，她必须赶快回家，然后订票、收拾行李出发。

还不知能不能订到票，迟梨眉心紧锁，看在温屿舟眼里，却被理解成对他的厌弃。他心里烦躁，站起身，双手兀自插进裤兜，往被花木掩映着的单元门走去。

“欸，你去哪儿？”迟梨在身后喊，见他似乎生气了的样子，只好跟了上去。进了电梯，他依然是酷酷的、不想理人的样子，迟梨在心中苦笑，碰了碰他的手，悄悄握上去，柔声道：“不是南柯啦，是……是中介的电话，说了一点卖房子的事……你别生气啦。”

“给中介打电话，还要避开我？”温屿舟冷冷地睨她，却也不想真心生气，伸手把她搂住，有些重地在她的细腰上捏了一把，“若敢骗我，看我怎么收拾你……”

他正说着，电梯门打开，二十二层独门独户，厚重精美的实木门半开着，里面有两名工人正在做保洁，迟梨一脸懵懂地被他牵着进了门：“进来看看，希望你喜欢。”

一套房子——是我的心意，更是我想要给你的烟火人间。

客厅、餐厅、厨房、书房、卧室……足有两百多平方米的大平层装修简洁雅致，却处处透着低调的奢华与温馨。他牵着她的手，一处处指给她看："这是主卧，对面这间是婴儿房。"

迟梨惊得说不出话来，只觉得喉间干涩，半天才艰难地开口："温屿舟，你这是做什么？"

他拉她进了洒满阳光的婴儿房，壁纸是海洋系的蓝色，天花板上是浩瀚星空，他轻轻地抚着婴儿床的扶栏，笑容温润如玉，眼神却是从未有过的认真："看不出来吗？参观我们未来的家。"

"先生，房子打扫完了。"方才做保洁的男子笑盈盈地站在门口，"环保监测昨天也做了，各项指标都达标，二位随时可以入住。"

"知道了，谢谢。"温屿舟点头致意，保洁人员离开，他看向若有所思的迟梨，用商量的口吻道，"搬过来吧，寄人篱下哪有住自己家方便。"

"你的口气很像我妈。"迟梨低头笑，转瞬抬头，眼里却有一抹凄然，"可是，温屿舟，这怎么是我的家呢？我的家在棠安。"

温屿舟捏住她的手掌，目光澄澈，嘴角含笑："这是在暗示我该向你求婚了吗？"轻轻拉她入怀，他在她的耳边低语，"会的，乖，等我处理完手头的事情……""你误会了。"迟梨从他的怀中撤出，"我怎么会向你逼婚？温屿舟……"莫名地，她眼底竟有了湿意，"我甚至不确定未来……你我还能否在一起。"

空气忽然安静，阳光温柔的初春下午，两人隔着几厘米的距离对视，却只听得到彼此的呼吸。他的眼神浮浮沉沉，一种类似伤心的情绪倏然滑过，等迟梨垂下头淡淡地说了句"对不起"，然后转身想走的时候，他从身后抱住了她。

"对不起，是我没有给足你安全感，可是……"

"温屿舟，我认为我们还没到谈婚论嫁的地步……该说对不起的是我，我需要考虑考虑。"她轻轻拨开环在腰间的手，回首看到他的失落，心有不忍，于是踮脚在他的脸颊上印下一吻，"我真的要走了，明天要回棠安……为了避免我妈生事，你尽量别打电话给我。”

“那我想你怎么办？”他哑哑地道，眸中波光闪动。

迟梨伸手抚平他领带上的褶皱，微笑着仰头：“等着我打给你。”

她抬脚出门的时候，门里的温屿舟听到她的手机响起，然后一声“南柯你好”传进耳里。

南柯问她签证办得怎么样，她说还在等，南柯便说自己有个朋友在签证中心工作，或许帮得上忙。

“等我从安市回来再说吧，谢谢你了。”

“要考试了吗？”

“对，明天上午。”

“买到票了吗？”

“还没。”

“坐我的车吧，今晚我要去趟安市，顺路捎你。”南柯口气轻松。

“不用，坐高铁很方便，我看看票……”她用另一部手机飞快地登录 12306 网站翻看了一遍，当天的票……果然没有。

“迟梨，不用跟我客气，真的只是顺路，我约了安市的客户谈事情……不过是坐一辆车而已，你怕什么？”

南柯轻声地笑，迟梨愣住，是啊，怕什么，怕他纠缠，还是怕温屿舟多心？目前最重要的是赶快到达安市，她想了想，还是应下来：“那就麻烦你了……那晚的事很抱歉。”

她说的是那天在温泉酒店她抛下大家去找温屿舟的事，南柯像什么都不记得似的笑道：“你先收拾着，一个小时后，我在焦扬家楼下等你。”

迟梨回到焦扬的房子，正好焦扬也在，两人动作麻利地收拾好行李，听说迟梨坐南柯的车去安市，焦扬又高兴又担忧：“温屿舟知道了，会不会掐死你？或者掐死南柯？”

想到那个男人曾经拿枪指过别人的脑门，焦扬忍不住打了个寒战：“你既然和温屿舟复合，为什么不告诉他出国的事？你考虑过以后吗？”

迟梨摇头，眼看窗外日色渐薄，她叹息道：“不管怎样，我都要到伦敦读书，这是我本科毕业时就有的愿望，如果不是父母阻拦……现在好不容易踏出半步，我不想因为任何人而失去这次机会。”

“即便是为了温屿舟？”

迟梨弯腰拉起行李箱的拉杆：“分手是很伤元气的。无论他现在对我多好，我还是会想起那次在雨雪交加的墓园，温屿舟那狠绝冷漠的模样……姐，也许你说得对，可能我根本就没有温暖和照亮他的能力。”

拎着箱子下楼，南柯如往常般笑容温暖地立在车子旁等她。

迟梨微微一笑走过去，却并没发现不远处一辆出租车里，那个双眼迸出寒光的男人。

眼看着迟梨坐进南柯的车里离去，若不是接到叶弥的电话，温屿舟可能会继续跟踪下去。

即使是你最爱的人，心中也有一片你抵达不了的森林。

对迟梨和温屿舟来说，这句话仿佛再适合不过。

他们心中各有森林，甚至被困在其中，又怎能脱离沼泽、拥抱彼此？

叶弥的电话让他不得不从这些情绪中脱离出来：“阿舟，晚上有时间吗，我想见你一面。”

“有事吗？我很忙。”他语气冷淡。

“我知道你忙，所以几乎从不去打扰你，唯独今天……阿舟，我在丽晶大厦顶层订了包间，一个小时后，希望见到你。”

如果换在以前，温屿舟不会搭理她的邀约，但是，也许是因为那晚的事，他答应了。

晚上七点，温屿舟来到丽晶大厦的顶楼餐厅。

这里金碧辉煌又四面通透，坐在靠窗的位置，可以俯瞰大半座城市的夜色。餐桌上有花，金黄的是向日葵，洁白的是百合。

向日葵是叶弥送给温屿舟的，百合花是叶弥送给自己的。

她今晚很漂亮，黑色的晚礼服衬出玲珑有致的身材和白皙如玉的肌肤，栗色长发微鬈，脸庞亦是精致如画。

乐师在外面弹奏贝多芬的《月光奏鸣曲》，袅袅的乐音听得人的心柔软如水，叶弥对着玻璃窗照了照，看到一个外表完美的自己——纵然心里千疮百孔，总有这副皮囊可以帮忙遮掩。

玻璃窗上映出一个男人的身影，挺拔如树，俊朗逼人，叶弥转过脸，看到温屿舟神色淡淡地看着她。

“阿舟。”她喜欢这样唤他，从来不嫌腻，即使被嫌弃，也要这般甜蜜蜜地唤他，“今天是我生日。”她开门见山，俏皮地眨了下眼睛。

温屿舟眉目微动：“抱歉，我没有准备礼物。晚餐记到我的账上，算我请你。”

叶弥笑起来，有些心酸：“虽说我是给你们家打工的，但这些年下来，手里也不缺钱。你能来，我已经很开心了。这是我爸去世后，我过的第一个生日。”

温屿舟没有说什么，拿起桌上的红酒往两个高脚杯各倒了一点，递了一杯给叶弥，微微扬唇，目光也柔和了些：“生日快乐，阿弥。”

两个酒杯轻轻碰在一起，像一对亲密的人，叶弥心头微颤，双眸水汽迷蒙：“谢谢你……阿舟。”

无论这双眼睛曾目睹多少人世污浊，面对心爱的人时，总是可以流下最清澈的泪水。

无论这双手曾做多过少不堪之事，在面对心之向往的他时，却总是会羞涩发抖、洁净如初。

她想用眼睛去凝视他，想用双手去触摸他、拥抱他……

可是，忽然，她听到他说："那段视频我反复看了多次，叶弥，司机老陈的水是你给他的吧。"

遐思绮想骤然被打断，叶弥被拽回冷冰冰的现实中，然而，更冷的是上一刻还温柔地注视着她的男人。

"阿舟，你什么意思？"酒味苦涩，弥漫在唇舌间竟然让她难以下咽。

温屿舟放下酒杯靠在椅背上，有些疲倦地揉了揉眉心："这只是我的猜测，当然，我希望我是错的。"

叶弥的心沉沉下坠，空气有片刻的沉闷。过了一会儿，她缓缓地开口："我知道，这些年来，你讨厌我，看不起我，但是……阿舟，你以为我足够爱你，你就可以坐拥我毫无底线的爱，进而来诋毁我、侮辱我吗？阿舟……人的心可以碎多少次，你知道吗？"

她眼泪汪汪地盯着他，目光热烈似鸩酒，温屿舟一瞬间有内疚闪过，却很快直直地迎上那道目光："出事前几天的监控视频已经陆续修复，我在视频里看到，老陈和你们出门前，喝过餐桌上的水——那瓶矿泉水是你很喜欢的牌子。"

温屿舟的声音淡淡的，没有波澜，更没有情绪，叶弥心头却惊起巨浪，她竭力按捺着自己的情绪，整理着思绪，以求表现出惊讶、无辜的伤心欲绝来。

她最终扯开嘴角，露出一抹苦涩的微笑。这笑是真实的，她发现，这些年来，她可以在叶芷云、在曹存风、在公司所有人面前假装，唯独在温屿舟面前，她的面具总是很轻易就被击穿，真实面目就暴露了。

“阿舟，你竟然知道我喜欢什么牌子的矿泉水——我是不是应该感到欣慰？”她苦笑着摇摇头，“如果你相信妈妈的事是我做的……那我无话可说。”

她不辩驳，因为知道谎言总是需要用另一个谎言去弥补，而编得越多，漏洞便越多。

温屿舟死死地盯着她，直到服务员进来送餐，她点的菜上来了，同时被推上的还有一个被玫瑰花形簇拥着的、公主造型的粉红色蛋糕。

“可以陪我过完这个生日吗？”她轻声要求。

温屿舟冲推蛋糕的男孩招招手，蛋糕被推到桌旁，他拿出自己的打火机，点亮了蛋糕上的蜡烛。

叶弥拿出手机，喃喃道：“蛋糕真漂亮，我要拍张照。”

镜头对向蛋糕，却连蛋糕旁的英俊男人一起拍了进去。

接下来，他不再提案子的事，乐师奏起《祝你生日快乐》，叶弥透过摇曳的烛光看他。他宁静如佛，目光沉稳，像一道穿破幽深迷雾的光亮。

她闭眼许愿，吹灭蜡烛，拿起桌边的向日葵给他：“阿舟，愿你如葵，永远活在阳光下。”

而我为泥，只求在泥淖中开出娉婷的花。

他没有尝她的蛋糕，却带走了那束向日葵，临走时淡淡的一句“阿弥，你好自为之”，却让她一个人面对着满桌鲜花珍馐，哭得泪雨滂沱。

他的淡漠，从来都是最锋利的武器。

这些年来，她不是不会哭，而是习惯了把眼泪往肚子里吞。二十岁那年，她和叶芷云一起到山区考察项目，路上遇到滑坡，一块石头从山顶滚落，眼看就要砸到叶芷云的头上，是她拼命一扑，将叶芷云推开，她自己却被砸断了三根肋骨……手术室里，昏迷之际，她隐约听到叶芷云一声声地唤她女儿。她痛，却痛得欣慰，痛得心甘情愿，因为她真的有妈妈了……

她痊愈之后，叶芷云给她涨了工资、买了车，不久又送了她一套大房子。或许在别人看来，叶芷云对她已足够疼爱。但她是失望的，希望落空的感觉刻骨入髓——叶芷云不过仍然当她是一介员工、一名仆从，跟她说话永远是“阿弥，倒杯茶给我”“阿弥，今天的晚餐为什么是煳的”“阿弥，你帮我约的美容师呢”。叶芷云口中的阿弥其实更像丫鬟或生活助理，枉她总是叫叶芷云“妈妈”……有谁见过把自己女儿当丫鬟使的妈妈?

叶芷云从来不关心叶弥也有喜怒哀乐，也有需要关心呵护的时候，也有爱而不得的人……她有段时间放浪不羁，常常在外面喝酒、交各种男朋友，叶芷云置若罔闻，只是，某天忽然甩了一堆安全套到她的面前，冷冷地说：“我不想这个屋子里出现艾滋病人。”

叶弥至死都忘不了当时叶芷云看她那一眼，充满鄙夷、厌弃、毫不怜惜……就跟温屿舟看她时一模一样。

她的心大概是在那时候变凉的吧，也是从那以后，她开始暗中与曹存风接触。

叶芷云吝啬，无论是感情，还是物质，都不肯给这个曾对她舍命相救的“女儿”分享丝毫，情感上疏于给予，连集团的业务，也从不让叶弥参与过多。

也许是防备心作祟，叶芷云怕她抢了她今后要留给亲儿子的财产?

也许。

但对叶弥而言，叶芷云越是不给，她便越想得到。

她要亲手把叶芷云的曹叶集团抢过来，甚至叶芷云的老公、儿子，她都要。回想起这些的时候，叶弥时哭时笑，大口喝酒，大口吞着蛋糕，红酒苦涩，蛋糕香甜，混在口中有奇妙的味道。这味道令她微醺，她抱起那束百合花摇摇晃晃地站起来。

手机，她的手机在哪里？

一旁的服务生从地上捡起手机："小姐，您的手机。"

"啊，谢谢你，小帅哥！"叶弥媚眼如丝，腰肢摇曳地歪在了服务生的肩上，指尖轻佻地滑过男孩清秀的脸庞，她呵呵笑道，"帅哥，陪姐姐一晚好不好？姐姐好寂寞啊……"

男服务生面色通红，忙推开她道："小姐，您醉了，我帮您叫辆车吧！"

叶弥转身砰的一声坐在沙发上，无比落寞地笑："连你也嫌弃我吗？难道我不够漂亮？"她忽然举起手机滑了几下，调出一张照片举到服务生的眼前，"你说，你说……是她漂亮，还是我漂亮？"

一张证件照而已，能漂亮到哪去？不过，照片上的女孩五官秀气、目光清澈，明显与这位不是同一风格的，年轻的男孩红着脸道："当然是姐姐你漂亮。"

叶弥倏然垂下手臂："是啊，可这世上偏偏就有人眼瞎，就算你美得像月亮，他也独爱自己那片星光……你说，他是不是眼瞎！"

服务生咂咂嘴，忽然听到领班在叫，如获大赦般快步离开。

叶弥独自坐在窗边，盯着玻璃窗外升入半空的月亮出了一阵儿神，又低头目光痴迷地、久久地盯着刚才拍下的那张照片。这张照片拍得多好啊！烛光如梦似幻，身穿白纱、头戴钻冠的公主站在玫瑰花蛋糕的中间，而他侧颜绝世，眉目如画，那鼻、那唇、那额头、那黑发都像蛊虫似的诱惑着她，让她心动难平，也心痛不已。

"温屿舟……我得不到你的爱，别人也休想得到！"

指尖滑动，她在相册中勾选了两张照片，然后从通信录中找到“迟梨”的名字，点了发送。

接着，她打了一个电话，对方是悄然从东南亚来到中国多日的弟弟：“阿弟，这几天，找机会再动一次手，留下点证据，阿姐想看他们彻底撕破脸的样子……哈哈，一定有趣极了！你说，赢的人是温屿舟，还是曹存风呢……你说对了，阿姐也希望，最后赢的人，是我。”

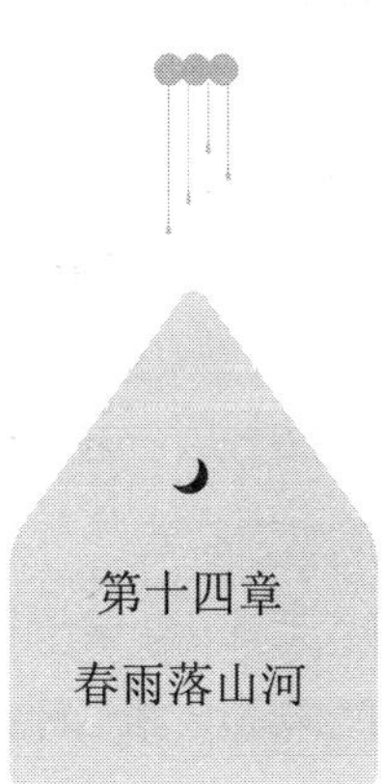

第十四章 春雨落山河

安市离玉市有几百公里，驱车赶到安市时，已经是半夜，迟梨白天忘记给手机充电，到了这个点，两部手机早已全军覆没，都自动关机了。

更悲催的是，考点附近的酒店全部爆满，南柯开车带着她跑了几条街，也没找到一间房。

迟梨无语问苍天，上午九点就要考试，她总不能一宿不睡，还指望能顺利考过吧？

正发愁间，她见身旁的南柯拨了个电话，说了几句话后，他收起手机，笑着对她道：“搞定了，我朋友的酒店正好还有一间房，不过，离这有点远，明天要早起。”

距离的确有点远，不过酒店非常豪华，在这儿睡一夜估计得花费上千元，但现在管不了那么多了，她昏昏沉沉地跟着南柯上楼，到地方才发现是一间豪华套房，而且只有这一套。

南柯看出她的疑惑，将原本已经脱掉的外套又拿到手里：“不好意思，方圆几里也只有这一个套间了，你赶快休息，我走了。”

“你去哪里？”迟梨叫住他，“开了几百公里车，你不累？反正没几个小时天就亮了，你就在这儿睡一会儿吧！”

虽然孤男寡女，虽然她有男朋友，虽然她知道南柯喜欢自己，一万个虽然也挡不住此刻汹涌的睡意，她摆摆手，示意他不必再说，快速进了里面的卧室拿了被子和枕头：“我睡外面，还是你睡外面？”

“你睡卧室吧。”南柯脸色微红道。

“好！”迟梨也不客气，把枕头、被子往他的怀里一塞，转身进了卧室，随着门被关上的一刹那，她也砰的一声扑到床上，陷入了沉睡中。

被敲门声惊醒时，迟梨猛地从床上坐起，清醒了几秒，听出是南柯隔着门喊她起床。

她睡前给手机充电，自然也定了闹钟，不过南柯还是担心她睡过头，于是免费提供人工叫醒服务。

“南柯啊，没想到你这么细心，以后谁做你的女朋友肯定很幸福！”洗脸的时候，迟梨由衷地向身旁为她递毛巾的男孩道。

南柯微笑，白衬衣上有浅浅的折痕，递给迟梨毛巾时，发现她鬓角洗面奶的泡沫没有冲净，于是抬手蹭掉，轻声道：“那你感觉幸福吗？”

南柯指尖滚烫，触在迟梨刚用冷水洗过的皮肤上产生了微妙的反应，他竟舍不得离开了。

盯着她干净无瑕的脸和清澈如水的眼眸，他的喉结隐隐滚动，忽然生出一股难以克制的冲动——他很想吻下去，然后告诉她，他喜欢她，发生在两人之间的所有巧合、偶然，都是他在背后默默做的努力，他很想得到她。

迟梨的呼吸停滞了一下，随即推开他：“我该走了。”

天色初亮，她匆匆打车去了考场。

艰难的一上午终于过去了，如果不是这几年来始终没有放下过对英语的学习，这场考试肯定希望渺茫。上午十二点时，她走出考场，一眼就看到在门口等待着的南柯。

“考得怎么样？”他笑着问。

“凑合吧。”迟梨也笑笑，“你见完客户了？”

“嗯。”南柯发现自从认识迟梨后，竟学会了面不红、心不跳地撒各种谎，比如，“我正好顺路”“刚好没事”，明明在酒店里补了一上午觉，却对她说已经见完了客户。

“去吃饭吧，想吃什么？我们庆祝一下。”

“还是我请你吧，咱们看看附近有什么好吃的。”考完了，不由得轻松许多，迟梨笑着拿出手机，想起早上急匆匆的，还没开机，于是一边和南柯说着话，一边开了机。

“我听说附近有一家……”南柯的话没说完，迟梨的手机便嗡嗡地响了起来。

她一眼瞥到来电的名字，下意识地吐了下舌头，向南柯比了个手势：“不好意思，我接个电话。”

匆匆忙忙来赶考，竟把这位大魔王给忘了，迟梨清了清嗓子，按住扑通扑通的胸口，低低地笑道：“喂，屿舟，不是说……等我打给你吗？”

那头却沉默着，半天没人说话，迟梨疑惑地看看手机，嘀咕道：“难道不小心拨错了？”

“迟梨。”听筒里忽然传出低沉的男声，“你在棠安吗？”

迟梨的心沉沉一坠，但只能硬着头皮道：“对啊，我不是告诉你……”

“和谁在一起？”他的语气有些粗暴。

迟梨一怔："你怎么了？屿舟，其实……其实我……"

她手心里满是汗，对自己的男朋友撒谎是一件很不道德的事，她犹豫着要不要现在就告诉他，自己来安市考试的事，没想到，话还没出口，他便用冷冰冰的声音结束了她所有的纠结。

"我知道你和南柯在一起。"他的声音如从远古冰川传来，迟梨咬咬唇，想要解释，又听他继续道，"我还知道，你们昨晚住在哪家酒店的哪一个房间，我还知道，你考了雅思，准备出国和他双宿双飞……迟梨，为什么要背叛我？"

说这些话的时候，温屿舟感到自己周身都在黑暗的隧道中，没有光亮，没有出口，甚至没有风，只有满目的漆黑和令人窒息的压抑。他尽量克制自己不去说一些恶毒刻薄的字眼，但仅仅是陈述自己的所见所闻，已经让他感觉自己在遭受凌迟。

是她，是这个此时此刻与他隔着一条马路的女人，一刀刀地凌迟着他的心。

而她的身边，站着另一个男人。

迟梨的目光终于看了过来，对面的马路边上停着一辆车子，温屿舟一袭黑衣立在那里，如一座雕像。

迟梨看不清他的目光，他挂断了电话，她挪动脚步，想要跑过去。南柯在身后扯住她的胳膊，说道："如果要分手，现在正是时候。"

迟梨顿在原地。

就这样……分手吗？此生成陌路，从此萧郎是路人。

不！

她拔腿向对面飞奔，考场附近熙熙攘攘，不过是一眨眼的工夫，对面伫立着的身影便已消失不见。她冲上马路，惹来一片聒噪的车笛声。

嘀嘀——

嘀嘀——

吱——一阵刺耳的刹车声中，迟梨摔倒在车前，掌心紧握的手机跌至路面。

膝盖摔伤了，裤子破了个洞，一阵钻心的疼，她手撑地面起身，然后看到这辆险些把自己撞飞的车里，坐着面无表情的温屿舟。

修长的手指半搭着方向盘，他望着前方，透过挡风玻璃，仿佛是在看她，却又好像眼里根本空无一物。

她从未见过这般冷酷的温屿舟，禁不住打了一个寒战。

“温屿舟。”她绕到一侧的车门外，轻轻敲着车窗，“你下来，我向你解释清楚，事情不是你想的那个样子。”

“迟梨，你的手机。”不知何时，手机已被南柯捡起，触摸屏幕时无意发现那条署名为叶弥的人发来的彩信，他把屏幕停留在一张照片上，神情自然地递给了迟梨。

原本迟梨还想向温屿舟求一个解释的机会，可是，当她的目光落到手机屏幕上时，她整个人瞬间呆住——有那么几秒，她甚至以为第一张照片里，那侧躺在床上从身后搂住温屿舟的女人是她自己……

直到第二张，她看到烛光摇曳中的温屿舟以及锃亮的餐具映出拍照的人——一个女人。

那是叶弥。

迟梨听到心中有大厦坍塌的声音。

抚在车窗上的手垂了下去，视线从照片上离开时，迟梨颓然退了两步，她似乎忽然想通了什么，又好像什么都不明白，欲哭欲笑，终究无言。

车窗却在这时候缓缓降下，温屿舟的脸一露出来，便吸引了路人的目光，然而那完美绝伦的脸像一副冰冷的面具，没有温度，没有喜怒，那双眼睛很幽深很幽深，谁也望不见底，除了迟梨。

她看到温屿舟瞳孔里的自己，她被锁死在那里。

迟梨没有质问，只是静静地站着，车辆和人群继续缓缓流动，像永不停息的时间，她听到温屿舟的声音：“你已经向我提过两次分手，我不会再给你第三次机会。”

他转头看她，目光波动，无形的面具也似有一瞬消融，但很快，这个男人的嘴角便泛起薄情而残忍的凉意：“记得你说过，我是个记仇的人。我这一生被伤害的次数不少，但也不多你一个，温屿舟不是个大爱无疆的人，我的爱是有底线、求回报的，你可以说我不高尚，但至少，不会像你一样虚伪！”

他收起略显失控的表情，恢复冷静如石的模样，视线淡淡地投向前方：“迟梨，你记住，这一次，是我甩了你。”

迟梨嘴唇嚅动，可是温屿舟根本不等她说什么，已踩下油门，马力强大的汽车轰然驶出，不过一转眼，便消失在了茫茫人海中。

就像他，从来不曾出现过。

迟梨回到玉市，立春后的第一场雨淅淅沥沥地下了起来。

这一天的玉市，发生了几件大事。

确切地说，是温氏集团和曹叶集团发生了大事。

曹叶集团的股东大会上，新股东温屿舟由原本持有叶芷云的百分之三十股份一跃上升至持股百分之四十九，成为名副其实的曹叶集团第一大股东。

消息经当地媒体头条报道后，“温屿舟”这个名字瞬间在玉市变得家喻户晓，“坐拥两大巨头企业”“年轻有为”“钻石级单身美男”“身世神秘”“情史丰富”等一系列标签，伴随着源源不断的花边新闻，将温屿舟彻底推上了话题热搜榜的顶端。

而温屿舟本人异常低调，自从股东大会上被选为新任董事长之后，几乎没有人再见过他的影踪。

提起这次股东会，简直可以用血雨腥风、惊心动魄来形容。

温屿舟持有的股份一经宣布便惹得曹存风当场发飙，他对那些私下将所持股份转卖给温屿舟的小股东破口大骂。从前，他是集团里呼风唤雨、说一不二的人物，如今头把交椅地位不再，加上之前他和叶芷云两个核心人物连续出事，集团内部早已人心涣散。在场的除了极少数人是他一手提拔栽培的心腹外，其余的股东或高层已暗中分为两个派系：拥护新主温屿舟的一派和追随新秀领导叶弥的一派。当然，也有隔岸观火的吃瓜群众，但不管怎么样，曹存风墙倒众人推的处境是显而易见了。

曹存风拍案大骂，不惜搬出对方八辈祖宗，被骂者忍无可忍，当即对骂回去，最终舌战升级为斗殴，也不知是谁先丢的茶杯，砸中了一名股东的脑袋，血一流下来，事情就闹大了，有脾气暴躁的挥起拳头，顷刻间，会议室里鸡飞狗跳、一片混乱……

然而，他们的新董事长不知何时已经抽身离开，直到又一则关于他的新闻爆出来。

网上曝出一组裸照，这本不算什么新闻，现如今传媒如此发达，人们的视线里动不动就跳出“明星不雅照”之类的推送。对于大多数人来说，这不过是徒添饭后谈资。但这次被爆出裸照的主角，跟玉市风头正劲的商界大亨温屿舟扯上了关系，便一时轰动起来。

照片一夜之间传遍各大网站和当地论坛、贴吧，虽然警方很快接到举报并在第一时间删除了源文件，也封掉了传播者的ID，但还是阻挡不住已经流失的那部分。

“温屿舟女友大尺度私房照流出”这条信息不知在朋友圈被转发了多少次。

“迟梨”这个名字与“温屿舟”一起快速升温，攀至当地热搜榜的头条。

俗话说，春雨贵如油，这一场春雨下起来却绵绵不断，没完没了，惹人心烦。

温氏集团的会议室里，一场争论已持续了半个多小时，争论双方是负责企业并购事宜的赵总监与公关部的陶总监。两者都是温氏集团的中坚力量，为了当下工作的第一要务而争论不休：赵总监认为应该全力实施并购，在短时间内迅速将曹叶集团与温氏集团合并、重组；而公关部则认为当下集团的外部舆论不利于公司并购，之前的枪击案、叶芷云车祸案以及现在的裸照风波都给温氏集团的企业形象造成了或多或少的伤害，股票受到影响，波动过大，集团的当务之急是扭转舆论风向，重新树立企业形象。

而且，陶总监还向温屿舟提出了具体的执行方案，比如，参加集团主办的一系列公益慈善活动、公开澄清与裸照主角的关系……

谈到第二条时，陶总监被赵总毫不留情地怼了回去："难不成你要温总站出来说，'我和照片中那女的没一点关系，她不是我女朋友'或者'我和她已经分手了，裸照跟我一点关系也没有'。先不说公众会不会信你，光是这么撇清自己的态度，就不利于树立咱们温总的正面形象，人家肯定会想，欸，你看这男的多薄情啊……亏你还是公关部总监……"

"那你说怎么办？出了抹黑集团和温总的事，就干瞪眼看着？"陶总气得摔了笔。

"我说你摔什么摔……"

"行了！今天就到这里吧。"淡漠的声音，蕴含着不怒自威的气场，始终静静坐着的温屿舟敲了敲桌面，幽深的眼眸环视一周后，沉声道，"并购的事继续加紧，公关部和策划部合作，尽快把慈善活动办起来，需要我出席，就提前告知小满。"

“好的，温总。”

“法务部陈经理留一下，其他人可以散了。”

会议室的人陆续离开，助理秘书端了两杯咖啡给温屿舟和法务部的陈经理后离开。

“陈经理，准备得怎么样了？”温屿舟黑亮的眸子透着深不可测的精光。

“真是多亏了叶小姐，她送来的资料分量很足，一般人根本拿不到这么私密又确凿的证据。一旦把这东西交上去，姓曹的必定难逃法网。”

“那就别等了，动手吧。”

没过多久，新闻上就曝出曹叶集团原董事长曹存风涉嫌挪用公款、受贿被玉南区检察院立案侦查的消息。

春天的雨一下就下成了倒春寒，裸照被曝出后，最先发现的是焦扬。因为对这件事的前因后果非常清楚，所以她第一时间从专业角度将这组照片的鉴定分析报告写成一篇长长的回击澄清帖，跟在了照片下面。

而那时的迟梨已经三天没有回家。

从安市回来的路上，她就像个被抽去灵魂的布娃娃，不哭，不笑，也不说话。回到玉市后，南柯把车开到市郊的加油站，不过上了趟洗手间的工夫，回来已经没看到她。

接下来的时间，他们四处找她，报社、培训中心，甚至棠安家里也旁敲侧击地问过，没有人见过迟梨的影子。

或许她自己还不知道，迟梨这个名字，此时已上了玉市热搜榜头条。

更要命的是，裸照风波终究还是传到棠安的迟梨父母耳中，连迟梨的外公也不知从谁嘴里听说了这件事，气得大发雷霆，叫来迟梨的父母一顿臭骂，竟把迟母当场气得昏厥过去，进了医院。

焦扬急得焦头烂额，一方面担心外公和小姨的身体，竭力安抚着他们，说这都是一场误会，一方面还要死死瞒住，不让家人知晓迟梨失踪的消息。

泥泞的山路上，一个纤柔的身影跌跌撞撞地向前走着。

雨大雾大，纵已立春，深山里仍寒气逼人。

公共汽车颠簸了几个小时后，把她扔在了这一眼看不到人烟的荒郊路口，路口竖着一块棕底白字的牌子，上写“空相寺”，下面一排小字写着这个路口与空相寺的距离为五百米。

要在晴朗白日，这五百米算不得什么，只是天色开始变黑，又下着雨，这半公里的路途也显得漫长起来。

迟梨挽起裤脚撑开伞，雨丝如花轻轻落在头顶的伞面上，她警觉地看了看身后，距她五十米不到的山路上，走着一个穿黑衣的年轻人。

那人和她一起下车，二十岁出头的样子，皮肤略黑，眼窝较深，穿一身某品牌的黑色运动装，头戴一顶棒球帽，身后的双肩包里鼓鼓囊囊的。

也许是香客，或是跟她一样心情不好要去寺里静修的人？

只求不是坏人。

她加快脚步，希望在天彻底黑下来之前到达寺院，也不知那时行净师父有没有休息，她还给他带了药和生活用品。

迟梨握紧了手里的伞，看看表，已是下午五点，她强忍住两条小腿传来的酸痛，继续大步行进。

身后的人似乎也走得快了些。

天彻底黑透时，迟梨终于望见远处的灯火，那被早至的黑夜和大雾遮掩的大山脚下，就是迟爷爷所在的空相寺。她停下来松了口气，再次转身时，发现黑乎乎的山路上除她以外，再也没有任何人影。

那个年轻人不见了。

半个小时后，迟梨有惊无险地到达禅寺。

门已落锁，她叩了许久，方有僧人来开。

“是你？”迟梨来过几次，寺里的守门僧人已认得她了。

“又来看行净师父？”僧人笑着道。

迟梨说“是”，收了伞，提包跨过门槛，僧人已进偏殿打开了灯：“先进来暖暖身子，这个时辰，行净师父已歇下了。”

“好吧……行申师父，有吃的吗？”迟梨一边问，一边打开背包，拿出装得整整齐齐的两包东西：一包常备药物，一包生活用品。

“这时候只能我给你单做了。”行申师父笑得和蔼，他比迟爷爷小几岁，入寺的时间却比迟爷爷长，是迟爷爷的师兄。

“热汤面行吗？下点小白菜，那菜是傍晚我刚摘的，种菜的时候，还是行净师父帮我撒的种子呢。”

“好，我就爱吃热汤面！”迟梨笑，感觉心里暖暖的。

怪不得迟爷爷会选这个地方来安度晚年，寺院真是个好地方，清净避世，一脚踏进这道门槛，便似乎与外面的万丈红尘、忧愁烦恼都隔得远远的了。

行申师父抬脚要走，忽然听得门外扑通一声闷响，像是有什么东西掉在了地上。

两人都出来看，大门口的门槛处竟然趴了个人，应该是被门槛绊住摔了进来，迟梨一看，这不是刚才路上那个小伙子吗？

“喂，你没事吧？”见他趴在地上半天不起来，迟梨探头过去，发现他面色煞白，脸上不知是汗，还是雨，而帽子下的头发也湿透了。

挣扎了一会儿，男孩从地上爬起来，走路一瘸一拐。

迟梨向行申师父解释："他刚和我一起下的车，走到半路，人不见了，我还吓得半死，以为是鬼，原来是扭到脚了。"说着，她笑道，"师父，看来那热汤面你得多下一碗了。"

行申师父去煮面了。

迟梨问男孩要不要帮忙，被男孩拒绝，她便不再多事，径自去给药品分类，每盒药里塞一张写着服用时间和剂量的字条，以便老人正确服用。她无意间瞥了一眼那男孩，只见他还穿着那湿淋淋的外套坐在门口板凳上，卷起的裤管露出一截红肿的脚腕，忽然想起这些药里有云南白药，她便翻出来，欸了一声，扔过去。

他接药盒的动作无比敏捷，细声细语地说"谢谢"，迟梨扑哧笑出来："原来不是哑巴。"

行申师父煮好面用托盘端了过来，虽是素斋，但清香四溢，两人各吃了一大碗，肚子里饱饱的，身上暖和了，困意紧跟着也上来了。

寺里有居士修行住的房间，有几间还空着，夜色已晚，行申师父给两人各安排了一间，让他们歇下。

迟梨虽有些怀疑那男孩的身份，但毕竟已到寺里，万一有什么事，叫一声就会有人赶来，再说，要是他想对自己做什么，刚才半路上早就动手了。

寺里，雨声更显得春夜宁静，迟梨这样想着，便迷迷糊糊地睡着了。

相距几十米的另一间禅房里，灯光已灭，云南白药清冽的味道在黑暗中浮动着。

一只手飞快地在手机键盘上敲打着消息：她在这里，要动手吗？

一个位置共享伴随这条消息被发送出去。

过了一会儿，他收到回复：你的任务只是盯着她，天寒雨冷，阿弟，回来吧。

这是让他不必再管？男孩有点想不明白，他知道阿姐很讨厌这个女人，恨不得分分钟让她永远消失，但又不愿借弟弟的手去除掉她。不过，他倒是松了口气，毕竟就在不久前，她还主动帮了他。

天亮的时候，雨停了，东边的山林间隐隐透出些红光。

这已经是迟梨失联的第四天了，焦扬急出满嘴的火燎泡，她打电话让自己的亲妈到医院陪伴宽慰小姨，自己则去了温氏集团的董事长办公室。

这是她第一次亲自面对温屿舟。

看到两扇深色雕花木门被推开，一个风度翩翩、面色冷清的男人徐徐走进来时，焦扬的思绪卡了一下，“早知温屿舟长这么帅，就不劝迟梨跟他分手了”的念头一闪而过，但也只是一闪而过而已，很快，她清清嗓子，站了起来：“你好，温先生，我是迟梨的表姐焦扬。冒昧来找你，是因为，你和我表妹分手后，她就不见了。”

温屿舟没有说话，甚至连脸上的表情都没一丝波动，他径直走向宽大的办公桌，安然地坐在皮椅上，过了一会儿，那轮廓优美的薄唇启动吐出淡淡几个字：“所以，跟我有什么关系？”

“跟你有什么关系？”焦扬一下子炸了，只差没冲到他眼前指着他的鼻子大骂，“她失踪了，生死不明，你觉得自己没有责任？”

“如果我的每一个前女友发生什么事，都来找我负责的话，那我早累死了。”他淡淡地瞥她，薄情地道，“你也说了，我们已经分手了。”

“分手了，就连她的生死也不管了吗！”焦扬气愤道。

温屿舟冷笑一声：“有找我闹的时间，不如早点报警。”

“就算是我求你。”焦扬放软了口气，“我报过警了，可是现在仍没她一点消息，所以才来求你帮忙。我听迟梨说过，无论她在哪里，你似乎都能第一时间找到。她还给我讲了偷偷去厦门那次，你甚至能找到她住的酒店和房间号……温先生，我知道温氏集团旗下的旭光科技在定位追踪方面很厉害，我想，你肯定把这项技术用在了我表妹身上……这项科技还没经过审批投入市场，温先生，你这么做是违法的……”

“你这是在威胁我？”温屿舟轻笑，“证据呢？证人呢？除了你一张嘴，谁可以证明我这么做过？我是这项技术的研发人，这样的试验，我可以做很多次。”

“那你再做一次，找找迟梨好不好？”焦扬不由得恳求道，“她和南柯真的没有什么，南柯是我介绍给她的，她并没有接受。那晚在安市，也是因为酒店爆满，他们才住在了一间套房里，南柯都告诉我了，他和迟梨根本什么都没发生。”

“你请回吧，我有事要忙了。”不知是不是提到南柯触怒了他，温屿舟对焦扬下了逐客令。

焦扬还想说什么，只见他已拿起手机拨出了个电话号码：“阿弥，中午有时间吗，一起吃午饭吧。”

他的语气那么温柔，仿佛电话那头的，才是他女朋友。

焦扬恨恨地离开。

挂完电话，独自坐在办公室的温屿舟愣了一会儿，然后打开桌上的笔记本电脑，进入一个系统，快速地输入那两个烂熟于心的电话号码。

令人失望的是，这一次并没有任何结果，也许，她根本就没有带手机。

温氏大厦三十三层的中西餐厅里，温屿舟手捏眉心、闭目养神，脑子里来来回回转的，都是焦扬刚才那些话。

失踪三天，没一点消息……

他莫名有些心慌，却又有另一个声音告诉自己要克制，眼下有更重要的事情要做，没必要想一个和自己已无瓜葛的女人。

叶弥娉婷而来，墨绿色的裙子穿在她的身上，令温屿舟不由得想起一种植物：蔓藤？不，应该是荆棘。

等她落座，他不由得看向她的小指，那天早上，他记得看到过她小指上有刺青。

“对我的手感兴趣？”叶弥轻笑，把柔荑般的小手伸到他的眼前，玩笑般道，“你可以吻它。”

温屿舟蹙了蹙眉，收回目光。

“曹存风被立案侦查了，资产也都被冻结，这次多亏了你。”他举起早已倒好红酒的杯子，“来，这杯敬你，谢谢。”

叶弥笑笑，一饮而尽。

“我这么做，都是为了你。”叶弥盯着他的眼睛，缓缓道，“卧薪尝胆也罢，被人误会、唾骂也罢，这些年来，我在你母亲和曹存风两人之间游走，活得像个间谍。现在，我把偷来的东西都给了你，阿舟。”

温屿舟静静地靠在椅背上，脸上浮出意味莫名的神色，过了一会儿，他从旁边的椅子上拿起一沓文件，放在桌上朝叶弥推了过去。

“你做了很多，这是你应得的。”

叶弥翻开那份文件，原来是一份承诺书，内容是温氏集团与曹叶集团完成合并重组后，由她担任新集团公司的总经理，并保证她拥有不低于百分之十五份额的股权。

“我知道，你一直对遗嘱的事耿耿于怀。我也觉得，叶芷云这么做，对你不公平。”温屿舟看着她，嘴角勾起轻微的弧度，哂笑道，“算是我替她对你做的补偿吧。”

叶弥笑起来，手指摩挲着那沓纸："阿舟，你倒比你母亲大气。百分之十五的股权……"她呵呵地笑，姿容妩媚，"你以为我忍辱负重，要的就是这些吗？"

温屿舟淡淡地看着她："不管你手里有什么筹码，阿弥，除了这些，你要不起，我也给不了……当然，你也可以选择暂不考虑，毕竟，你谋害叶芷云的嫌疑，还没有洗清。"

"是你向警方指控的我？"叶弥眼里原本溢出的湿意渐渐收了回去，目光变得冷厉愤怒，怪不得之前有警察上门调查。

"没有指控，只是怀疑。毕竟，涉及这个案子的不止你，还有你弟弟……"他面带惋惜地注视她，目光温柔而怜悯，"阿弥，我知道的，远比你以为的要多……所以，还是那句话，好自为之。"

他说罢，起身，忽然西装内侧口袋里的手机嗡嗡震动了起来。

不知电话里说的什么，只见温屿舟脸色大变，转头盯紧叶弥，目光如刀："是你做的？"

迟梨被绑架了。

天亮之后，那个黑衣小伙子已经消失不见，迟梨没有多想，径直去僧人院里看望迟爷爷。她上次来，他仿佛很清醒，不仅和她聊天，还给了她一个大苹果，而这次，他又不记得她了。

迟梨和他说什么，他都只是摇头，拎着一把扫帚慢悠悠地扫遍整个禅院。

她于是不再说什么，静静地坐在台阶上晒太阳，看迟爷爷佝偻着身子清扫微湿的地面。

出事是在午饭前，她收拾了爷爷的几件衣服去洗，出寺半里地有一条河，水质清澈，新苇初生，风景甚好，她端了满满一盆僧服到河边慢慢地洗。

已过午饭时分，迟梨还没回寺院，行申师父便叫人到河边去找，结果只看到石头上的衣服和被打翻的水盆——迟梨不见了。

行申把情况告诉寺院住持，住持与温屿舟相熟，第一时间便给他打了电话。

温屿舟立刻让人赶往棠安，同时沿路寻找迟梨和绑架她的人。

过了一会儿，寺里又打来电话，行申师父在电话那端说，昨晚和迟梨前后脚进寺的还有个年轻人，不过，那人天亮就没再出现过，会不会是流窜的逃犯，会不会是他绑架了迟梨？

温屿舟挂断电话，猛地伸手一把掐住了叶弥的脖子，眼里像要喷出火来："你都听到了，那个年轻人，就是你弟弟，对不对！"

他尾音提高，透着狠绝，叶弥被扼得喘不过气，只是拼命地摇头，眼眶里渐渐溢出泪来："不……不是他干的……"

"那是谁？"

"曹……曹存风。"她从喉咙里艰难地挤出声音。

温屿舟倏地松手，几乎瞬间便消失在了叶弥的视线中。

她弯腰拼命地咳嗽着，痛，从内到外，四肢百骸的痛慢慢地贯穿着她，她抬头，在玻璃窗中看到自己：斑驳狼狈、凄美如妖。

第十五章 消失的荆棘

醒来时，迟梨不知身在何处，只隐约觉得应该是在一辆车上。

她的双手双脚都被捆着，嘴巴被胶带死死地封着，眼睛也被什么蒙着，世界一片漆黑。

她是在河边被人从背后袭击的，所以，并没看清绑架她的人是谁，也不知道对方有什么目的。她的脑海里第一时间闪过那个男孩的脸，但很快又摈弃了这个想法：他不像个坏人，至少，她给他药时，他投过来的那道目光是清澈的。

迟梨扭动身体时察觉四周空间很大，再听发动机的声音，她判断出这应是一辆被拆掉后座的面包车。

车开得很快，应该还没出山区，急转弯很多，迟梨多次被甩得撞到车身，头被磕得生疼。

前面的人忽然说话了，应该是在打电话。

“老板，人弄到手了，送到哪里，机场？好的。”

机场？玉市机场？

难道已经离开棠安了？

可是，不管从哪个方向走，通往玉市机场的道路都没有这么颠簸破旧的，除非，他们现在是去往棠安市郊一座废弃的小型通用航空机场的路上。

迟梨拼命地挣扎，双脚拼命地蹬着，试图挣开绑在手脚上的绳子，可是徒劳无功，反而惹来司机的一声怒吼：“老实点！再折腾，老子办了你！”

迟梨瞬间僵住，这声音她听过，是在……钻石良宵，那个要逼她喝交杯酒的人，叫什么？曹存风唤他“程子”，刚才那个电话，是曹存风打来的？

恐惧感条件反射般再次涌来，她大气不敢出地缩成一团，绝望之余，只祈祷这辆车能停下来，或者有人如齐天大圣般，脚踩七彩祥云将她救出去。

温屿舟……你知道我在这里吗？

人们说，绝望之时想到的人，一定是你最爱的人。

她爱温屿舟吗？

现在想想，或许她的爱，根本没有自己想象中的那么重。温屿舟说得对，也许这一生中，她爱自己多过爱别人，她怯懦、自私、脆弱，和他之间出现什么问题，总是第一时间想逃，可如今逃开了吗？

命运的注脚或许早已写下，不管你是浓墨重彩，还是轻描淡写，最终的结局其实都已注定。

温屿舟第一时间报了警，原本曹存风涉嫌职务犯罪只是被立案侦查，并未被批捕，但现在被指控涉嫌绑架人质，警方当机立断，对他下了批捕书，并出动警力搜救人质。

可谁也不知道他们的具体位置，从棠安到玉市的各大路口、收费站虽都设置了哨卡、布置下警力，但要找到他们，肯定需要耗费些时间。

温屿舟想到自己开发的定位系统，于是打电话给旭光科技的骨干技术员，并报给他们曹存风的电话号码。

幸运的是，技术员很快就给他发送了一个卫星地理位置图。

负责此案的刑警队长很是惊讶：“什么软件这么厉害？”

“公司正在研发的一个项目，还在测试阶段，情况紧急，姑且一试。”

“好！我立刻调人前往棠安机场！”刑警队长通过对讲机部署完工作，忽然饶有兴趣地对温屿舟道，“如果研发成功，能不能和公安系统合作？”

棠安机场，寒风凛冽，上午还温柔和煦的太阳，此时已被乌云死死地捂在了身后，天地混沌，唯有风肆无忌惮地吹着。

一架小型直升机停在机场，舱门半开着，像在静静地等什么人。

银灰色的半旧面包车轰然而至，刹车太急，轮胎与地面摩擦发出刺耳的声响，车里的迟梨更是重重地撞到了前排座椅上。

额角想必磕上了硬物，从骨至肉的疼痛传来，有温热的液体顺着眉梢流下。

大概是玻璃窗破了，冷，有风袭面。

迟梨无端想起一名友人的诗：那些真实的冷，往往来自人间。

然后是车门打开的声音，司机下车，有脚步逼近。紧接着，訇然一声，失去了铁皮的遮挡，风肆意地袭向迟梨，一只手粗暴地扯掉覆在她眼上的布条，曹存风的声音粗哑入耳：“小婊子，姓温的到底能不能来，你不是在耍我吧！”

迟梨以为他骂的是自己，视线变清晰后才发现他的另一只手里拿着手机。

那头大概给出了肯定的回答，曹存风骂骂咧咧地挂了电话。

发现一双清冽但充满敌意的眼睛瞪着自己，不久前才拆掉石膏的曹存风活动着手腕，唰地一下撕掉迟梨嘴上的胶带，狞笑道：“迟小姐，感觉怎么样？惊不惊喜，意不意外？”

迟梨呸的一声啐到他的脸上：“无耻的老东西！这次又想拿我要挟温屿舟什么？要地，还是要钱？生意做到你这份儿上，要是我，早一头撞死了！”

啪！一个耳光打过来，迟梨瞬间头昏眼花，曹存风恼怒道：“死丫头倒是伶牙俐齿，不过，你说得对，我就是要拿你要挟温屿舟，因为你是他的命门，是他的心头肉啊！我要一个亿，然后回新加坡，若是走不了，我就和他同归于尽！”

迟梨挣扎着坐起来：“你这是何苦！我跟他已经分手了，难道你的线人没有告诉你？我交了新男朋友，他也跟别的女人上床了，照片我都看到了——就算他知道我在你的手里，他也不会来……在他眼里，我根本不值一个亿！”

这些话，她说得口是心非，可又悲哀地觉得那就是事实、就是真相——他们分手了，没有任何关系了。

曹存风哈哈大笑，灰白的头发在风中乱舞：“你交没交男朋友，我不知道，说他背着你跟别的女人上床……傻瓜，你难道不知那是叶弥故意设计温屿舟的圈套？我敢打赌，半个小时内，温屿舟一定会来找你。”说着，他伸手在外套内侧的口袋里摸了一下，迟梨眼尖，发现口袋里那黑乎乎的物件竟是一把手枪。

天哪，他这是打算鱼死网破吗！

迟梨开始祈求，温屿舟千万不要出现。

“程子！”曹存风又喊了一声，那胖子走上前来，两人同时看向车里的迟梨，不约而同地露出猥琐的目光。

“给你十五分钟，够不够？”曹存风忽然笑道。

程子似乎有些犹豫，却被踢了一脚：“尿样！当时在夜总会馋她跟什么似的，这会儿倒软了？给你十分钟，完事后，在直升机上等着，拿到钱，咱们就走！”

迟梨惊恐地大叫：“不要！”

可是，没有人能来帮她，飞机场废弃多年，早已荒无人烟，她即便喊破嗓子，也不会有人前来。

温屿舟，你在哪里？

曹存风大笑了几声离开，胖子淫笑着挤进车里，砰的一声关上车门。

迟梨连滚带爬地往车后逃去，很快就被堵在车厢的一角，胖子脱掉自己被汗打湿的外套，伸出大手，一把将迟梨揪过来，然后按倒在地上。

砰的一声闷响，惊得胖子解裤带的手一抖，两人同时看向窗外，发现曹存风正狂奔着向面包车而来。

“程子，开门！”

胖子应声拉开车门，曹存风顺势跳了进来，门迅速关上，紧接着，一个发烫的枪管贴在了迟梨的太阳穴上。

皮肤一阵灼痛，她似乎闻到头发烧焦的味道。

曹存风刚刚开了枪。

难道是……他来了？

警车、狙击手以及走在最前面的男人——温屿舟。

他竟然来了！

他果然来了。

迟梨鼻腔发酸，这一刻竟忘了被枪口抵住的恐惧。

曹存风把她拉向窗口，自己的身子则掩在车门后面。

春风凛冽，暮色将至，温屿舟一步步走过来。

曹存风知道有狙击手瞄准这辆车，于是时刻将迟梨推在自己的面前："温屿舟！算你小子胆儿肥！给我一个亿，放我走，不然，我杀了这女人！"

"曹存风，你怎么会这么蠢！你杀了她，以为自己就能走掉吗！"温屿舟立在风中，立在没有任何遮挡物的机场中央，如果曹存风的子弹射过去，他一定逃不掉。

迟梨大叫："温屿舟，你快走！"

曹存风按住她的头往车门上用力一撞，发狠般吼道："拿钱过来，放我们上飞机！"

迟梨几乎被撞昏过去，但很快她听到耳边传来温屿舟的声音："送钱的人已经在来的路上，你冷静一下，先放下枪……"

"你在骗我！叶弥那小婊子也骗我！说好了给我一个亿……我知道早晚要出事，本来我在国外待得太平逍遥，她整天鼓动我回来，说什么国外不如国内安全……这下好了，一回国就被你们给整进圈套里了！"

曹存风面色通红、情绪激动，眼看着枪口来回对着温屿舟和迟梨，在场所有人都捏了一把冷汗。

"叶弥骗你，你该找她算账，如今抓个无辜的人当人质算什么！"温屿舟声音冷清，目光却忍不住关切地投向迟梨，那双满是恐惧的眼睛看得他心头一痛。

"我来换她，你把我当人质好不好？"温屿舟说着，张开手臂，慢慢向面包车走了过来。

"我没有带武器，你把她放了，你应该明白，我比她值钱，一个亿对温氏集团来说不算什么。"

他循循善诱般走过来，站到了离面包车一米开外的地方，迟梨拼命地摇头，泪水自眼眶迸出："不要，温屿舟，你别做傻事。"

曹存风环视四周："你站到直升机那里！"

温屿舟照做。

曹存风持枪拖着迟梨下车，在走近温屿舟的一瞬间，猛地松手放开迟梨，然后迅速将枪口抵在温屿舟的脖子上。

"程子，出来！"曹存风拿枪顶着温屿舟，一步步走上直升机。

程子却躲在面包车里瑟瑟发抖，根本不敢探头。

一名特警冲过来，迟梨被快速扯走，面包车也被警察团团包围。

直升机上风声更大，温屿舟被按跪在机舱口，曹存风的冷笑声声入耳："十几年了，你我斗了这么久，到底谁赢谁输呢？"

"你知道你母亲是怎么死的吗？叶弥给叶芷云的司机下了药，我给叶芷云打了电话，让她来取协议书——我和她的协议，因为你，我承诺撤诉，她保证转让股权——没想到……"他话锋一转，脸上露出恨意，"我们都上了叶弥这只狐狸精的当，她利用我引出了叶芷云，却设计好了那个路口的车祸……"

温屿舟一脸震惊，虽然早就怀疑叶芷云之死与叶弥有关，但没想到叶弥心机深沉歹毒至此，连曹存风都成了被她利用的工具，忽然想到今天的事，难道这一切也与她脱不了干系？

在赶来的路上，温屿舟接到曹存风要一个亿的电话，他让叶弥到银行提了现金过来。

本来只是试探，没想到，她真的来了。

"阿舟！"

是叶弥的声音，她拎着一只箱子，疾风吹着她墨绿色的裙角，她的声音被风送过来："干爹，我拿了钱给你！你放了阿舟，我跟你走，好不好？"

"呸！你个狐狸精！送上门的烂货，老子才不稀罕，把钱扔过来！"曹存风大吼。

迟梨盯着那个的娉婷的背影，心中忽然冒出一股无可抑制的冲动，她不能眼睁睁地看着温屿舟因为她而处在这样的危险中，她猛地冲上去夺走叶弥手中的箱子，大步朝直升机飞奔过去。

“曹存风，放了他，钱给你！”她用力一抛，箱子以抛物线的形式坠落在地面，一张张红色的钞票如蝴蝶般从没有锁紧的箱子里飞了出来，被风一吹，哗啦啦，满天皆是。

正是这一瞬间，曹存风失了神松了手，温屿舟顺势一脚，将他踢下了直升机。

漫天的人民币犹在纷纷飘落，遮挡了狙击手的视线，也给了曹存风又一次抓住迟梨的机会，可这次没那么容易，他刚拿起手枪，从直升机梯子上跳下来的温屿舟便将他扑倒在地。

曹存风虽然被压制着，但手里死死地抓着手枪，眼看枪口就要对准摔倒在地的迟梨，温屿舟拼力一挡，迟梨的身体被遮住，而曹存风的手指却扣下了扳机。

说时迟，那时快，随着一声“阿舟”，一个身影像蝴蝶般飞过来，拼尽全力地往温屿舟的肩上一撞，温屿舟被撞开，与迟梨双双跌倒在湿凉的地面上。

而此时，枪声响起。

叶弥像一只墨绿色的蝴蝶，奋力扑向黑洞洞的枪口，如同飞蛾扑向熊熊燃烧的烈火，走向生命的尽头。

紧接着，砰的一声枪响，在僻静空旷的废旧机场上转瞬即逝，曹存风的身体在枪响之后轰然倒下。

夜色突至，像一场暗袭，而雨也再次淅淅沥沥地下了起来，越来越急，越来越密……

无边的雨夜中，有年轻的哭喊声穿破黑暗：“阿姐——阿姐——”

湿淋淋的夜，警灯刺目，遥遥映亮一地斑驳。

迟梨像木偶般瘫坐于泥泞中，待被人晃醒过神时，她大喊了温屿舟的名字。

而那个人半跪于地，背影犹如雕像，他的面前，春雨绵绵浇灌着那株快要睡去的“荆棘”。

“为什么要这么做？”明明灭灭的光线中，他声音微颤。

“阿舟……你是我这一生不可触及的快乐。”

“阿舟……原谅我好吗？”

“阿舟……死在你的怀里，我真的……好快乐。”

有些人的死是飞来横祸，有些人的死是自取灭亡，而有些人的死则是心甘情愿，无怨无悔。

雨越下越大，温屿舟抱着死去的叶弥走在雨夜里，那背影在迟梨的视野里变得越来越小，越来越小，最终消失在茫茫的黑暗中。

第十六章 我在你身旁

黑夜无论怎样悠长，白昼总会如期到来。

人生纵有万丈波澜，也终归要风平浪静。

生活步入正轨后，迟梨接到了英国伦敦大学的录取通知书。

她离开玉市时，正是一年当中最美的季节，整座城市沉浸在一片锦绣花海中。

焦扬、乔知繁和南柯送她到机场，焦扬抹着眼泪依依不舍：“为了让你当伴娘，我把婚期一拖再拖，现在你要走了，我什么时候才能结婚啊？”

乔知繁没好气地把焦扬拉开，对迟梨道：“别听你姐瞎扯，明明是自己忙得顾不上准备婚礼，跟你没关系，你别往心里去啊！到了英国，好好照顾自己，有事给我们打电话！”

迟梨笑笑，给表姐和未来的表姐夫乔知繁每人一个大大的拥抱。

轮到南柯时，看到他脸上淡淡的尴尬和失落，迟梨微微一笑，张开了双臂，轻轻地拥住他：“谢谢你之前对我的帮助，南柯，衷心希望你幸福，记得一定要找个世界上最好最好的女孩哦！”

“我会的。”南柯轻笑，有水汽隐没在湖水般的眼底。

送君千里，终有一别，只是，送别的人里没有他，纵然几万英尺高空的厚厚云层也遮不住她的漫漫伤心。

半年后，迟梨渐渐适用了英国的气候，可是，仍然有那么多的人、物、事使她难以招架、无法适应，过于深刻的记忆时常在夜半时分袭来，一遍遍地捶打着她的旧梦。

梦醒。

醒来便再也见不到那人。

那思念刻骨的人，那风流绝世的人，那温柔如斯的人，那薄情冷心的人，那以命来换她命的人，她爱的人。

她的爱人。

温屿舟，你听得到，我在念你的名字吗？

惆怅旧欢如梦，觉来无处追寻。

秋天的时候，迟梨接到焦扬打来的国际长途电话，说十一结婚，要她务必、一定要在国庆节前赶回玉市：“我连伴娘服都帮你准备好了！”

“可我要看一下课程……”迟梨犹豫。

“你不回来，我就不结婚了！”

这威胁也未免太有力了吧！迟梨咂舌，思及一个人在外孤单半年多，也该回去看看亲人朋友了。

只是，她不知道，还会不会再见到他。

乔、焦两家都是棠安人，所以婚宴也在棠安办。

棠安城虽小，婚礼的排场却十分隆重盛大，前来祝贺的宾客更是济济一堂。

“仪式结束前，有扔手捧花的环节，我会扔给你，记得，千万要接住！”婚礼开场前，身着洁白婚纱的焦扬不忘附耳叮嘱身后的表妹迟梨。

“知道了。”身着淡粉色伴娘纱裙的迟梨笑着点了点头。

“看见南柯没？”焦扬又耳语，眼睛瞥向舞台另一侧的伴郎团队，笑道，“他在看你哦，哟，脸红了！”说完，她推迟梨一下，“给个机会呗，人家在伦敦有业务，可以来回飞，这样既不影响你读书，也不影响谈恋爱……小姨见过他，对他还挺满意的，就差你表态了。”

“南柯很好。”迟梨淡淡地向对面投去一眼，很快便收回，嘴角泛起凉凉的笑意，“可是，人这一生，如果拼尽全力，那么爱一个人也就足够了。姐，我没有力气再去爱别人了。”

“小梨……”

“婚礼开场了。”

灯光、音乐、漫天花雨中，乔知繁与焦扬如一对璧人徐徐踏上幸福的征程。

迟梨作为伴娘团的一员，与英俊帅气的伴郎团小伙子们同时登台，作为两位新人幸福的见证人。

高朋满座，迟梨站在聚光灯下，虽然不是第一排，但面对台下黑压压的人群，心中仍不免生出许多紧张，手心也沁出了汗水。

她忽然想到，台下多是玉市甚至棠安人，半年前那场照片风波会不会还有人记得，还有人拿今天的她对号入座、指指点点？

她小心翼翼地抬头，视线在台下的人群中慢慢扫着，忽然，一阵喜庆的音乐声响起，司仪中气十足的洪亮声音传入所有人的耳中：“现在，让我们以热烈的掌声有请今天的主婚人、温氏集团董事长温屿舟为新人送上新婚致辞！”

全场掌声雷动，而迟梨移动的视线也停在了一个徐徐站起的身影上。

在迎宾小姐的引导下，他离开座位，徐徐而行，深蓝色的西服套装衬托着修长挺拔的身材，这一瞬，追光灯打在他的身上，他颔首示意，镇定从容。

迟梨听不清他讲了什么，只是视线被粘住般停在他的侧影上，从这个角度，她只看得到他的侧影，可是，仅仅如此，她已心碎如泥，似有人大力揉着她的心脏，窒息、闷痛，几乎喘不过气来。

她想，或许他一直没有原谅她。抑或，他根本已不把她放在心上，否则，她站在台上这么久，为何没有收到他投来的目光，甚至在走上台时那几十米的距离里，他目不斜视，似乎根本没有察觉她的存在一样……

新娘不知何时趁机站在了身旁，见迟梨神思不属，焦扬面带愧疚地搂了搂她，不安道："知繁只说主婚人是他集团的领导，没想到竟是温屿舟。刚刚他才告诉我，温氏把他所在的公司收购了。对不起，要是你不舒服的话……"

"没事，今天是你大婚，不能被我扫了兴，再说，我还得接你的新娘捧花呢！"迟梨强笑道。

两人低语完，正好又是一阵掌声，温屿舟微微致意，转身下台，迟梨看到他被引至离舞台最近的主宾桌坐下。

也许是关注的目光过于执烈，温屿舟坐稳，抬头，一抬眼，视线与她的撞上。

久违的目光泄露了深埋的心声，这一刻，时间被拉得很长。

四周嘈杂喜庆，唯有他们的世界安静无声。

没有人知道，他们在彼此的目光里读到了什么。

仪式仍在继续，伴娘团要变换位置，迟梨被人拉到了后排。

迟梨并不清楚，当她穿越人群去追寻那道目光时，也有人自始至终默默地注视着她，追寻着她。

如果爱情是一场追逐，不知它可有尽头？

再看他时，他已转过头，和邻座的人轻笑交谈着，似乎方才那一瞬失控的凝眸，不过是她想象的一场梦境。

婚礼接近尾声，新娘焦扬将定制的手捧花高举，然后抛起，大喊了一声“小梨”。迟梨如梦初醒，伸出两只手去接，却不知是她接的角度不对，还是焦扬抛的力度过大，那束夹杂着玫瑰、马蹄莲、白兰花、石斛等花朵的捧花，径直越过她的双手，斜斜地落在了紧挨舞台的主宾桌上——冥冥之中，一切似有天意。

有人惋惜，有人轻笑，一双双眼睛关切地紧盯着台上双手空空、一脸尴尬的女子，也关注着台下那拾起花束后一脸若有所思的男子。

“温先生！”焦扬从司仪手中抢过话筒，“婚礼上的新娘捧花，代表着最美好的祝福。人们说，接到捧花的人，就是下一个成为新娘的人……迟梨是我表妹，我希望这份幸福，能早日到达她的手中。温先生——”焦扬说着，忍不住红了眼眶，声音也愈发动情，“张爱玲说，因为相知，所以懂得，因为懂得，所以慈悲。温先生，你可以把这份幸福，送给她吗？”

台上的迟梨早已泪水盈盈，她站在那里，像站在时间的无涯荒野中。

而她的良人正盛装含笑，捧花徐行，款款而来。

酒店外放起礼花，白昼里的焰火如星子缤纷，又似梨花在风中散落。

宴客厅里嘉宾已散，南柯抱着一把吉他上台，叫住准备出门的迟梨："你写的那首歌词，我谱了曲，听一听再走，好吗？"

"好。"迟梨颔首。

《旧欢如梦》

以命换命，换不来往昔深情。
以情还情，还不了一世宠幸。
烟花，飘雪，春雨落，
孤岛，离舟，不归河。
你说长夜星光不寂寞，
我笑风起花落酒已薄，
何处听清歌。

以命换命，换不来往昔深情。
以情还情，还不了一世宠幸。
梨花，荆棘，月绰绰，
朔风，乌云，泪滂沱。
你说佛灯一盏解今生，
他道因缘爱恨不可说，
都是梦魇者。

以命换命，换不来往昔深情。
以情还情，还不了一世宠幸。
惆怅旧欢如梦，醒来无处追寻。

一曲终了，迟梨鼓掌，眼泪盈眶。

南柯笑，依然是清澈羞涩的样子：“他呢？”

迟梨转身，想去寻那道人影，却被一只手牢牢地牵住。

“我在。”温屿舟的声音温暖入耳，“我在这里。”

——从不曾远去。

（全文完）

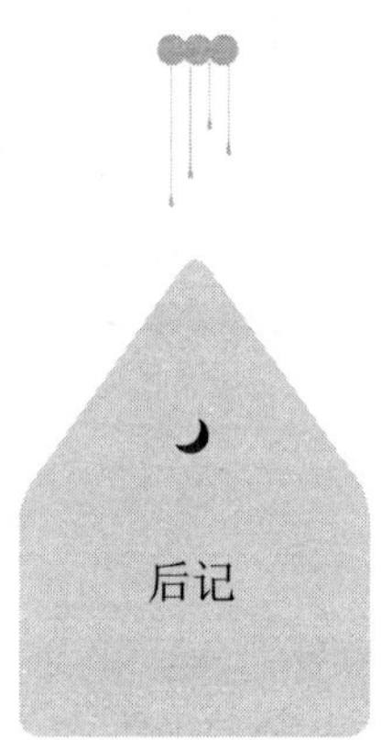

后记

写文多年，我依然如虔教徒般热爱着爱情。

对爱情的书写，可能是我这一生都不忍抛却的主题。

这本书从夏天开始，到冬天结束，指尖在键盘上的敲击，伴随着窗外枝叶的繁盛与荒芜，身上的衣衫，从绮丽薄裙到厚厚棉装，等过花开叶落，终于等到飘雪时，这本书到了尾声。

卡在了结尾处，最后一周心力交瘁，十二月底的小城有湛蓝的天空与明亮的阳光，可我沉浸在故事的爱恨挣扎中无法脱身。

她，他，她，书中的每一个角色都不仅仅是一个角色，尤其是在一个故事讲到最后，各自的人生走到了最重要的分岔路口，怎样抉择？忘却还是记住？原谅还是报复？放下还是纠缠？我没办法给他们答案，甚至无力替他们做一个选择。

我是一个旁观者，站在另外一个时空的维度里，看着那些故事的发生。也许这个故事不够完美，不是你想看到的那一种，请原谅，或许，本来人世间所有的故事都不是完美的。

在新年来临前，这本书终于有了结局，半开放式的小团圆，她与他再次相见，在一场唯美的婚礼上，目光交错，爱恨难言，彼此心里何思何想，大约只有他们知道。

也许我不是一个聪明的作者，有时连自己书里的人物都无法洞悉，我总以为天机不可泄露，人类的情感与思维是一座巨大的宝库，而显露在外界的，只是小小的冰山一角。

但我始终迷恋着写作，这件事仿佛与我的生命融为一体，像每天要吃饭、喝水、睡觉一样，在我的世界里，现实与虚幻的区别并不那么重要。有时，精神上的自娱自乐比物质上的得到更容易使人满足。

这本书虽是以女主角迟梨的视角去写，却在对男主角温屿舟的刻画上用了更多的笔墨。年岁渐长，生活的体悟总是无声地浸润着笔端，我越来越察觉，原生家庭对一个人的性格塑造起着多么巨大的作用。我们每个人之所以拥有这样或那样的性情，总是离不开童年的经历、少年的记忆，那些正在蓬勃生长的幼苗一旦遭遇了霜雪，必定会影响到成年的人生。

作为一名媒体从业者，我总是习惯于将某些真实的片段与虚幻的角色相结合，譬如温爷爷凌晨扫街时将幼小的温屿舟放在小车里边推边扫，正是我的同事采访的真实事例；又譬如凤泉山顶的烟花，熊耳山下的禅寺……虚实之间的转换，正是小说的魅力之处，所以言情小说、爱情故事，也并非都是空洞虚假的无病呻吟，作者喜欢写，读者喜欢看，正是因为梦境中有现实，而这个故事又给了耽于尘世的人一场迷离美好的幻梦。

开始写这本书时，曾在笔记上留下这样一段文字：“全身心沉浸在一个美好故事中时，我心怀爱意，看世界处处皆美好，不急不躁，无忧无惧，只有虚幻人物给我带来的真实感受温暖、触摸着我。

这正是写作令人欲罢不能的魅力，有人不懂，没关系，能感受到我的爱与暖意便好。”

预报有雪，翻看日历，却是春天将至。

感谢我的爱人、家人以及亲爱的朋友们，你们的支持是我于纷杂尘世中保持清醒的动力。感谢所有看到这本书的人，当你的手指翻过书页，当你的目光触及文字，当你的心被爱意浸满，这本书才算有了它本真的意义。

我爱你，祝你幸福、快乐。

青颜如风
2018 年 春